染井為人

TAMEHITO SOMEI

滅茶苦茶《めちゃくちゃ》

講談社

滅茶苦茶

1　2020年7月21日　今井美世子《いまいみよこ》

サンダルをつっかけて玄関を出て、外廊下を渡り、エレベーターに乗り込んだところで、今井美世子《いまいみよこ》は自分がマスクをしていないことにはたと気がついた。

両手にぶら下がっている透明なゴミ袋に目を落とす。わざわざ取りに帰ることもないか。別に出掛けるわけじゃないんだし。自らをそう納得させ、美世子は『1』と『閉』のボタンを押し込んだ。

降下していると途中の四階でエレベーターが止まり、住民である老婦人が乗り込んできた。彼女もまたゴミ袋を手にしている。

美世子は軽い会釈《えしゃく》と共に、「おはようございます」と挨拶をした。が、返事がない。老婦人は壁に身体《からだ》をめり込ませるかの如《ごと》く、目一杯美世子と距離をとっている。まるで美世子が猛毒でももっているかのような振る舞いだ。

やだやだ。たまたま忘れちゃっただけじゃない。これくらいで感染するわけないでしょう。美世子は心の中で不満を垂れた。

ゴミ捨て場で用を済ませ、一階のエントランスで再びエレベーターを待っていると、「ちょっとごめんなさいね」と背中に声が降り掛かった。振り返れば先ほどの老婦人だった。

「気を悪くされないで聞いてもらいたいんだけど、出来ればおもてに出るときはマスクをしていただけないかしら。ほら、あなたはまだお若いからいいけど、わたしのような高齢者はコロナに罹《かか》ったら大変だから」

わずかな隙間をも塞ぎたいのだろうか、老婦人は自身のマスクを手の平で押さえながら言った。

「すみません」と美世子も口元を手で塞いで詫《わ》びた。「ふだんはしてるんですけど、ちょっとうっかりしてしまって」

「そう。でも、そのうっかりが取り返しのつかないことになる可能性もあるでしょう」

「…………」

「あなた以外にもいるのよ。マスクをしてても鼻を出してたり、あごまで下げてたり。みんなもう少し配慮してくれたらありがたいのよね。共有の場所だし、みんなで気持ちよく生活したいじゃない。そうでしょう」

「……はい」

ここでエレベーターがやってきた。ドアが開く。

「お先にどうぞ」と促される。

「いえ、わたしがあとから乗りますから」

「いいの。あなたが先に乗って」

美世子は「すみません」と頭を下げ、エレベーターに乗り込んだ。

「マスク、よろしくね」と念押しされ、ドアが閉まる。

ぐんと上昇し、ガラス越しに見えていた老婦人の姿が消えたところで、美世子は背中を後ろの壁にもたせ、深々と吐息を漏らした。

イヤな世の中だ——つくづく思った。

昼下がり、食卓の上にノートパソコンを置き、スカイプを用いてチームミーティングをしていると、エントランスからのコール音が居間に鳴り響いた。

それが聞こえたのだろう、〈よし、みよちゃんのウーバーも到着したことだし、ここで一旦終わりにしよう〉と画面に映るチームリーダーが冗談めかして言った。すると同僚たちが一斉に笑い、〈今井さん、ほんと好きですよねえ〉と口々に茶化してきた。

「だって便利なんだもん」と美世子は頬を膨らませ、「では後ほど」と言って回線を切り、席を離れた。

壁掛けのディスプレイには、見慣れたリュックを背負い込んだウーバーイーツの配達員の姿が映し出されている。美世子はエントランスのロックを解除してから、冷蔵庫に向かった。

コップに氷を三個落とし、麦茶を注ぎ入れる。それをもって玄関に向かい、配達員の到着を待った。

ほどなくしてやってきた配達員は美世子よりひと回り程度若いだろうか、髪を薄茶に染めた二十代半ばの男性で、額には玉の汗が噴き出ていた。

注文していたペスカトーレを受け取り、代わりに「よかったらどうぞ」とコップを差し出した。ここ最近、ウーバーイーツの配達員に対してこうした心遣いをするようになった。ありがた迷惑かなと思わないでもないが、みな素直によろこんでいる様子だ。

この配達員も「うわー。助かります」とマスクを下げて破顔し、麦茶を一気に飲み干した。

空になったコップを受け取り、「おもてはめちゃくちゃ暑いでしょう」と美世子は言った。

「もう灼熱《しゃくねつ》地獄っスよ」と配達員は首に掛けているタオルで顔を拭《ぬぐ》う。「けど、今は稼ぎ時なんでがんばらないと」

「へえ。そんなに儲《もう》かるんだ」

「まあ、やればやったぶんだけ。先月は五十万を越えました」

おおよそ予想通りの額だったが、誇らしげだったので、美世子は「すごーい」と大げさに驚いてみせた。

世がコロナ禍になり、人々の在宅時間が長くなったことでフードデリバリーサービスの利用が盛んになった。中でもウーバーイーツは飛ぶ鳥を落とす勢いで売上を伸ばしているという。

「そういう意味ではコロナ禍で助かってるんスよね。あんま大きい声じゃ言えないけど」

「たしかにね」と口に手を添えて笑う。「いつから働いてるの」

「三ヵ月前です。自分、前は照明機材をレンタルする会社で働いてたんですよ。音楽イベントとか舞台なんかで使うようなやつです。けど、コロナ禍になって注文が激減してしまってそのまま会社が潰れちゃったんですよね。で、仕方なくこの仕事を始めたんですけど、そうしたら前より全然稼げるから、むしろよかったなって」配達員はあけすけに過去を語ったあと腕時計に目を落とした。「では、この辺で」

「うん、引き留めちゃってごめんなさいね。がんばって」

ドアを閉め、鍵を掛けて、居間に戻る。その足取りはほんの少し軽かった。

他愛もないやりとりかもしれないが、やっぱり生身の人間と会話をするのは大切だ。オンラインだとどうしたって必要最低限のことしか話さなくなるし、多少の雑談をしてもやっぱり味気ない。

いったい、いつになったらおもてに飲みに行けるんだろ。美世子はフォークにパスタをくるくると巻きつけながら思った。

気の置けない人たちと、おもてで美味《おい》しいお酒を酌《く》み交《か》わし、おしゃべりをしたい。気ままに酔っ払いたい。今、美世子のいくつかある願いごとの一つはこれだった。

我ながらちっぽけな願いごとである。だが、そうした日常を失った今、それが尊いものであったことを美世子は痛感していた。

もとより酒が好きで、人が好きだった。コロナ禍前は最低でも週に二回は飲みに出掛けていた。大半は仕事関係で、取引先の人を誘って飲むことが多かったがけっして営業目的ではなかった。純粋に楽しい時間を共有するためにあちこちに声を掛けていたのだ。それが結果的に新たな仕事に繋《つな》がり、会社に評価されるのだから自分は営業職に向いていたのだろうし、広告代理店に入社したことも正解だったのだろう。

大学時代の女友達たちはみな、お堅い企業に就職しており、聞く限り仕事内容も地味なものだった。彼女らは会するたびに「つまらない」と一様に愚痴をこぼしていた。そんなとき美世子は少しだけ優越感を味わうことが出来た。

勝ち組とはいわないまでも、少なくとも自分は刺激的で華のある仕事をさせてもらえている。なにより、友人たちの会社とちがい、美世子の会社には男女平等な社風があった。男の中に混じっても浮くことなく、すべては能力と結果で評価をされる。裏を返せば女だからという理由で優遇されることもなく、過酷な仕事を割り振られることもあったが、美世子は持ち前の明るさと根性で乗り越えてきた。おかげで現在はメディア・コンテンツ事業部のチーフディレクターの肩書を与えてもらっていた。

そう、仕事は順調だった。自分の胸にはキャリアウーマンのバッジがあると美世子は自負していた。

その一方、プライベートはというと――。

パスタが最後の一口になったところで、私用のスマートフォンがメロディを奏でた。おそらくそうかなと思ったが、やはり友人の早希《さき》だった。早希は大学時代の同期で、卒業後も頻繁に連絡を取り合っている、もっとも親しい友人の一人だ。お互い遠慮のない物言いをするタイプなので彼女とは喧嘩《けんか》になることがしばしばある。が、いつも自然と仲が修復されるという間柄だ。

そんな彼女の要件は来月に予定していた美世子との旅行に行けなくなったという詫びだった。

「ウソでしょう。わたし、それだけを楽しみにしてたのに」

美世子が不満を訴えると、早希は〈ほんとにごめん〉と再度詫び、〈実はさ――〉と声を落とした。

彼女には五つ年上の夫がいるのだが、昨夜その彼に美世子と旅行に行くと切り出したところ、大喧嘩になったのだという。

〈こんな時期に旅行なんてありえないっていうのが旦那の言い分なわけ。頭おかしいんじゃないかとか言われてさ〉

「それ、伝え方がまずかったんでしょう。ちゃんと説明した？　レンタカーを借りて行くこととか、人混みにならないようなスポットを回ることとか」

〈もちろん。でも、全然ダメ。聞く耳持たず〉

「それであっさり引いたってわけ」

〈だからあっさりじゃないんだって。わたしだって頭に来たから、言いたいこと全部言ったわよ。あなたはこれまで散々遊んでたよね。あなたが週末にゴルフや釣りに出掛けているときも、わたしはずっと家で育児をしてたって。これまでわたしには休日なんてなかったたって。だからあなたがテレワークになって、家にいられるようになったんだから、子どもの面倒を任せて、一泊二日の旅行くらいさせてほしいって〉

「そうしたら？」

〈それは今じゃないって〉

「逆でしょ。今じゃん」

〈うん。お国だってＧｏ　Ｔｏトラベルで旅行を推奨してるんだからって。わたし、最後は悔しくて泣いちゃったくらいだもん。そうしたらあの人、無言で家を出ていっちゃってさ。で、朝になってようやく帰ってきたと思ったら、いきなり離婚しようって〉

「マジ？」

〈マジ。しかも、離婚に至る理由をご丁寧に紙に箇条書きにしてきたの。読み上げるからちょっと聞いてて。『一、わたしがゴルフや釣りに出掛けていたのはコロナ禍前であり、現在は極力外出行動を控えている。一、現状、まだ感染者の少ない地方にコロナをもち込み、蔓《まん》延《えん》のきっかけになったらどのようにして責任を取るつもりなのか。一、Ｇｏ　Ｔｏトラベルは利権の絡んだ汚らしい政策であり、その目的は観光業を救うためではない。以上のことが理解出来ないような女性と一緒に生活することは出来かねるため、将来を見据えて離婚をしたい。同時に幼稚な倫理観、社会全体のことを考えない利己的な母親のもとに大切な我が子を託すことも出来かねるため、ここに子の親権を強く要求するものとする』――だってさ〉

「なにそれ」

〈でしょう。もう開いた口が塞がらなかったもん。もとから理屈っぽいし、極端な人だったけど、ここまでとはさ。ふつうこんなことする？　しないよね〉

「まあ、ふつうはね。で、どうするの？　離婚するの？」

〈まさか。あっちだって本気じゃなくて脅しだってことくらいわかってるし。けど、ここで強行突破したらさすがにあの人も本気になるかもしんない〉

　ここまで聞いて、美世子はふーっと息を吐いた。

「わかりました。よく理解出来ました」

　旅行は中止だ。こちらだって友人の家庭を壊してまで行きたくない。

　その後、早希は夫へのさらなる愚痴を垂れ、次に二歳になる息子の成長を幸せそうに話してから、〈ところで最近、美世子に良い人とかいないの〉と、ころっと話題を変えた。

「いたらあんたにすでに話してるわよ」と美世子は憮然《ぶぜん》として答えた。

〈まあそっか。けど美世子もさ、そろそろ高望みはやめて、その辺の男で手を打ったら？〉

　相変わらず、失礼な物言いをする女だ。

「わたしは高望みなんてしてませんけど」

〈じゃあ例えば、相手の年収があんたより低かったらどう？　それだけで論外になるわけで

しょう〉

「そりゃあ、さすがにさあ」

〈ほら、そういうところ。考えてもみなよ。あんたと同じくらい稼いでる男なんて少数なわけじゃん。うちらと同世代の男の平均年収ってせいぜい六百万台だからね。東京でもだよ。そう考えたら、収入ベースで男を選ぼうとしてる時点で厳しい勝負なわけ〉

「じゃあ、収入はいい。それを補うくらいカッコよければ。あとは家柄がしっかりしてれば」

　そう答えると、早希は電話の向こうでおもむろにため息を漏らした。

〈いい？　きちんと定職に就いてる、借金がない、暴力は振るわない、女にだらしなくない、そういう最低限のところをクリアしてるならアリ、くらいなレベルまで引き下げないと〉

「それはさすがに極端すぎるし妥協しすぎでしょう」

〈全然だよ。はっきり言うけど、あんた今年で三十七だよ。二十七じゃないからね〉

「そんなのわかってるわよ」

〈ううん。あんたはわかってない。今でも二十七のつもりでいる〉

「いないって」

〈あんたは美人だし、仕事も出来るし、人当たりもいい。いわゆるデキる女だと思うけど、そのぶん変なプライドがある〉

　カチンときたし、「変なプライド」の詳細も訊《たず》ねたかったが、美世子は黙って聞いていた。

〈あんたが結婚はもういいって腹を括《くく》ってるならこっちだってお節介焼かないけど、そうじ

ゃないわけでしょう。ならちょっとは許容するってことを覚えた方がいいよ〉

どうして真っ昼間から友人にこんな説教をされなきゃいけないのか。元々はあちらからの詫びの電話だったはずなのに。

早希は最後、とってつけたように〈旅行の件はほんとごめんね〉と軽く言い、〈コロナが収まったら堂々と行こうね〉と曖昧《あいまい》な約束をして電話を切った。

美世子はスマホをテーブルに置き、再びフォークを手にした。が、すぐに発泡トレーに戻した。それをもって立ち上がり、一口だけ残っていたパスタごとゴミ箱に放り込んだ。食べる気が失《う》せたのだ。

コーヒーを淹《い》れ、カップをもってソファーに腰を沈めた。

——変なプライドがある。

先ほどの早希の台詞《せりふ》が脳内で再生された。

やっぱ、そうなのかな。

きっと、そうなんだろうな。

美世子はコーヒーをすすりながら静かに自問自答をした。

ここまで結婚しなかったのだから、妥協をしたくない。まさしく早希の言う通りで、これが変なプライドの正体なのだろう。

およそ七年前、三十代に足を踏み入れたときはまだ、美世子の頭の中に結婚の二文字はなかった。若くして結婚をして出産をした友人たちに対し、「いいなあ。羨《うらや》ましいなあ」とは口にしていたものの、本心ではなかった。当時の美世子には結婚も出産も考えられなかった。仕事に夢中だったし、遊ぶことも楽しかった。それを取り上げられたくなかった。

早く家庭に入ったら後悔する。人生八十年と仮定するならば自分が一番の期間がもう少しだけあったっていい。そのように考えていた。

だから交際していた男から正式にプロポーズをされたときも、「今は考えられないの」という理由で断った。その彼のことは本当に好きだったが、どうしても今じゃなかった。

後に別れることになったとき、「結局みよちゃんはさ、自分だけが好きなんだよね」と面と向かって嫌味を言われた。別れ際に捨て台詞を吐くなんて器の小さい男だと思った。

けど、あの人、とっても優しい人だったな——。美世子はカップの中でゆらゆらと波打つコーヒーに目を落としながら、遠い過去を想起した。

インドア派なのに、アウトドアが好きな美世子に合わせて、どこへでも出掛けてくれた。どんなときも嫌な顔をしなかった。これまで交際してきた男の中でもっとも気を遣わなくていい相手だった。

あの人ともう一度、やり直せたら——と美世子は詮ないことを思い、ひとりでにかぶりを振った。

ダメだ。わたしらしくない。感傷に浸ったり、叶《かな》わぬ願いを思ったり、ここ最近のわたしは本当にらしくない。

わたしという人間は悩む前にまずは動く女なのだから——と、ここまで考えて、美世子は肩を落としてため息をついた。

今、動きたくても動けないではないか。動いてはならない世の中なのだから。

コロナはアクティブな人間を檻《おり》に閉じ込め、一人つまらない物思いに耽《ふけ》らせる。なんて罪深く、憎らしいウイルスであることか。

「よし。仕事、仕事」
美世子はあえて声に出して言い、再びパソコンの前に陣取った。

窓から西日が差し込んできたころ、本日の業務に一区切りつけることにした。下請けの制作会社の担当から《なるはやで目を通していただけると》とメールで送られてきたプレゼン資料があるが、それは明日にもち越すことにした。どうせ取るに足らないものだろう。

今現在、美世子が在籍するチームが行っているのはいくつかの企業のＰＲ協力だった。そのようにいえば聞こえはいいが、実情はモノを売りたい企業と第三者配信で小遣いを稼ぎたいインフルエンサーとのマッチングを手伝っているだけだ。こんなものおもしろくもなんともない。

本来ならば夏のこの時期は、来たるオリンピックを盛り上げるべく、ＴＢＳに人を誘致するため、赤坂サカスで大規模なイベントを行っているはずだった。そのために一年以上前からスポンサーを集め、着々と準備を進めてきたのに三月になってあえなく中止となった。理由は言わずもがなである。

落胆したが、社会全体を見ればそれすら瑣末《さまつ》なことと思えた。昼間にやってきた配達員の前職のように潰れてしまったところも数多くあるのだから。

今現在、コロナ禍の影響で日本経済の冷え込みは歯止めが利かなくなっている。リーマンショックとまではいかずとも、大半の企業が大打撃を食らったことだろう。

それは美世子の勤めるＨ社も同様だった。さすがに潰れることはないだろうが、このままコロナ禍が長引けばＤ社と並び業界ツートップを自負する我が社も衰退を免れない。企業が元気でいてくれなければ広告代理店など存在の価値がないのだ。

　それから美世子は缶ビール片手にキッチンに立ち、夕飯の支度を始めた。これまで自分は料理は好きだが作る時間がないと周囲に話しており、本当にそう思っていたが、最近になってそれがちがっていたことに気づかされた。たまに作るから楽しかっただけなのだ。毎日となるとうんざりする。それに一人分というのが実にむずかしい。

　野菜の甘辛炒《いた》めと肉豆腐、それと冷凍庫から鯵《あじ》を取り出して焼いた。すべてネットで注文して配達してもらった食材だ。

　それらを肴《さかな》に二本目のビールを飲み、やがて焼酎のロックに切り替えた。

　その間、テレビを点《つ》け、各局の報道番組を見ていた。どの局もコロナウイルスの恐怖とコロナ禍の惨状をこれでもかと垂れ流していた。まるでコロナの報道合戦だ。

眺めているのもうんざりして、美世子はリモコンを手に取ってテレビを消した。同時に部屋から物音が消え、静寂が行き渡った。

　唯一聞こえるのはからん、からんという音だけだ。美世子の手にあるグラスの中で氷がぶつかっているのだ。

　からん、からん。

　どうしてコロナなどというウイルスが突然発生したのだろう。

　からん、からん。

　このままコロナが収まらなかったら日本は、いや、世界はどうなってしまうのだろう。

　からん、からん。

　そしてわたしは、どうなってしまうのだろう。

氷の音に耳を澄ましながらそんなことを考えていたら、手の甲に一滴の雫《しずく》が落ちた。コップに付着した水滴かと思ったらちがった。美世子の目からこぼれ落ちた涙だった。

なぜだろう、美世子は泣いていた。取り立てて何が起きたわけでも、感極まったわけでもないのに、美世子は無意識に涙を流していた。まるで水道の蛇口がひとりでに弛《ゆる》んだかのような、そんな現象だった。

そこからはじわじわと孤独に襲われた。独り身のさみしさが身体の隅々まで広がっていった。

美世子はスマホに手を伸ばし、すがるような思いで早希に電話を掛けた。

はじめに「なんだかさみしくなっちゃってさ」と、美世子がとくに用件がないことを伝えると、早希は〈あんたまさかわたしを暇人だと思ってる？〉と呆《あき》れ、〈こっちは忙しいのよ〉と早々に電話を切り上げようとした。

だが美世子が泣いていることを察すると、早希はガラッと態度を変え、友人の涙の理由を根掘り葉掘り探ってきた。もっとも明確な答えをもち合わせない美世子には曖昧なことしか答えられなかった。

早希はそれにも苛立《いらだ》つことなく、うん、うんと丁寧に相槌《あいづち》を打って真剣に耳を傾けてくれた。

そして彼女はいきなり、〈美世子、まちがっても死んじゃダメだよ〉と穏やかじゃないことを言った。

「何よ死ぬって」美世子は小さく吹き出してしまった。「こっちから頼っといてなんだけど、これ、そんなたいそうな涙じゃないから」

〈ううん。そんなことない〉と早希はきっぱり否定する。〈今の美世子の精神状態って結構危ないと思う〉

「そんなことないって。だって差し迫った問題もないし、頭を抱えるような悩みごとだってないもの。仕事もあるし、田舎《いなか》の両親だって健康だし。それに、周りを見渡せばわたしなんかよりよっぽど不幸な人がたくさんいるし」

〈そういうのって周りと比べることじゃないと思う。はたから見れば些細《ささい》なことでも当人にとってはそうじゃないってことが往々にしてあるでしょう〉

「だからわたし自身がたいしたことないって言ってるじゃない」

〈それは美世子が自覚してないっていうか、目を逸《そ》らしてるだけ。もしくは軽く捉えすぎてる。ほら、癌《がん》だって最初は小さなしこりじゃない。これくらいどうってことないと思って放置しておくと手遅れになるんだから〉

「どういう例えよ。脅すようなことばかり言って」

　美世子が口を尖《とが》らせて言うと、早希は〈いいから聞きなさい〉と母親みたいな口調になった。

〈先月、大竹広香《おおたけひろか》が自殺したでしょう。あれだって世間からしたらまったくもって意味不明じゃない。絶世の美女に生まれて、お金もたんまりあって、優しい旦那も可愛《かわい》い子どももいて、どうして死ぬ必要があるのってさ〉

　大竹広香とは美世子たちと同世代の人気女優だ。その彼女が先月、自宅マンションのベランダから飛び降り、亡くなるという衝撃的な事件があった。人も羨む華々しい人生を送ってきた彼女がなぜ自ら生にピリオドを打ったのか。遺書も残されていなかっただけに動機は謎のままだ。

「何よ、じゃあわたしもどっかから飛び降りるって言いたいの」

美世子は鼻息を漏らして言い、窓の向こうにチラッと目をやった。その先には夜空に向かって伸びる東京タワーの先端が見える。

〈そうとは言わないけど、自分だけは絶対に大丈夫だなんて思わない方がいいってこと。人は誰しもふとした弾みで、衝動的にまちがった選択をするってことは十分考えられるでしょう。とくに今はコロナ禍なんだし〉

「なんでコロナ禍が関係すんのよ」

〈鬱々としてる人が多いから。わたし、そういうメンタル的なことも病原菌と一緒で蔓延して感染するんだと思う。心のコロナっていうかさ〉

心のコロナ、か——。この友人はたまにおもしろい表現をする。

だが、彼女の言うことには一理あると思った。仮に健全な世の中であったならば、大竹広香は自殺を踏みとどまり、わたしもこうして涙を流すことはなかったかもしれない。

〈それに、わたしだって、ちょっと前までおかしかったんだから〉

早希が少し声を落として言った。

「そうなの？」

〈うん。もう落ち着いたけどね。たぶん育児ノイローゼだったんだと思う。一向に泣きやまない息子を見てて殺意が湧いちゃってさ。本気で絞め殺してやりたくなっちゃうの。大げさじゃなくて、本気でね。そうしたら、今度は我が子にそんな感情を抱いたことに落ち込んじゃって、自己嫌悪で結構やばかったんだから〉

早希の赤裸々な告白に驚きつつ、それを今知らされたことに美世子は小さなショックを受けた。その当時、頼ってくれていればすぐに会いに行ったし、話し相手くらいにはなれたのに。

〈だから美世子も気をつけなきゃダメ〉

「気をつけるって、どう気をつければいいのよ」

訊《き》くと早希は〈それは……〉と言《い》い淀《よど》み、うーんと長い呻吟《しんぎん》をした。どうやら具体的な解決策まではもち合わせていないらしい。心のコロナにも特効薬やワクチンはないのだろうか。

もっとも早希とこうして話しただけで癒《いや》された。ということは友達の存在がお薬なのかもしれない。時折言葉がきつかったりすることもあるが、早希は本当にありがたい存在だ。けど、この友人にばかり頼ってはいられない。彼女だって暇じゃないんだから。

〈やっぱりパートナーを見つけるってのが、一番いいんじゃないの〉

「そう簡単に見つからないでしょ。なにせわたしは変なプライドをもつ女だから」

〈あ、すねてる〉と早希が笑う。〈だったらマッチングアプリとかやってみたらどう？　若い子なんてみんな当たり前にやってるみたいだしさ〉

「わたしは若くないもん。精神年齢が二十七歳なだけで実際は三十七歳のおばさんだし」

〈やだ、ほんと可愛くなーい〉

「全部あんたが言ったことでしょ」

すると早希は〈あはは〉と笑い、〈ルックスの良《よ》し悪《あ》し、年収はいくら、住まいはどこ、そういう条件も細かく検索出来るみたいだし、気に食わなければ会わなきゃいいだけだし。

ね、やるだけやってみなよ〉と勝手に話を進めた。

「まあ、考えておく」

と美世子は軽く受け流し、その後話題を変えて数分ほどおしゃべりをしてから通話を終えた。

それから美世子は浴槽に湯を張り、特別な日に使おうと思っていた高級な入浴剤をそこに落とした。

湯船の中で念入りに身体をマッサージした。自然と鼻歌を歌っていた。

早希のおかげで心が軽かった。単純すぎて自分でも笑えてくる。

もっとも気をつけなければならない。まさか自分がおかしなことをするとは思えないが、早希の言うように絶対ではないのだから。

このままコロナ禍が長引けばコロナにも、心のコロナにも感染する恐れがある。そうならないためにも、しっかり予防しておかなければならないのだ。

「マッチングアプリ、か」

ふいにつぶやいた声がやたら浴室に反響した。

2　2020年5月21日　二宮《にのみや》礼央《れお》

一時間に二本しか出てないくせに、上毛電気鉄道の下り電車の車内はふだんにも増してがらがらだった。これは群馬県民の生真面目な県民性によるものではなく、新型コロナウイルスに必要以上に怯《おび》えているからだと、したり顔で話しているのはとなりに座るクラスメイトの智明《ともあき》だ。

「要するにメディアの手の平で踊らされちゃってるんだよ」

相変わらず上から目線なヤツだと思いながら二宮《にのみや》礼《れ》央《お》は相槌を打った。まだ十六歳のくせに、世のなんたるかを知り尽くしているような顔をして歩いているのが智明という人間だ。

だが悔しいことにこの友人の成績は抜群に良かった。一年生のときの定期テストで礼央は一度も智明に勝ったことがなかった。それどころか、礼央は大半の同級生にも劣っているのが実情だった。

部活に明け暮れているクラスメイトたちが、その時間を勉強に費やしている自分よりも遥《はる》かに成績が良いのだから、これはもう地頭の差にほかならない。礼央は一年生の一年間で嫌というほどそれを思い知らされた。

小、中学校時代、学業において礼央にライバルはいなかった。周りから天才だ秀才だと言われていたし、礼央もまんざらではなかった。猿でも解けるような易しい問題に悩む同級生たちを見て理解に苦しんだし、憐《あわ》れむような気持ちさえ抱いた。

ゆえに県内で一番の進学校に進むのは既定路線だった。だが入学してみてわかったのは自分が井《い》の中《なか》の蛙《かわず》だったという残酷な現実だった。

上には上がいる。彼らから見たらきっと自分も猿と同等なのだろう。

「でもさあ、どうしてメディアはそんなふうに国民を煽《あお》る必要があるんだよ」

これは智明を挟んだ横に座る勇信《ゆうしん》が言った。彼もクラスメイトで、智明と同様一年生のときも同じクラスだった。三人は帰る方向が同じなので、自然とつるむようになった。ちなみに勇信も智明ほどではないが成績が良い。

「そりゃ数字が取れるからでしょ」と智明が鼻で笑う。「テレビは視聴率、ネットはアクセス数、メディアは数字になればなんだってやるんだよ」

「ふうん。でも、たしかに煽りすぎてる感はあるよな」と勇信は腕を組んで言い、眉間《みけん》に皺《しわ》を寄せた。「うちのばあちゃんなんかコロナをエイズだとかエボラみたいに捉えちゃってるしさあ。外から帰ってきたらすぐに風呂場に直行してシャワーを浴びるんだぜ。それを孫のおれにも強要してくるし、正直つらいよ」

「それわかる。うちのお母さんも似たようなもんだから」と礼央が同意を示した。

礼央の母もやたらコロナに怯えていた。帰宅すると玄関でこれでもかというくらい全身にアルコールスプレーを吹き掛けられる。

「こういうのって結局はリテラシーの問題だと思うんだよね」と智明がまたも小馬鹿にしたように言った。「それが低い人間はコロナが確実に死に至るような、もしくは不治の病のように認識してるから過剰に反応しちゃうわけよ」

両脇に位置する礼央と勇信が同時に中央の智明を見た。今の話ぶりだと、まるで勇信の祖母と礼央の母が馬鹿だと言っているように聞こえたからだ。勇信もそう感じたのだろう、彼の目は不快そうだった。

智明はそんな視線を意に介さず、「ところでおまえら、今日は先生とどんな話をした？」と話題を変えた。

今日は約一ヵ月ぶりの登校日だった。卒業後の進路について生徒と教師による一対一の話し合いの場があったのだ。生徒数が多いため、各クラスで日がずらされており、本日が礼央たち二年C組の日だった。ふだんの授業もリモートなのだから、ちょっとした話し合いにわざわざ登校させる必要もないと思うのだが、そこは県内一の進学校、大事な局面は膝を突き合わせて、ということなのだろう。

「ちなみにおれは三分で終わったけどね」と智明がこともなげに言う。「言われたのは、『現状を維持しろ』と『油断はするな』のみ」

「おれも同じようなもんかな」と勇信。「中間テストで物理の点が悪かったから、そこだけ注意するように釘《くぎ》を刺されたけど」

　きっと優秀な生徒はその程度なのだろう。

　礼央ははっきりと叱責を食らった。成績表を突きつけられ、「たるんでる」と顔面を指さして言われた。肝心の進路についても、「国立のどっかに入れれば」と曖昧なことを言うと、「今のうちからそんな志の低いことを言ってどうする」と呆れられた。

　ちなみに智明は東大、勇信は京大に行くと入学当初から明言していた。礼央が二人の前で「おれもそのどちらかかな」と話していたのは一年前のことだ。今そんなことを口にすれば二人は失笑し、憐れむことだろう。

　先週行われた中間テストの結果は散々だった。礼央はクラスではビリ二、学年でも下から数えて両手に収まる順位だったのだ。

　これでも一年生の一年間は必死で勉強し、周りに食らいついていた。だが、二年生に進級し、張り詰めていた糸が切れてしまった。途端に意欲を失ってしまった。

　なぜ突然そうなってしまったのか、その理由は自分でもよくわからない。その時期に身の回りで特筆すべき何かがあったわけではないのだ。しいていえばコロナが蔓延した結果、高校の授業がリモートになったことくらいだろうか。これはこれで大きな環境の変化ともいえるが、コロナは自分だけに限った話ではないのでなんともいえない。

ただ一つ、自宅学習になって礼央は気づいたことがある。それは、自分はこれまでこんなにも息苦しい思いをしていたんだということ。明日も明後日《あさって》も家にいられると思うと安心出来るし、安眠出来る。

だから正直なところ、礼央は今日も高校に登校したくなかった。智明や勇信の顔を見たくなかったし、口を利きたくなかった。

彼らをはじめ同級生と会うと劣等感を覚える。ひどく見下されているような気分になる。だから礼央はけっして口には出さないものの、密《ひそ》かにこのままコロナ禍がつづくことを願っていた。

「悪い前例だよ。きっと後悔することになる」

そう話したのはやはり智明で、話題は高校野球の甲子園が中止になったことだった。

「まあそうだよな」と勇信が頷《うなず》く。「この先、同じような状況下で強行開催しようものなら、なんで今年は良くておれらの年はダメだったんだって話になるもんな」

二人のそんな話を礼央は適当に相槌を打ってやり過ごした。野球なんて興味もないし、その決定に意見もない。

「オリンピックだって延期はしたものの、来年だって開催出来るか怪しいもんだよ」

「で、このまま四年が経《た》っちゃったりしてな。なんにしても日本はほんとハズレくじを引かされたよな」

しだいに睡魔がすり寄ってきた。寝不足に加え、車窓から差し込む初夏の日差しが眠りの森へ誘うのだ。

薄目で窓の向こう、遠くを見た。緑を纏《まと》った山々が横に長く連なっている。その歪《いびつ》な稜《りょう》線《せん》をなぞるようにして鷹《たか》が羽を広げて舞っていた。いっさい人の手が加わっていない、純度百パーセントの自然美だった。

もっとも物心ついたときから当たり前にある光景なのでありがたみはない。電車内でおもてを拝むのは観光客だけだ。

どうしてこんなつまらない田舎で生まれてしまったのだろう。礼央はぼんやりと思った。もし別の土地に生まれていたのなら、たぶんちがった。何が、と問われると困ってしまうけど、きっといろいろとちがった。

そんなことを考えながらうつらうつら電車に揺られていると、途中の停車駅で自分たちと同世代の男三人、女一人の四人グループが乗車してきた。

そこで智明たちはピタッと会話を止め、同時に俯《うつむ》いた。四人の風貌が明らかに不良のそれだったからだ。なにより彼ら四人のうち、長身で金髪の男以外の三人はマスクを着用していなかった。

彼らは礼央たちの向かいのシートにどっかと座った。直後、礼央は面食らった。女が当たり前のように煙草《たばこ》に火を点けたからだ。

「ゴミクズどもが。死ねよ」智明が舌打ち混じりにささやいた。

ほかの乗客たちも眉をひそめて見ているものの、絡まれたくないのだろう、誰も注意をしようとはしなかった。

「なあ、となりの車両に移動しようぜ」と勇信があごをしゃくって促した。

そうして三人で立ち上がると、「おい、おまえら。なんだよ、感じ悪りィな」と男の声が背中に降り掛かった。

礼央は反射的に足を止め、半身で振り返った。すると男三人がこちらを睨《にら》みつけているのがわかった。女は興味なさそうに煙草を吹かしている。

「礼央、止まるな。行くぞ」と勇信から耳元でささやかれ、背中を押された。そして車両の貫通扉を開き、となりの車両に移り、三人でシートに腰を下ろした。

すると、先ほどまでいた車両の方から男たちがこちらに大股で向かってくるのが貫通扉の窓ガラス越しに見えた。「おいおい、マジかよ」と勇信が焦って言う。

逃げる余裕もなく、すぐに彼らは礼央たちの前までやってきた。全身が一気に強張《こわば》る。

「おまえら、何シカトこいてんだよ」

中央にいる金髪で黒マスクの男が鋭い目で見下ろしてきた。礼央たちが黙っていると、彼のちょうど前にいた智明の胸ぐらにその腕が伸びた。

「ムカつくだろうが。あんなふうにあからさまに避けられたらよォ」

揺すられている智明の顔面は蒼白《そうはく》だった。膝があられもなく笑っていた。

「おまえら、次の駅で降りろよ」

「すいません。勘弁してください」

横から礼央が言った。不本意だが、頭を下げて済むならその方が得策だ。

「勘弁しろだと？　いいか、謝罪ってのはちゃんと相手の目を見て——ん？」

金髪が急に言葉を区切り、目を細めて礼央の顔をまじまじと見た。

「おまえ、ちょっとマスク外してみろよ」とあごをしゃくられる。

意味がわからなかったが礼央はその指示に従った。すると金髪は一瞬目を丸くし、「二宮礼央」と礼央のフルネームをつぶやいた。

そして金髪は「おれだよ、おれ」と言い、自身もさっとマスクを外した。

まず目についたのが彼の口の端から頬にかけて長く伸びた傷だった。鋭利な刃物で切られたような、それでいて傷はまだ新しいものだった。瘡蓋《かさぶた》になっているのだ。

次に男の顔の造形をしっかり見た。誰だろう。だが知っている顔だと思った。

やがて礼央の遠い記憶の扉がゆっくり開いていった。

そして、「もしかして……聖也《せいや》」と礼央が指さして訊くと、金髪は「そうだよ。おれだよ」と乱杭《らんぐい》歯を覗《のぞ》かせて笑った。

金髪の男は田辺《たなべ》聖也といって、礼央の小学校時代の同級生だった。彼は小学校を卒業すると同時に県外に引っ越し、以来一度も顔を合わせていなかった。だからこうして聖也の顔を見るのは四年ぶりだった。

「なんだよ。礼央だったのかよ」と聖也は先ほどとは打って変わり親しげな態度になった。

「おまえ、全然変わってねえじゃん」

「お、おう。聖也はなんていうか、かなり変わったな」

けっして褒めたわけではないのだが、聖也は「まあな」と照れ臭そうにした。

聖也の変貌ぶりは凄《すさ》まじかった。今は長身痩軀《そうく》だが、小学校時代はチビで小太りな少年だった。当時からちょっとした問題児で、些細なことで癇癪《かんしゃく》を起こしていたものの、こんなバリバリの不良になるなんて思ってもみなかった。基本的に泣き虫で、それこそ女子にすら泣かされるようなヤツだったのだ。

「何、このガキ、聖也の知り合いなの？」

不良の一人、眉毛のない男が言った。すると、「このガキとか言うんじゃねえ」と聖也は仲間に凄《すご》んだ。

「礼央はおれの幼馴染《おさななじみ》なんだぞ」

「あっそ」と眉毛のない男は興味を失ったように肩をすくめ、「おまえら、命拾いしたな」と智明と勇信の顔を威嚇《いかく》するように覗き込んでから、もう一人の男を引き連れてもといた車両に戻っていった。

ここでちょうど停車駅に到着し、ドアが開いた。すると、「じゃあな、礼央」と勇信がさっと腰を上げた。智明も慌ててそれに倣《なら》う。二人はここが自宅の最寄駅《もよりえき》ではないが、一刻も早くこの場を離れたいのだろう。だから礼央も引き留めることはせず、「おう。また今度」と手を振った。

もしかしたらこの二人との関係はここで終わるかもなと思った。

ドアが閉まり、再び電車が動き始めると、「いやー、マジで久しぶりじゃん」と聖也は礼央のとなりに座り、がっつりと肩を組んできた。

彼とそれほど親しくしていた覚えはないのだが、「だよな。元気にしてたか」と礼央も調子を合わせた。

それから聖也は礼央の知らない四年間をざっと語った。

当時は知らなかったが、聖也が引っ越した理由は親の離婚だったそうだ。彼は父親に引き取られ、転居先の茨城で暮らしていたという。そちらでは悪い仲間たちと悪いことをして、たびたび警察の世話になっていたらしい。だが、その悪い仲間たちと「いろいろあってよォ」という理由で町にいられなくなり、二週間ほど前に母親のもと——礼央の地元——に戻ってきたのだそうだ。

あまり要領を得なかったが、要するに問題を起こして逃げてきたということだろう。ちなみに高校は入学して一ヵ月で退学になったという。

「そっか。でも聖也がこんな感じになると思わなかったな」

礼央が改めてそんな感想を述べると、聖也は「まあな」と、またも満足そうな顔を作り、

「それよりさ」と話題を変えた。

「おれ、ちゃんと覚えてっからよ。礼央がおれにつきっきりで九九を教えてくれたこと」

「ああ」と礼央は漏らした。「そういえばあったな。そんなことが」

二人が小学校六年生のときのことだった。聖也はまったく勉強が出来ず、六年生になっても九九すら出来なかったので礼央が教えてあげたのだ。

「でも、なんでおれ、おまえに九九を教わったんだっけ」

「さあ、なんでだっけ」

と礼央は小首を傾《かし》げてみせた。

本当はしっかり覚えていた。担任の先生から「田辺がせめて九九くらい出来るようにしてやってくれ」と頼まれたのだ。実際は頼まれたというより、聖也の扱いに苦労していた担任が礼央の前で何気なく吐露した軽口に過ぎなかった。だが、礼央はなぜか使命感に駆られ、やってやろうという気になった。

もっとも骨が折れた覚えがある。聖也は必ず両手を使わないと計算が出来ず、それも出した答えがまちがっていることが多かったからだ。なぜこんな簡単な計算が出来ないのだろうと、礼央は聖也が自分とは異なる奇妙な生き物であるかのように思った。

そこで礼央は九九をノートに平仮名で書き起こし、『いんいちがいちいんにがに――』と、お経のようにして耳で暗記させることにした。すると聖也はすんなり覚え、どの段も正解を答えられるようになった。

　そういえばあのとき、二人で手を取ってよろこんだな――。

　だが彼との思い出はこれくらいだ。

「おれ、あのときの恩は忘れてないぜ」と聖也が照れ臭そうに言い、「もし困ってることがあったら言えよ」と親指で自身を指した。

「別に困ってることなんかないよ」と礼央は笑った。

　聖也はそれを受け流して、「ところでさっきの奴《やつ》ら、高校のダチだろ。マブなのか」と話題を変えた。

　マブという言葉が妙にこそばゆく響いた。

「いや、ただのクラスメイトだけど」

　礼央がそう答えると、聖也は「ふうん」と微妙に頭を上下させて、それから口の端を吊《つ》り上《あ》げ、「あいつら絶対に童貞だろ」と、そんなことを言った。

「さあ、そういう話はあんましないから」と礼央は煙《けむ》に巻《ま》いた。「それに、うちは男子校だし」

「男子校？　マジかよ。じゃあもしかして礼央もチェリーか」

　言われて礼央は顔が熱くなった。実際のところ、礼央は女とキスをしたこともなければ手を繋いだこともなかった。中学時代、一度だけ彼女ができたことがあり、何度か一緒に下校をしたが、母親にその場を見られ、注意されたので別れることにした。相手にしっかりと別れを告げたわけではないのだが、避けていたら自然と関係が消滅したのだ。

礼央が視線を逸らすと、聖也は再び肩を組んできて、となりの車両にいる仲間たちに向けてあごをしゃくった。

そして、「あそこにいる女、おれの彼女で芽衣《めい》って言うんだけど、一発だけならヤってもいいぞ」とニヤニヤしながらとんでもないことを言った。

驚いて聖也の顔を見た。「自分の彼女だろう」

「うん。だけど、礼央ならいいよ。ただし一発だけな」

こいつは何を言ってるのだろう。四年ぶりに偶然出くわした幼馴染に、自分の彼女を抱かせようとするなんてどうかしている。

礼央は目を凝《こ》らし、改めて女を見た。ケバくてガラが悪い。いわゆるギャルヤンキーだ。きっとあの女も九九が出来ないだろうと思った。

「いいよ。そんなの」

「遠慮すんなよ。ヤリてえだろ」

「いいって。それにあの子だって嫌がるだろう」

「ああ、平気。おれが言えば余裕」

その後、いくらか押し問答をしたあと、「じゃあ、気が変わったら遠慮なく言えよな」と聖也はようやく引いた。

やがて最寄駅に到着し、礼央は「じゃ。おれ、ここだから」と腰を上げた。すると聖也も「おれだってここだよ」と立ち上がった。

「そうか。こっちに戻ってきたんだもんな」

「そうだよ。ボケをかましてんのかと思ったじゃねえか」

どうやら聖也の仲間たちも下車したようだった。今からみんなで聖也の家に行くのだという。「そうだ。礼央も来いよ」と誘われたのだが、咄嗟《とっさ》に予定があると嘘《うそ》をついて断った。

はからずも聖也たちと見慣れた駅舎を歩いていく。周囲の人が避けて通るのがわかった。今、自分も不良グループの一員に見られているのだろうか。

ほどなくして改札口を通りすぎたところで彼らと別れようとすると、「あ、ちょっと待てよ」と聖也から引き留められた。

「ＬＩＮＥ教えてくれよ」と聖也がスマホを取り出して言う。

これはさすがに断れないので、礼央は仕方なく連絡先を交換した。

「じゃあ、近いうち連絡すっから。昔みたいに遊ぼうぜ」

「おう。またな」

礼央は手を軽く上げて、聖也とその仲間たちの背中を見送った。

緊張を強《し》いられていたからだろう、ワイシャツが背中にピタッと張り付いていた。礼央はシャツを指で引っ張り、ぱたぱたと揺すって風を通した。

「昔みたいにって、おまえと遊んだ覚えなんてねえよ」

小さくなっていく聖也の背中に向けて、礼央は唇だけで言った。そしてずっしりと気が重たくなった。

もし次、聖也に遊びに誘われたら、どう断ればいいのだろうと思ったのだ。

頭をフル稼働させて考えてみたが、名案は浮かばなかった。

自宅へ帰ると、例のごとく玄関で母から全身にアルコールスプレーを吹き掛けられた。その際に「お父さん、今日もまた飲んでる」と要らない情報を小声で伝えられた。

五十二歳の礼央の父は大手製紙会社の北関東支部に勤めていた。役職は課長だが、そこがどんな課でどんな業務を行っているのかはよく知らない。前に聞かされたことがあるが、右から左で聞き流していたのでまったく覚えていない。

世がコロナ禍になり、父の会社もご多分に漏れずテレワークになった。父は初めこそパソコンを用いて何かしらの業務を行っていたが、日に日にその時間が短くなった。そしていつしか散歩に出掛ける回数が増えた。やることがないのは誰の目にも明らかだった。

そして今月の頭に会社から早期退職を勧められたと、これは母から聞かされた。礼央の妹で中学二年生の柚美《ゆみ》が夕食時に「お父さん、会社辞めるの」と何気なく訊いたら、父は目の下をぴくぴくと痙攣《けいれん》させ、何も口にしなかった。

以来、父は飲めない酒を飲むようになった。飲み会ですら酔って帰ってこなかった父が、今では昼間から赤ら顔をしている。先日は酔って階段を踏み外し、額を七針も縫う怪我《けが》も負った。

そんな父の姿は見るに堪《た》えなかった。母は甲斐甲斐《かいがい》しい妻を演じて、「大丈夫よ。なんとかなるわよ」と父を励ましているが、子どもたちの前では「だらしない」「みっともない」と軽蔑しているようなことを言う。

日が落ち、礼央が二階の自分の部屋でユーチューブを視聴していると、「お兄ちゃん。ご飯だって」と妹の柚美がドアを開けて言った。

「ノックしてから入れっていつも言ってるだろう」と礼央はベッドから上半身を起こして文

句を言った。

以前、急に部屋に入ってこられて、死んでも見られたくない場面を目撃されてしまったことがある。その後、母から「年頃の妹がいるんだから気をつけるように」となぜか礼央が注意をされた。

柚美は兄からの文句を無視して、「お兄ちゃんさ、深山《みやま》先生のこと知ってるよね」とそんな話題を振ってきた。

深山は中学時代の体育教師だった。もっとも彼が担任だったことはなく、礼央は体育の授業も嫌いだったのであまり関わりはない。ただ知っているという程度だ。

「知ってるけど、深山先生がどうした」

「なんか捕まったっぽい」

聞けば深山はＳＮＳ上で県外の女子中学生と知り合い、その子を車で自宅に連れ込んだのだという。それを女子中学生の親が知り、警察に通報したことで、逮捕されたらしい。

「今、クラスＬＩＮＥがそのことでやばいことになってる。ずっと通知止まんないもん。っていうか自宅に連れ込むとかバカすぎない？　絶対に捕まるでしょ」

「そういう問題じゃねえだろう」

たしかに深山はスケベそうな教師だった。礼央の同級生の女子たちも「見る目がやらしい」という理由で嫌っていた。

そのことを話すと、「わたしは嫌いじゃなかったけどな」と柚美は意外なことを言った。

「ヤンキーの生徒を黙らせることが出来たのって深山先生だけだったから。ほかの先生はみんなビビってなんも言えないんだもん」

「ふうん。おまえの学年にもヤンキーとかいるんだ」

「いるよ。一個上にも、一個下にもいっぱい。群れてイキがってマジでバカみたい」

ここは田舎ならでは、やたら不良が多い土地だった。夜の国道には毎日のように彼らが跨《またが》るバイクの騒音が響き渡る。

「お兄ちゃんの高校にヤンキーとかいる？」

「いるわけねえだろ」

「だよね。やっぱ、わたしも良いとこ行かなきゃ」

「おまえじゃ無理だよ。そもそもうちは男子校だし」

「同じとこに入るって言ってないじゃん。そこそこ良いとこって意味」

柚美の成績は中の上だった。偏差値でいえば六十程度だろうか。テスト前しか勉強してないのだから当然だ。

それから二人で階段を降りて居間へ行き、食卓の椅子を引いた。今日は礼央の好きなクリームシチューだった。ごろごろとした肉や野菜がたっぷり入っていて食欲がそそられた。

「お父さんは？」と柚美が母に訊く。

「酔い潰れて寝てる」と母は忌々《いまいま》しそうに言い、「で、礼央、今日の先生とのお話はどんな具合だったの」と息子に本日二回目の質問をしてきた。

「帰ってきたときに言ったじゃん。ふつうだったって」と礼央は面倒くさそうに答え、スプーンを手にした。「いただきます」

「ふつうじゃわからないでしょう。どういうやりとりをしたのか、しっかりと教えて」

礼央は鼻から息を漏らした。「中間テストの成績が悪かったから期末はがんばれって。それと目標は高くもてって」

オブラートに包んで答えた。だが、母はそれでは納得をせず、さらなる詳細を求め、あれこれと質問を浴びせてきた。

礼央が適当に受け答えしていると、それが癇《かん》に障《さわ》ったのか、母はしだいに怒り始め、だが一転して笑顔を見せ、「あまり思い詰めちゃダメよ」と気遣いの台詞も口にした。

「まだ高二なんだもの。全然大丈夫。これから挽回《ばんかい》すればまだ間に合う」

お母さん、それ自分に言ってるでしょ。礼央は口の中で言った。

母は成績優秀な自慢の息子が落ちぶれたことがよほどショックらしい。

だが、こちらとてどうしようもないのだから仕方ない。自分でもこんなにも勉強に後ろ向きになる日が来るなんて思ってもみなかったのだ。

その後は無言の食事がつづいた。食卓には皿とスプーンがぶつかる音だけが響いている。

やがて「ごちそうさま」と柚美が言い、食器をもって席を立った。

「こら、待ちなさい」と母がすかさず咎《とが》めた。「まだたくさん残ってるでしょう」

「もうおなかいっぱいなの」

「柚美。ダイエットなんて必要ないんだからね」

「本当におなかがいっぱいなの」

「嘘をつきなさい」

「ほんとだって。それよりお母さん、お父さんと離婚するつもりなの」

礼央は手を止めて妹を見た。そして次に母を見た。

母は目を丸くさせたまま、固まっている。

「どうしていきなりそんな話になるの」と母は声を上擦《うわず》らせて言った。

「別に。ただ訊いてみただけ。ごちそうさま」

柚美はそう言って台所へ向かい、ささっと洗い物をしてから自分の部屋へ消えた。

「ねえ、離婚とか、そんな話になってんの」と礼央は上目遣いで母に訊ねた。

「なってないわよ」と母は目を合わさずに答え、「こういう大変なときに支え合うのが夫婦じゃない」と綺麗事《きれいごと》を吐いた。

だったらその二枚舌をなんとかした方がいいよ。礼央は再び口の中で言った。

もっとも両親が離婚をすることはないだろうと思った。根拠はないが、それ以上に両親の離婚に現実味がないのだ。

ほどなくして礼央も食事を終え、自分の部屋へ戻った。スマホを手にすると、勇信からＬＩＮＥで着信が入ってるのがわかった。《折りＴＥＬ希望》のメッセージも届いていた。

苦い気持ちが込み上げる。不可抗力とはいえ、自分の幼馴染が彼らを怖い目に遭わせたことにちがいはないのだ。

礼央が意を決してＬＩＮＥ電話を掛けると、勇信はちょうどスマホを触っていたのか、ものの一瞬で応答した。

彼はひどく憤《いきどお》っていた。ただし礼央にではなく、智明に対してだった。

〈あいつ、電車を降りたあとなんて言ったと思う?　おまえが車両を移ろうなんて余計な提案をしたから絡まれたっておれのことを責めてきたんだぜ。考えらんねえだろう。ありえねえよ〉

ふだんは冷静な勇信が鼻息荒く捲《まく》し立《た》てている。

礼央はさもありなんと思った。智明はなんでも人のせいにする癖がある。

〈さすがにおれも頭に来て、ふざけんなよってキレたら、あいつ今度は、すべて礼央が仕組んだことなんじゃないかなんて言い出してさ〉

礼央はスマホを耳に当てたまま小首を傾げた。「それ、どういう意味？」

訊くと勇信は〈つまりその……〉と口ごもり、〈礼央がおれらを脅すために、地元の友達にああいうことを頼んだんじゃないかって〉と耳を疑うようなことを言った。

「なんだよそれ。そんなことするわけねえじゃん。それこそ考えらんねえよ」

〈怒るなよ。おれが言い出したわけじゃないんだから〉

「怒るだろうそんなの」

智明はいったいどういう理屈でそんな奇天烈《きてれつ》な妄想を膨らませたのか。

そして勇信も勇信だ。きっとこいつは智明の馬鹿げた妄想に時間を置いて疑心暗鬼に駆られ、それをたしかめに電話を掛けてきたにちがいない。絶対にそうだ。

〈成績じゃおれらに勝てないから嫉妬して逆恨みしてたんだろうって。これだって智明の弁だからな〉

礼央はスマホを壁に投げつけたい衝動に駆られた。

その後、勇信はさすがにバツが悪かったのか、〈わかってくれてると思うけど、おれはいっさいそんなこと思ってないぜ〉と自己擁護を口にし、〈それにしても智明のヤツは許せねえ〉と不在者をさらに批難した。

〈あいつ、おれらの前でいつも偉そうに講釈垂れるじゃん。今日のコロナのこととかさ。でもあれって全部、親父《おやじ》の受け売りだと思うんだよな。あたかも自分の考えのように言ってる

けどさ〉

智明の父親は県内にある大学病院の教授だった。ネットでググれば顔写真とプロフィールが出てくるような人物で、いわゆるお偉いさんなのだそうだ。

「おれ、風呂入ってくるわ」

礼央は会話を断ち切るように憮然として言った。こんな話、聞きたくもない。どうでもいい。ただただこいつらがムカつく。それだけだ。

〈お、おう。長電話して悪かったな〉と勇信は詫び、最後に〈礼央の地元の友達を悪くは言いたくないけど、ああいう奴らとあんまり関わらない方がいいぜ〉と要らない助言をしてきた。

「別に友達じゃねえし」

そう告げて電話を切った。その直後、礼央はめんこの要領でスマホを思いきりベッドに叩《たた》きつけた。すると、スマホはぽよんと高く跳ね返ってフローリングの床に落ちた。

着地した瞬間、バリッと嫌な音がした。

礼央は石化したように挙動を止めた。恐るおそるスマホを拾い上げる。目を落とすと、画面の下半分に亀裂が入っているのが見えた。

礼央は額に手を当て、低い天井を仰いだ。最悪。今日は厄日だ。

しばらくその姿勢のままでいると、手の中のスマホが一瞬震えた。ＬＩＮＥのメッセージを受信した通知だ。

また勇信からだろうと思ったが、ちがった。

聖也からだった。

《ちょっと出てこいよ。遊ぼうぜ》

ため息をついた。こんなにも早く誘いが来るとは。やはり連絡先を交換したのは失敗だった。

礼央は指先を動かし、返信のメッセージを入力した。

《ごめん。今から風呂に入って、それから宿題をやらなきゃいけないんだよね。マジめんどくせー》

礼央はメッセージを送信したあと、すぐに合掌のスタンプと涙のスタンプを付け加えた。

するとすぐに既読マークが付き、返信があった。

《ちょっとくらい平気だろ。今おまえん家《ち》の前にいるから》

一瞬、思考が停止した。それから礼央は窓際へ走り、カーテンをバッと開けた。すると、我が家の塀の向こうの暗がりに、二台の原付バイクがライトを発して止まっているのが見えた。

一台につきそれぞれ二人乗りをしていて、そのうちの一人が礼央に向けて大きく手を振っている。

まちがいなく聖也だった。

「なんで勝手に来んだよ」

ひとりごちたあと、礼央は慌てて部屋を出た。

3　2020年6月11日　戸《と》村《むら》茂《も》一《いち》

激しく左右に振れるワイパーがしきりに雨水を弾《はじ》き飛《と》ばしている。

関東は本日が梅雨《つゆ》入りで、ここ静岡県沼津市も夜明け前から降り出した雨が引きも切らず街を濡《ぬ》らしていた。フロントガラスから見渡せる空はグレー一色で、それは市民の心模様を転写させたかのようだ。

先の信号が赤に変わり、戸《と》村《むら》茂《も》一《いち》は「ああ、ちくしょう」と嘆いてハンドルを叩いた。

本当に腐れ畜生だ。何が美しい国ニッポンだ。この国は人にあらずだ。

信号が青に変わると同時に茂一はアクセルを強く踏み込んだ。五年落ちのホンダ・ヴェゼルがウオンと低く吠《ほ》える。

「ガソリンくらいタダにしやがれ」

再び、独り言を吐いた。

ここ最近、茂一は常に独りでしゃべっていた。いつだって誰かに訴えていた。助けてくれ、と。

目的地の沼津市役所に到着し、駐車場に車を停《と》めた。エンジンを切ると同時に車を降り、傘も差さずに庁舎の入り口を目指した。

自動ドアを通り抜け、壁に設置されている館内案内を睨む。それによると生活安心課は二階のようだった。茂一は階段を一段飛ばしでぐんぐんと登っていった。

そうして受付窓口に立つなり、大きく息を吸い込み、「戸村だ。さっきまで電話をしてた村上《むらかみ》という女をここに出せ」と第一声を発した。

何事かと周囲の視線が一斉に自分に集まった。知ったことか。こちとら黙ってなどいられないのだ。

元来、気の小さな自分がこうして人目を憚《はばか》らず、闖入《ちんにゅう》者を演じている。どれほど穏やかな動物でも追い詰められれば牙を剝《む》く。人間だって同じだ。

「おい、早く出せと言っているだろう」

再び声を張り上げると、奥のデスクで事務作業をしていた職員の女が緩慢に立ち上がった。

あいつが村上だろうか。電話の声の通り、嫌味そうな中年の女だった。いかにもお局《つぼね》様といった風体《ふうてい》だ。

「お越しになられても困りますとお伝えしたはずです」

眉根を寄せた村上がカウンター越しに言う。

茂一はそれを無視して、「あんた、さっき電話口でおれに言ったことをもういっぺんここで言ってみろ」と身を乗り出して迫った。

この女はあろうことか、こんなことをぬかしたのだ。〈残念ですが、助成するに値しない職種だということなんです〉と。

耳を疑う発言だった。その言葉を浴びた瞬間、茂一は受話器を握ったまま、しばし放心してしまったほどだ。

「大勢の方がいらっしゃいますから少し声を落としていただけると。それと館内ではマスクの着用をお願いしております。おもちでなければこちらをどうぞ」

と、村上は冷静な態度でマスクを差し出してきた。そこで茂一は自分がマスクをしていないことに気がついた。怒りのあまり、衝動的に家を飛び出してしまったせいだった。

茂一はマスクをひったくり、ゴムを両耳にかけた。

「おれの仕事が助成するに値しないだと。よくもそんなことが言えたな。あんた、これまでラブホテルをいっぺんも利用したことがないのか」

顔を指さしてそう告げると、村上がマスクの下で顔をしかめたのがわかった。

「どうなんだ。利用したことがあるなら先ほどの発言を取り消せ」

そう詰め寄り、茂一はカウンターに両手を激しく叩きつけた。

茂一は沼津市内で三店舗のラブホテルの経営を行っていた。三店舗とも国道四一四号線から少し逸れた場所にぽつねんと建っており、それぞれ五キロほどの間隔が空いている。屋号は『ステンノー』『エウリュアレー』『メドゥーサ』で、これはギリシャ神話に出てくる三姉妹の名前から拝借していた。先代である父曰《いわ》く、魔除《まよ》けの意味合いがあるらしい。

茂一は二代目だった。先代の父は茂一が生まれた昭和四十七年、三十歳の若さで起業し、ラブホテル経営に乗り出した。ちょっとした資産家であった祖父から受け継いだ遺産を——周囲の反対を押し切って——すべて注《つ》ぎ込《こ》んで適当な遊休地を買い上げ、そこに男と女の一晩の愛の巣を建てたのだ。

なぜ一会社員だった男が突然そのようなビジネスを始めたのか、当時父が茂一の母に語ったところによると、「生まれなけりゃあ食わんでもいいし、着るもんも要らねえし、住むとこだって必要ねえだろう。となると本当に安泰な仕事は衣食住じゃねえ。その前段階なんじゃねえかと、こう考えたわけだ」という、およそ頓珍漢《とんちんかん》なものだった。

当時、母はどうしてこんな人と結婚してしまったのかと後悔に苛《さいな》まれ、行く先が不安で夜も眠れなかったという。

そんな母の不安をよそに、ラブホテル経営は出だしから順調だった。周りにライバル店がなかったことと、国道沿いのもっとも目立つ看板広告の枠を確保出来たことが大きな要因だった。また、中世ヨーロッパをイメージした建物の造りが当時は斬新で、少々強気な料金設定をしても客足が途絶えなかったのだ。

そこで父は銀行から融資を受け、茂一が五歳のときに二店舗目、八歳のときに追加融資を受けて三店舗目を建てた。

そのころ、父の乗る車は毎年グレードが上がっていき、茂一も新しいおもちゃを次々に買い与えてもらえた。

もっとも茂一は少年時代、友人の誰にも父の仕事を教えられなかった。父は「おれが間接的に誕生させた命は一つや二つじゃないはずだ。これを誇らずして何を誇る」と冗談めかして言うものの、茂一は恥ずかしくて仕方なかった。

そうして茂一が中学生のころ、世の中がバブル期に突入し、山っ気の塊《かたまり》のような父は手当たり次第に土地や物件を買《か》い漁《あさ》るようになった。起業し始めたころの「衣食住じゃねえ」という信条を忘れ、リターンの大きい不動産売買に手を出したのだ。結果はいわずもがな、数年後にバブルは弾け、父は莫大《ばくだい》な借金を背負って破産した。

ところが、自宅とラブホテルの三店舗だけは取り上げられることはなかった。ここがある意味、機を見る才能なのだろうか、父は首が回らなくなり始めたころ、早々に離婚し、財産分与で三店舗のラブホテルと自宅の所有者の名義を母に移したのだ。

いわゆる偽装離婚で、当局の目を避けるため、一時期父は家を離れて暮らしていたものの、すぐに戻ってきてもとの生活に戻った。

こうして守られた三店舗の実質的な経営者はその後も父だった。そういう意味では父から受け継いだというのがやはり正しいのだろう。

「茂一よ、ガキのころに肩身の狭い思いをさせて悪かったなあ」

六十五歳を前にして肝臓癌が発覚し、それが末期だとわかったとき、父は息子の前でそんな言葉をこぼすようになった。母にも「散々苦労をかけてすまなかった」と詫びるようになった。そして何かにつけて「おれはもうダメだ」と弱音を吐くようになった。

それが茂一にはつらかった。息子のわがままなのだろうが、父には最後まで父らしくいてほしかった。かっこいい男のまま、死んでほしかった。

そのころには茂一も大人になり、父の仕事に偏見などなくなっていた。むしろ心から尊敬するようになっていた。

茂一は姿形は父親似でも、性格は完全に母親似だった。母は石橋を叩いても渡らない人で、茂一はその気質をそっくりそのまま受け継いでしまったのだ。だから茂一は歳《とし》を重ねるにつれ、自分とは真逆の豪胆な父に一人の男として惹《ひ》かれるようになった。

なにより、父はここまで自分を何不自由なく育ててくれた。父はいつだって明るく、家族をたくさん笑わせてくれた。感謝しないでいられるはずがないのだ。

だから父の死に際、「おれ、あとを継ぐよ」と彼の手を取って伝えたのは自然なことだった。

もっとも、本音を話せば、当時勤めていた職場から逃れたい思いもあったのだが。

そのころ、茂一は名古屋にある医療機器を扱う会社で営業マンをしていた。だが、出世はどう考えても見込めなかった。もとより口下手で、人付き合いの得意なタイプではない。そんな人間が傲慢で偏屈な医者たちの相手を出来るはずもなかった。

そうして郷里に戻ってきた茂一は、父のあとを正式に引き継ぎ、三店舗のラブホテルの経営者となった。今からおよそ十四年前のことだ。

父のやり方を踏襲すればいいだけなのだからと、当初は甘く見ていたのが、それは大きなまちがいだとすぐに気づいた。毎月少しずつ、だが確実に売上が減ってきたのだ。

古くさい外装と内装のせいなのか、それとも料金設定が時代に合っていないのか、はたまた少子化や不景気のせいなのか。おそらくそのすべてが要因だった。

もっともこれは茂一のところに限った話ではなく、当時、日本全国のラブホテルが次々と廃《すた》れていっていた。

茂一が経営を始めて一年が経ったころ、所有するラブホテルの立ち位置がだいぶ摑《つか》めてきた。三店舗とも立地は悪くないが、やはり外装と備品を含めた内装がみすぼらしく、その割に料金が高いのだ。

しかし、それがわかったところで全面改装するほどの金はなく、安易な価格改定も躊躇《ためら》われた。二、三百円安くしたところでさほど効果があると思えず、かといって五百円も下げたら経営が危ぶまれる。ぎりぎり、かつかつ。これが我が三姉妹ホテルの偽らざる経営事情だった。

そこで茂一は低コストで行えるサービス向上に努めた。具体的には、最新のアダルトグッズを積極的に取り入れ、コスプレ衣装を無料で貸し出すことにした。従来の割引券を止め、来れば来たぶんだけ客が得をするスタンプカードを作った。もちろん三店舗とも共通で使えるものだ。

それが功を奏して、客足が少しずつ戻ってきた。どんな仕事も小さな工夫が大切なのだと茂一は身を以《もっ》て痛感させられた。

そのように毎年小さなテコ入れを繰り返して、ここまでなんとかかんとかやってきた。首の皮一枚、どうにかもち堪《こた》えてきた。

だが、二〇二〇年を迎え、その首の皮にコロナという名の刃《やいば》が突き立てられた。中国の武漢で検出された新型ウイルスはあまりにも無慈悲だった。

客は激減し、売上は五分の一になった。悪夢とはこのことだと思った。本当に悪い夢を見ているのではないかと、目の前の現実を疑ってしまうほど、茂一は追い詰められていた。

そう、茂一は今、人生最大の危機を迎えていた。

「気分を害されたのであれば、この通りお詫び申し上げます」と村上がうやうやしく頭を下げてきた。だが、「しかしながら、助成の有無に関してはわたくし個人の意見でも決定でもなく、行政の判断でございますので、怒りの矛先《ほこさき》をこちらに向けられましても困ってしまいます」という発言を付け加えられたことで、茂一の怒りは再燃した。

「言い方ってもんがあるだろう。助成するに値しないってことは、助ける価値がないってことじゃないか」

「ですから、それはわたくしが決めたことではございませんので――」

「そんな差別があるか。おれはこれまできちんと税金を納めてきたんだ。一度だって脱税をしたことなんてないぞ」

「心中はお察しいたしますが、何度も申し上げております通り――」

「税金は毟《むし》り取《と》る。だが、税金での支援はしない。こんなひどい仕打ちがあってたまるか」

視界が小刻みに揺れていた。自分の顔面がぷるぷると震えているからだ。

「なんでおれだけダメなんだ。みんなもらってるじゃないか。どうしておれだけ助けてもらえないんだ」

この女にいくら訴えても仕方ないことだと頭でわかっていても、茂一は止まれなかった。どうしても我慢がならなかった。

税金を使った事業者救済措置である持続化給付金だが、一部の業種がその対象外となっていた。性風俗業を営む事業者だ。

キャバクラやガールズバーは補償するが、ソープやヘルスは補償しないというのである。

この理由について経済産業相は、「社会通念上、公的資金による支援対象とすることに国民の理解が得られにくいといった考えのもとに、これまで一貫して国の補助制度の対象とされてこなかった」と、恐ろしいことを平然と言い放った。

「こんなの弱い者イジメじゃねえか。不公平だろう。差別だろう。そんなの国がやることかよ。職業に貴賤《きせん》なしじゃねえのかよ」

この段になると茂一の視界は濡れていた。言葉を吐き出すたびに涙が込み上げてくるのだ。

「お願いですからどうかお声の方を」と村上が宥《なだ》めてくる。

「うちはただのホテルなんだ。ふつうの旅館業なんだよ。なのに、どうして――」

ついには茂一の両目から大粒の涙がぼろぼろとこぼれ落ちてきた。

性風俗業同様、四号営業ホテルもまた、不給付要件に含まれているのだ。四号営業ホテルとは、風営法で定められている店舗型性風俗特殊営業四号営業に該当する宿泊施設であり、ラブホテルのことである。

かといって、すべてのラブホテルが不給付というわけではなかった。

昭和六十年の風営法改正以降に新築されたラブホテルは、四号営業ホテルと区別して新法営業ホテルという扱いだった。そして、この新法営業ホテルの方は持続化給付金の対象となっていた。

三十五年前に行われた曖昧な線引きによって、手を差し伸べてもらえるラブホテルと、切り捨てられるラブホテルがある。

誰がどう考えても矛盾しているし、理不尽だと思うだろう。だが唯一、この理屈がまかり通ると主張する愚か者がいる。我が国、ニッポンだ。

「つまりは新しいか古いかだけのちがいだろう。そんなことで弾かれたんじゃこっちはたまったもんじゃねえぞ」

さすがに村上一人では対処出来ないと思ったのか、男の職員たちがぞろぞろと集まってきた。その職員らに向けて、茂一は「テメェら。ふざけんなっ」とマスクを外して投げつけた。

「人を馬鹿にすんのも大概にしろよ。こっちはなあ、これまで必死で生きてきたんだ。女房と三人の子どもを食わせるために、泥水をすするような思いで働いてきたんだ。社長自ら客室のリネン交換をしなきゃいけない惨《みじ》めさがおまえらにわかるか。おまえら、通帳を眺めて気が遠くなったことなんかねえだろう」

「おい、誰か警察に通報しろ」と年配の職員が指示を出した。

「こういうときに助けないならはじめから税金なんて取るんじゃねえ。返せよ。おれがこれまで納めてきた税金、全部返してくれよ」

あられもなく乱れていたものの、こんなことを言いにきたんじゃないんだけどな――と、頭の片隅に妙に冷静な自分もいた。

「さっきからやかましいぞ、おっさん」と、どこからかそんな声も飛んでくる。

村上の人を小馬鹿にしたような態度が気に食わなかったから、一言謝らせたかっただけなのだ。

だいいちこいつらに何を訴えても無意味なのに、いったいおれは何をしているのか。きっとあとで醜態を晒《さら》したことを激しく後悔するだろう。

それでもやはり、茂一は止まれなかった。

自分と、そして父を、救う価値のない国民と切り捨てたこの国を、どうしても許せなかった。

夕方にかけて徐々に雨脚が強まり、二十一時に差し掛かったころには土砂降りとなった。遠くで雷も鳴り始め、その轟音《ごうおん》に怯えてピーピー鳴いているのはシナモン文鳥のモモだ。

「大丈夫だよ、モモ。心配ないさ」

茂一は自身の左肩で身を小さくして震えているモモに優しくささやいた。薄茶色の体毛と真っ赤な瞳をもった八歳のこの小鳥が戸村家のペットだった。

とはいえ可愛がっているのは茂一だけで、妻や息子たちは見向きもしない。鳥アレルギー気味の妻は仕方ない――飼ってから発覚した――としても、息子たちは「フンが汚い」とか「赤い目が不気味」という腹立たしい理由で毛嫌いしている。

「あ、今、ズルしただろう」

「してねえよバカ」

「ウソつけ。見せてみろよ」

「触んなって」

いがみ合いを始めたのは中二の双子の泰斗《たいと》と奏真《そうま》で、彼らは夕食後から居間のソファーを占拠して、ずっとスマホゲームに興じていた。寄ると触ると喧嘩をするくせに、なぜか行動を共にしたがるのがこの双子なのだ。

「もういい加減ゲームはおしまい」と両手を腰に当てて叱ったのは妻の直子《なおこ》だ。「どっちからでもいいから、さっさとお風呂に入ってきて。寝るのがどんどん遅くなる」

「明日は休みだからまだいい」と泰斗がスマホに目を落としたまま答える。

「ふざけたことを言ってんじゃないわよ。リモート授業なだけで休みじゃないでしょう」

「休みみたいなもんじゃん。部活だってないし——なあ」と、泰斗が促すと、「そうそう。休みと一緒」と奏真も同調した。

「こんなときばかりタッグを組まない。言うことを聞けないなら、来月からスマホは解約するから」

母親からそう脅されると、二人は舌打ちをし、「速攻で入って、出てからまたやろうぜ」と一緒に浴室へ向かった。

「おれとは入らないくせに、兄弟では入るんだな」

茂一が苦笑して言った。

「まったく、仲が良いんだか悪いんだか」と直子がため息を漏らして、食卓にいる茂一の前の椅子を引いた。「けど、本当にあの子たちはゲームのしすぎ。ここ最近、どんどん時間が長くなってる」

「学校が毎日休みなんだから仕方ないさ」

「あなたまでやめてよ。休みじゃなくてリモート授業」

「そうか。リモートか」と茂一はつぶやき、「リモートもコロナも関係ないのはおまえだけだな」と肩にいるモモに話し掛けた。

それから少し沈黙が流れたあと、「今日もまた輝樹《てるき》から連絡があってね」と妻が長男の話題を出した。

長男の輝樹は今年の春先に上京した大学一年生だ。一浪をしているので、年齢は今年で二十歳になる。

「やっぱり夏休みに入ったらすぐにこっちに戻ってきたいって。で、そのまま夏休み期間はうちにいたいみたい。だからその期間だけアルバイトが出来るところ、どこかないかなって言ってた」

「そんなの探せばあるだろう。たくさん」

「それがネットで探してるらしいんだけど、こっちの方はあんまりないんだって。ほら、今は県外からやってくる人も減ってるから、どこも人手が足りてるみたいなのよ」

考えてみればその通りだと思った。毎年この時期になると、地元の観光業を生業《なりわい》にする人たちによる、「夏の間働いてくれる若いのを知らないか」という台詞があちこちで飛び交うのだが、今年は一度もそうした声が聞こえてこない。

「じゃあ家庭教師のアルバイトでもしたらどうだ」

「わたしもそう言ったんだけど、それもハードルが高いって。夏休み限定というのがネックみたい」

茂一は首を左右に傾げて骨を鳴らし、「あいつ、せっかく東京に出たのに、二ヵ月もこっちで過ごすつもりなのか」と話を振り出しに戻した。

「それは仕方ないじゃない。あの子だって、あっちで楽しくやれてればそんなこと言わないわよ。こうしてわたしに毎日連絡してくるくらいだもの。さみしくて仕方ないのよ」

輝樹は一浪を経て、晴れて希望の大学に合格したものの、コロナ禍の影響により通学がほとんど出来ていなかった。入学式すら行われなかったくらいだ。そのせいで未《いま》だ友達が一人もできていないらしい。

もとより長男は弟たちに比べ、引っ込み思案で友人作りが不得手だった。そのぶん穏やかで聞き分けがいいのだが、ちょっとしたことをひどく気にしてしまう神経質なところがあった。その気質は確実に自分から受け継がれたのだろうと茂一は思っている。能天気な次男と三男は妻に似たのだ。

「それに輝樹が帰ってきてくれるとわたしだって助かるし。あの子はいろいろとお手伝いをしてくれるし、泰斗と奏真の夏休みの宿題も見てくれるじゃない」

「そりゃ無理だな。それだけは輝樹は引き受けてくれないよ」

去年の暮れ、輝樹が弟二人に怒り狂う一件があったのだ。彼らは勉強を教わる立場のくせに、ひどく舐《な》め腐った態度を取ったため、長男の堪忍袋《かんにんぶくろ》の緒が切れてしまったのだ。彼は弟たちの教科書や問題集をゴミ箱に叩き落とし、「金輪際《こんりんざい》おまえらに勉強は教えない」と目を剝いて宣言していた。

「それって半年も前のことじゃない。輝樹だってもう忘れてるわよ」

「んなわけないだろう。輝樹は根にもつタイプなんだぞ。あいつの怒りを買ったら最後、二度と関係は修復出来ないね――なあ、そうだよな、モモ」

「もう。輝樹をそんなふうに言わないでよ」と直子が頬を膨らませる。「にしたって、あのおバカ二人はどうしたもんかしら。いっそのこと二人とも強制的に塾でも入れちゃおうかな」

　そうぼやいた直子だったが、直後なぜか気まずそうな表情をして、夫から視線を逸らした。なんだろうと茂一は思ったが、すぐに理由を察した。

「別に塾に入れてやるくらいの余裕はあるさ」

「そんなこと誰も言ってないじゃない」

「顔に書いてあったよ。今の我が家にはそんな余裕はないんだって」

　つい嫌味な言い方をしてしまった。妻は渋い顔をして黙り込んでいる。

だが、本当にこのままでは塾はおろか、息子たちのスマホ代を捻出することすら厳しくなってくる。もしこの先、スマホを失ったら彼らは父親を軽蔑するだろうか。

　そしてなにより頭が痛いのが、東京で一人暮らしをする長男への仕送りだった。毎月の家賃だけは負担してやると約束して、三ヵ月前に彼を送り出したのだ。それを反故《ほご》にしたら父親として格好がつかない。

　茂一は深いため息を漏らし、「雷、おさまらねえなあ」と肩にいるモモの頭を指の腹で撫《な》でた。

　自分が父からしてもらったように、父親として最低限の務めは果たしたい。息子三人が社会人になるまでは、経済的な面でサポートしてあげたい。

ここで、「あれ？　あなたのスマホ、鳴ってない？」と妻が耳を澄まして言った。

「え？　あ、ほんとだ」

茂一は立ち上がり、モモをケージに入れ、スマホを充電している寝室に足早に向かった。

着信中のスマホを手にすると、相手は地元商工会の会長で、ペットショップを営んでいる――モモは彼の店で買った――小島武則《こじまたけのり》だった。彼は茂一の幼馴染でもあった。そんな小島の用件は、〈もっくん、ちょっくら飲みに行かんか〉というお誘いだった。

「これから？　さすがにそれはどうなのよ」と茂一は困惑した。

〈コロナ禍前はこの時間からでもよく行ってたべ〉

「それにしたって、こんな大雨の中さ。だいいち今は時短営業で、やってる店なんてないだろう」

茂一がそう告げると、武則は〈あんだよ。それが〉と得意気に言い、にひひと笑った。

〈ほら。十五番街に去年リニューアルした『ルージュ』ってスナックがあんべや。さっきあそこの恵《めぐみ》ちゃんに連絡したら、おれの頼みならこっそり店を開けてくれるって言ってくれてさ〉

「そんな、悪いだろう。わざわざ」

〈平気さ。あっちだって儲かんだから〉

「ボトルキープをちびちびやるだけのくせによう言うわ。それにたけやんは恵ちゃんと仲が良いだろうけど、おれは顔見知り程度だし、やっぱり、ちょっと気まずいよ」

〈相変わらずごちゃごちゃ言うな、もっくんは。いいから、頼むよ。こっちはあんたに折り入って相談したいこともあんだよ〉

絶対にないと思った。この悪友はいつもこうして適当なことを言って、連れ出そうとするのだ。だいたい商工会の会長の立場にありながら、この状況下で飲み歩いていいはずがない。

　そう指摘すると、〈関係あるか。んなもん〉と、どこ吹く風だった。〈大前提、営業してる店に行くわけじゃねえんだからよ。おれらだけだし、クラスターにもなりっこないだろう。こんな少人数でもダメだっつうなら永遠に飲み屋なんて開けねえぞ〉

　ここで「行ってくれれば？」と背中に声が降り掛かった。振り返ると、後ろに妻が立っていた。

「電話、小島さんでしょ？　たまにはおもてで飲んで、息抜きくらいした方がいいよ。あなた家じゃ飲まない人だし」

「いや、でもさ」

〈聞こえたぞ。奥さんのお墨付きも出たことだし、決まりだな。じゃあこれからタクシーでもっくんの家に向かうから、すぐに出れる準備をしといてくれ〉

　そう告げられ、電話が一方的に切れた。


　ＣＬＯＳＥのプレートが下がった『ルージュ』の前に横付けされたタクシーから下車した中年の男二人は「冷てえ、冷てえ」と言いながら店のドアを叩いた。こんな大雨の中、飲みに出掛けるなんて酔狂を通り越してもはや阿呆《あほう》である。

　だが、なぜ小島が強引に飲みに誘ってきたのか、茂一はその理由をここまでの道中でなんとなく察した。

きっと妻の直子が夫を連れ出してやってほしいと小島に頼んだにちがいない。その証拠に、ふだんなら自分のことばかりしゃべる小島が車内で茂一に対して妙な気遣いを見せていた。

　直子は精神不安定な夫を不安に思っているのだろうし、小島は小島で友人を心配してくれているのだろう。

　ありがたい反面、それがまた茂一を心苦しくさせた。

「ああ、いらっしゃい」

　と笑顔で出迎えてくれたのはママの恵だ。仕事ではないからだろう、タイトなＴシャツに細身のデニムというオフスタイルだった。とはいえ、身体のシルエットがくっきりと浮き出ていて逆になまめかしかった。恵はまだ三十九歳で女盛りなのだ。

「ごめんね。お休みなのに」と茂一は真っ先にそのことを詫びた。「どうせたけやんが無理を言ったんだろ」

「全然。それに、小島さんにはいつもよくしてもらってるから」

　およそ一年半前、この店のリニューアルオープンの際に、いろいろと取り計らったのは自分であると、以前小島はそのように話していた。知り合いの工務店を紹介し、施工料金を安く済ませてあげたこと、それに加え、店舗家具も業者に口利きしてほぼ卸値で流してあげたのだと、鼻の穴を膨らませて語っていたのだ。茂一の知る限り、ここ沼津で小島より顔の広い人間はいない。

「ほかに客がいねえってのが最高だな」とカウンターに座る小島が店内を見回して言った。

「まずはビールからちょうだい」

「戸村さんも一緒でいい？」と恵。

「うん。恵ちゃんも飲んでよ」

元々『ルージュ』は恵の母親が立ち上げた店だった。先代ママのときは茂一も定期的に店を訪れていたが、彼女が癌を患い、引退してからは疎遠になった。娘の恵が新ママになってからは数える程度しか顔を出していない。理由は店が繁盛してしまったからだ。

先代ママのときはいつ足を運んでもカウンターに座っておしゃべり出来たが、恵に代わってからは彼女目当ての客が増え、隅っこに追いやられてしまったのだ。

恵は特別な美人ではなく、化粧も控えめなのだが、どこか色っぽい雰囲気を纏っていた。若いのに落ち着いていて、口調も穏やかだ。そういうところがオヤジたちにとってちょうどいいのだろう。

三人でビールグラスをぶつけて乾杯し、それぞれに一口流し込んだあと、「あ、そういえば」と思い出したように小島が膝を叩いた。

「杏《あん》ちゃん、今こっちに帰ってきてるんだって」と小島が恵に水を向けた。

「そうそう。といっても明日には東京に戻るらしいけど」と恵が肩をすくめる。「にしてもさすがは小島さん。耳が早いのね」

「うん。クリーニング屋のケン坊が街で見かけたってさ。やっぱり芸能人の卵はオーラがちがうって言ってたぞ」

「やめて、やめて」と恵が顔をしかめた。「そんなのじゃないし、とっくに事務所も辞めてるんだから。今はただのフリーターよ。って何度か小島さんに話してるでしょ」

「あれ、そうだっけか」

「これだもの」

話についていけない茂一は、「杏ちゃんっていうのは誰」と二人の顔を見て訊いた。

「恵ちゃんの娘さ。歳は輝樹くんと同じか、ちょっと上くらいだったか」

恵の娘の杏は現在二十一歳で、中学卒業と同時に上京して、某芸能プロダクションに入所したのだという。だが、水着のグラビアのＤＶＤを数本出したのち、あっさり引退してしまったのだそうだ。そういえばだいぶ前に、先代ママがうちの孫は将来のスター候補生などと自慢げに語っていたような記憶がある。

「わたしなんかはすぐに辞めると思ってたからあんまり人に言わなかったんだけどね。自分の娘だもの。そんな器じゃないのも知ってるし、大概が長続きしない子なんだから」

「でも今も東京で独りでやってんだからたいしたもんじゃない」

と茂一がフォローするように言い、「ああそうだ、そうだ」と小島も相槌を打った。

「けど、フリーターってってもよ、何で飯食ってんだ？」

小島が訊くと恵は「さあ」と肩をすくめた。

「さあって、親として気にならねえのか」

「気になるけど、あの子言いたがらないんだもの。要領いいとこあるから、うまいことやってるのかなとは思うけど。それにうちは代々放任主義だから」

そんな話から幕開けした小さな飲み会の話題はやがてコロナへと移行し、三人で一通り世の現状を嘆いた。

「けど、ぶっちゃけた話、恵ちゃんに痛手はねえだろ。むしろ儲かってるんじゃねえの」

小島が目を細めて言うと、恵は「とんでもない」と顔の前で手を振った。

「たしかに持続化給付金は満額もらったけど、その程度」

「けど補助金だって出てるべ」

「そうだけど、それだっていつまでつづくかわからないし。それにもしこの先コロナ禍が収まっても、前みたいにお客さんが来てくれる保証なんてないじゃない。そう考えたらやっぱり不安よ」

「あんたの美貌と愛嬌《あいきょう》がありゃ大丈夫さ。男どもはみーんな恵ちゃんにくびったけなんだから」と小島は恵をもち上げてから、「つらいのはやっぱしもっくんだよな」と茂一の背中に手を添えた。

　事情を知らない恵が「どうして？」と訊いてきたので、小島が茂一の仕事と現状を簡潔に説明した。それを聞いた恵は目を細めて、「へえ、意外。戸村さんはどちらかというとお堅い仕事のイメージだったから」とそんな感想を口にした。

「にしたって、いったいどういう了見でラブホテルを爪弾きにしたのかねえ。ラブホテルを風俗店と同等に扱うってのはさすがにおかしいし、腹立つよなあ」

　小島が茂一のことを慮《おもんぱか》ってだろう、そのように発言すると、「あら、それもまた偏見」と恵が咎める口調で口を挟んだ。

「風俗だってきちんとした業種じゃない。小島さんだって利用したことあるでしょう」

「そりゃあね。けど、風俗店に補助金を出すってなるとき、やっぱり国民感情としてそれはどうなのよ、ってなるのもわからんでもないじゃない」

　これも恵は「全然わからないけど」ときっぱり否定した。「国のお偉いさんたちだってそういうお店で遊んでるくせに、こういうときは性を売り物にした不健全な仕事だから助けませんって判断したわけでしょ。これってすごく卑怯《ひきょう》だし、汚いと思う。第三者のわたしでも腹が立つ」

「いや、その通り。恵ちゃん、あんたは立派だ」と茂一は拍手をして言った。「あんたが議員さんだったら、おれも救われたんだけどな。ちなみにおれらは固定資産税の減免からも除外だってよ。九月の末にはきっちりと納税しろだとさ。こんだけ徹底的にイジメられると逆に清々《すがすが》しいね」

茂一としては冗談めかして言ったつもりだったのだが、二人にはことのほか深刻に聞こえてしまったのか、彼らは何も言わず視線を落とした。

だが茂一は立て続けに、「偽装ラブホテルなんか、みんな申請が通って金を受け取ってやがんだぞ。冗談じゃねえって」とさらなる毒を吐いてしまった。

偽装ラブホテルとはビジネスホテル、リゾートホテルなどと称して実態はラブホテルとして営業している店のことだ。一説には全国に三万店舗近くそんな偽装ラブホテルが存在すると聞く。が、そんな偽装ラブホテルらは今回のコロナ禍でみんなこぞって持続化給付金の申請を出し、すんなり受理されているそうなので理不尽もここに極まれりだ。

「その話で思い出したけど、狩野川《かのがわ》沿いのとこにあるエステ店の韓国人オーナーは持続化給付金でボロ儲けしてるって話を小耳に挟んだぞ」

事情通の小島がまたそんなことを言った。

「そりゃふつうのエステなら受理されるよ」

「それがふつうじゃねえのさ」

そのエステ店は、サービス嬢にその場でオプション料金を払えば性的サービスを受けられる、無届闇営業のエロマッサージ店なのだそうだ。

その韓国人オーナーはそんな店を四軒も経営しており、摘発された際に一斉に営業停止になるのを恐れて、それぞれ異なる法人にしているのだという。そして四社分で計八百万円もの持続化給付金をせしめたのだそうだ。

風俗店として正直に届出を出しているところはもらえず、出していない闇営業店がもらえる。これが持続化給付金システムの実態なのだ。

「もっくんのことを思えばこんなふざけた話はねえだろう。おれ、こっそり通報してやろうかな」と小島が憤慨して言った。

「よしなさいよ」と恵がたしなめる。「そういうのってそのエステ店が悪いんじゃなくて、国の方が悪いんだから——ねえ、戸村さん」

「うーん。正直、おれはどっちも許せねえな」

「まあ、戸村さんの立場ならそうか。お二人、次は？」

小島がキープしている焼酎に切り替え、それが互いに三杯目になったときに、店のドアのベルが軽やかに鳴った。一瞬おもての雨音が大きくなる。

目をやると、そこに立っていたのは派手な髪色をした若い女だった。

「あれま。噂《うわさ》をすれば杏ちゃんでねえの」と小島が声を高くして言う。

「ふふふ」と恵が微笑した。「若い子がいた方が華やかでいいでしょ」

先ほど恵は店の片隅で誰かと電話をしていたのだが、娘を呼びつけていたのか。

茂一は杏を初めて見るが、たしかにきれいな子だと思った。だが、芸能人のようなオーラを纏っているかというと、そこはなんともという感じだ。

「ここ座って、座って」と小島が手招きしながら、席を一つずれた。「いやー見違えたなあ。もう何年ぶりだ。おれのことちゃんと覚えてっか」

「もちろん。小島さんでしょ」と杏が笑顔で応じ、「失礼します」と、ちょこんと頭《こうべ》を垂れてから小島と茂一の間のスツールに腰を下ろした。

その所作一つで、この子は水商売をやってるなと茂一はすぐにわかった。頭の下げ方が堂に入っていたのだ。

先ほど恵は娘の仕事について「さあ」と煙に巻いていたが、本当は知っているのだろう。

「あたし、小学生のころ、学校の帰りに小島さんのとこのペットショップよく覗いてたもん」

そう言って杏は自分で水割りを作った。その慣れた手つきもお水の女のそれだった。

「そうだった、そうだった。赤いランドセルを背負ってよく来てた」

「うん。ところで、こちらの方は？」と杏が茂一に目配せをして言った。

「こいつは戸村茂一、あだ名はもっくん。おれの幼馴染さ」

「初めまして、恵の娘の杏です。よろしくお願いします」と杏が上目遣いでグラスを合わせてくる。

茂一のグラスから数センチほど下げた乾杯はやはりプロで、その後、時間を経てくだらない下ネタを繰り出し始めた小島のあしらい方も彼女は実にこなれていた。

小島は若い女がついてくれてよほどうれしいのか、ふだんの倍のペースで酒を流し込んでいる。だが、杏の腰に手を回し、カラオケを歌い始めたのには旧友ながら呆れてしまった。

幼いころから知っている女の子にどうしてそういうことが出来るのか。

茂一は端のソファー席で密着してデュエットする二人を冷ややかな目で見つつ、「あれ、恵ちゃん的にどうなのよ」と、カウンター越しにいる恵に問いかけた。

「別に。なんとも」と恵は涼しい顔だ。「それより、さっきの戸村さんの話、考えれば考えるほど腹が立ってくるわよね」

「ありがとね。そんなふうに言ってもらえるとおれもちょっとは救われるよ」と、茂一は鼻息を漏らしてグラスを傾けた。「実は今日の昼間にさ――」

市役所で狂態を演じたこと、その後やってきた警察官相手にも啖呵《たんか》を切った挙げ句、つい胸ぐらを摑んでしまったことから危うく逮捕されかけたことを恵に語った。

茂一は話をしているうちにどんどん感情が昂《たかぶ》ってしまい、「どいつもこいつもぶっ殺してやりてえ」と物騒なことを口走ってしまった。

「恵ちゃん、おれはさ、これまで日本をいい国だと思ってたんだよ。基本的にはね。セーフティーネットっていうの、そういうのもちゃんとしてるし、弱者に対して優しい国だと思ってた。けどさ、自分がこんなふうな立場になって、とてもじゃないけどいい国だなんて思えねえよ。日本はいい国じゃない。都合のいい国なんだよ――おかわり」

茂一は空いたグラスを差し出し、恵はそこに氷を一つずつ落としてゆく。

「結局んところ、国の根底に選民意識があんだよ。上級国民だなんて言葉が飛び交ってんのがなによりの証拠だ」

恵が焼酎ボトルのキャップを開け、グラスにとくとくと液体を垂らした。

「どうしてみんなおとなしくしてられんのか、おれにはわからねえ。きっと外国なら暴動が起きてるさ。ああいうのって、乱暴かもしれないけど、権利を勝ち取るためには必要なことなのかもって今なら思うね。おれ自身、暴れてやりてえしさ」

　そう息巻く茂一を、恵は観察するような目で見つめている。

「だけど、戸村さんがいくら暴れ回ったところで、何一つ変わらない。これが現実だと思う」

　その言葉に茂一は挙動を止め、恵の顔をまじまじと見た。彼女もまた茂一に意味深な眼差《まなざ》しを注いでいる。

　やがて恵は茂一の前にグラスをスッと滑らせた。茂一は恵を見たまま、そのグラスに手を伸ばした——ところで再び動きを止めた。

　茂一の手が恵の両手によって包み込まれたからだ。

　そして恵は、「仕返ししちゃおっか。一緒に」と、わけのわからないことを言った。

　茂一は眉をひそめた。「仕返しって、誰によ」

「国に決まってるでしょう」

「国？　どうやって」

　ここで恵は茂一に向かって、ぐっと身を乗り出した。そのまま茂一の耳元に口を寄せてくる。女の甘い香りが鼻先をくすぐった。

「——」

　恵にささやかれた言葉に、茂一は動揺した。

「ね、一泡吹かせてやりましょうよ。この国に」

　一気に酔いが覚めた。いや、酔いが回ったのだろうか。意識ははっきりしているのに、妙に現実感が希薄だった。

薄暗い店内には小島の調子はずれな歌が響いている。

4　２０２０年8月19日　今井美世子

骨董《こっとう》通り沿いにあるフレンチカフェは食事もでき、それでいてリーズナブルなので人気店だった。

　ところが今日は空いていた。ちょうどお昼時なのに、店内に着席する客はまばらだ。密を避けるため、約半数のテーブル席が使用不可になっているからだった。

　そんな中、美世子は見通しのいい窓際の席を確保し、スマホと睨めっこしながら彼の到着を待っていた。

　本当はオープンテラスを利用したいところだが、今日の気温がそれを許してくれない。頭上から降り注ぐ日差しは苛烈で、アラフォーの肌にはダメージが大きすぎる。

　彼が遅刻をするのは四回目で、会うのも今日で四回目だった。こうして毎度遅刻をするのはやはり文化のちがいなのだろう。もっとも世界を見渡せば日本人ほど時間を気にしている民族はいないわけで、それはつまり我々の方が変わっているということになる。

　すでに待ち合わせの時間から七分が過ぎていた。その間、彼からのＬＩＮＥメッセージがひっきりなしに届いている。

《タクシー乗りました》《とても涼しいです》《渋滞しています》《運転手さんが日本語上手と褒めてくれました》《タクシー動きました》《早くハニー会いたいです》《もうすぐ会えますね》

さかのぼってメッセージを見返し、美世子は口元に手を添えて微笑《ほほえ》んだ。なんて可愛らしいのか。まるで仔犬《こいぬ》のような無邪気さだ。

歳下とはいえ、三十を過ぎた男にこんな甘い気持ちを覚えるなんて、ちょっと前まで想像していなかった。いや、マッチングアプリで本当に彼氏ができるなど、まったく期待していなかった。

感謝すべきはやはり早希になるのだろう。次に会ったときは食事を奢《おご》らなくてはと思った。

ここでまた新たなメッセージを受信した。

《事故しました。ごめんなさい。今日会えません》

美世子がスマホを見つめたまま固まっていると、おもてからコンコンと窓ガラスが叩かれた。美世子は首を捻《ひね》り、「わっ」と小さく悲鳴を上げた。鼻先を窓ガラスにくっつけ、満面の笑みを浮かべる彼がそこにいたからだ。

「もーやめてよ。びっくりしたじゃない」

のちに店内に入ってきた彼の胸を叩いて美世子はクレームをつけた。彼は目にかかった黒い前髪をかき上げ、茶目っ気たっぷりにウインクをしてくる。

「ドッキリダイセイコウ。ミヨコハダマサレマシタネ」

このイントネーションのおかしい日本語もまた愛おしい。今、美世子にとって、彼のすべてが愛おしい。

「ほんとふーちゃんって子どもみたい」

ふーちゃんこと劉貴福《リュウグイフー》は中華系マレーシア人だ。フロリダ州の大学を卒業後、クアラルンプールでフリーランスのウェブデザイナーをしていて、だが三年前にマレーシアに移住した日本人から日本企業を紹介され、そこで請け負った仕事のために定期的に来日するようになった。今では一年の半分を日本で過ごしているという。

　初めて会ったとき、貴福は「ワタシハズットニホンデクラシタイデスネ」と話していた。彼は元々日本の文化やアニメが好きで、少年時代から親近感と憧れを抱いていたという。そして実際に訪れてみて、この小さな島国は永住に値すると考えたのだそうだ。

　だから貴福は日本人のパートナーを探すため、マッチングアプリ『ｆａｔｅ』に登録をしたのだと言った。

　それは美世子にとって納得のいく理由で、だがしかし、数ある女性の中からなぜ自分を選んでコンタクトを取ってきたのかが解《げ》せなかった。その心を問うと、貴福は「ルックス」と「インテリジェンス」と英語で簡潔に答えた。つまり美世子の顔が好みで優秀な経歴をもっていたかららしいのだが、それにしても歳上の女を選んだ点はどうしても引っかかる。それについては、なぜそんなことが気になるのかと彼の方が理解に苦しんでいた。あなたにはわたしが女性を年齢ではかるような短絡的な男に映っているのか、と少し気分を害したような素振りも見せていた。

　それらのやりとりを一通り経て、美世子は貴福への警戒を解いた。そして心を許し、彼を好きになった。

　一方、貴福の方は美世子に一目惚《ひとめぼ》れで、会ったその日からこれでもかと情熱を振《ふ》り撒《ま》いた。日本人の男ならまず口にしないような台詞を真剣な眼差しでささやいてくるのだ。美世子にとってそれは経験のないことで、初めこそ面映《おもはゆ》く感じていたが、すぐに彼のそうした甘言が耳に心地よくなった。

まだ出会って十日足らず、だが、恋に時間は関係ない。貴福の言葉を借りれば二人は「ウンメイデスネ」なのだ。

初めて会ったときは、次にまた会う約束をして、指切りをした。二回目は腕を組んで夜の街を歩いた。そして前回、三回目はキスをした。一度したら解けた気分になり、濃密な接吻《せっぷん》を何回も交わした。

「ミヨコノイエ、トテモタノシミデスネ」

注文したスパークリングワインで乾杯をしたあと、貴福は美世子の目を見てそう言った。今日はデートをしたあと、初めて美世子の家に貴福を招くことになっているのだ。そういうわけもあって午前中は掃除に大忙しだった。ふだんからまめに掃除はしているつもりだが、貴福は自分以上にきれい好きだろうから、そんな彼を幻滅させたくなかった。

一緒に食事をしているとき、彼はテーブルに水滴が付着した程度でも、すぐにそれを拭き取っていた。こだわりがあるのだろう髪型や服や装飾品、それらにおいても優先されているのは清潔さのように思った。だから貴福より爽やかという言葉が似合う人もいない。

「あ、はじめに言っとくけど、うちはすっごい狭いからね」と美世子はオードブルに入れたナイフの手を止めて言った。「ふーちゃんの家なんかとは大ちがいだから」

この前、スマホに入っている貴福のマレーシアの自宅の画像を見せてもらったのだ。そこは賃貸マンションだったのだが、あまりの豪華さに驚いた。全面ガラス張りで、ペトロナスツインタワーやＫＬタワーが一望でき、リビングの広さは五十平米もあるとのことだ。

ちなみにマンションにはプールやトレーニングジム、バーや遊戯施設も付いていて、それでいて賃料は日本円にして十万円以下というのだから恐ろしい。もし都内で東京タワーとスカイツリーが見渡せて、同じ広さのマンションに住むとなったら二百万はする。

「ダイジョウブデスネ。ワタシガニホンデスンデルホテルモトテモセマイデスネ」

「そっか。じゃあ狭いのにも慣れっこだね」

「ナレッコトハナンデスカ」

「慣れてるねってこと。あ、そもそも慣れるってわかる？」

「ワカリマス。ナメナイデクダサイ」

貴福はそう言って立てた人差し指を左右に振った。美世子はつい大笑いしてしまい、だがすぐに口元を手で塞いだ。

おっと、いけない、いけない。店内では静かに会話をするのがマナーだ。今、飛沫《ひまつ》はポイズンなのだから。

それからメインディッシュ、最後にデセールとフロマージュが届き、それらを食したところで、貴福がお手洗いに立った。

美世子は食後の紅茶を飲みながら、窓の向こうの通りに目をやった。行き交う人々をなんとなしに眺める。

みんなマスクをしていた。この猛暑の中、一様にマスクをつけていた。

慣れつつあるとはいえ、改めて見ると異様な光景だと思った。

この先、これがスタンダードな世の中になるのだろうか。そう考えたら気が重たくなった。顔が隠れているというのは、まっとうなことではないと思う。たとえ他人だとしても、人は人の顔を見ていたいのだ。

ほどなくして窓ガラスにうっすらと反射して映る貴福の小さな姿を視界が捉えた。彼がお手洗いから戻ってきたのだ。

振り返った美世子の顔に自然と笑みがこぼれる。

今、自分は笑っている。この瞬間を大切にしようと思った。

これからもわたしは口角を上げ、時に笑い声を上げ、明るく楽しく生きてゆくのだ。この人と一緒に。

〈お嬢さん、だいぶのぼせあがってますな〉

早希はおじさんみたいな口調でからかったあと、〈これはお礼を期待しちゃっていいのかしら〉と冗談めかして言った。

「ええ、もちろん。キューピッド様の好きなお寿司《すし》をご馳走《ちそう》させていただきます」

美世子も化粧をしながら軽口で応えた。スマホはハンズフリーで鏡台の上に置いている。

早希には本当に奢らせてもらうつもりだ。この友人が勧めてくれなければマッチングアプリなどおそらく手を出さなかったことだろう。

〈で、今夜もまたその愛《いと》しのダーリンが家にやってくるわけ？〉

「そう。もうすぐね」

昨夜、初めて美世子の家を訪れ、そのまま宿泊をした貴福だったが、今夜もまた泊まりたいとつい先ほど連絡があった。もちろんうれしいのだが、こっちは化粧もしなければならないし、部屋も掃除しなくてはならないしで、大忙しだ。

現在、時刻は二十一時半。愛する彼はあと三十分ほどで到着する。

〈ところでそのふーちゃんとやらの画像、送ってよ。本当にイケメンなのかチェックするから〉

「早希の好みの濃い顔じゃないよ。塩顔イケメンって感じで、ただ、俳優みたいにものすごく整っているかといわれると――」

〈まあいいから、とりあえず送って〉

「ないの。一枚も撮ってないから」

〈なにそれ。本当はもってるでしょ〉

「本当にないの。っていうのもね――」

貴福が写真嫌いだからである。彼は自らの写真写りが悪いことを気にしていて、カメラを向けられるのが昔から大の苦手なのだそうだ。

〈ふうん。男のくせに、なんて言ったら美世子に怒られちゃうか。でもそういう人って逆にナルシストなんだと思うな〉

たしかにちょっとそのきらいは見受けられる。街を歩いているとき、貴福はショーウインドーに映る自らの姿をいつもそれとなくチェックしている。

〈にしても、本当にパートナーを捕まえちゃうとはね。びっくり〉と早希がよくわからないことを言った。

「どういうことよ。そのために勧めてきたんでしょう。運営会社の回し者みたいにしてさ」

と美世子は慎重にアイラインを引きながら唇を動かした。

〈そうだけど、わたしだって実情はどういうもんかよくわからなかったし、周りでマッチングアプリでカップルが成立したって話も聞かないし〉

「何それ。じゃああんたはわたしを試金石みたいに扱ったってこと」

〈別にそういうわけじゃないけど、流行《はや》ってるみたいだし、とりあえずやってみれば、的な〉と早希は悪戯《いたずら》っぽく笑う。〈けど、そんなすぐに素敵な人が見つかるならわたしも登録しちゃおっかな〉

「いいじゃん。やってみなよ。速攻で旦那に言いつけてやるけど」

美世子がそう告げると、早希は〈だってさあ、こっちはまったく刺激がないんだもん〉と不満を言い、〈それにさ――〉と声を落とした。

〈あの一件があってからちょっと旦那に対して冷めちゃってるんだよねえ〉

あの一件とは、美世子との旅行に行く行かないで夫と揉《も》め、彼から離婚話をもち出されたことのようだ。

〈この人、こんなふうに卑怯な駆け引きをしてくるんだなって思ったら、なんか幻滅しちゃってさ。なにより、どうせおまえには離婚なんて出来ないだろって思われてるのが腹が立つの〉

そんなふうに言われると、いざこざのきっかけを作ったこっちが罪悪感を抱いてしまうではないか。

〈別に美世子のせいじゃないよ。もとから不満が溜《た》まってたところに、ああいうことがあって爆発しちゃった感じ〉と早希が鼻息交じりに言う。〈だからそれ以来、あっちの方を求められてもずっと断ってんの。そうしたら旦那も不機嫌になって、それでますます――〉

早希の話に相槌を打ちながら、美世子は昨夜、貴福と初めてしたセックスのことを思った。

彼は丁寧で、情熱的だった。美世子は全身を隈《くま》なく愛撫《あいぶ》され、三度も絶頂に達してしまった。そんな経験は未だかつてなかった。

　女体のツボを押さえている、と言ったら遊び人のように聞こえてしまうが、彼は美世子の反応を見て、常に探っていた。相手をよろこばせることに喜びを覚える人なのだ。

〈まあ、それも今に始まったことじゃないんだけどねえ。出産したら旦那を男として見れなくなるって言うじゃん。あれ本当だよ。ベッドに誘われると気が重たくなるし、早く終わってくれって思いながら――〉

　わたしはそんなことないと思うけど、と言おうとしてやめた。

　きっと出産しても、わたしは貴福を愛しつづけられるだろう。こんなにも深い愛が冷めるだなんて想像がつかない。

「ところで早希さあ、今結構やばいことを話してるけど、旦那に聞こえないわけ？」

〈いないもん。仕事でトラブルが起きたみたいで、さっき慌てて出掛けていった〉

「あ、そう。実は浮気してたりしてね」

〈ないない。そんな器用なことが出来る人じゃないもん。まあもし、そうだとしたら殺すけどね〉

　愛は冷めていても浮気は許さないらしい。矛盾しているようにも思うが、気持ちはわからなくもない。

〈なんか美世子が羨ましくなっちゃったなあ。だってさあ、わたしはこの先一生旦那にしか抱かれないわけじゃん。それはちょっと切ないっていうか――〉

　また早希の愚痴が始まった。きっと今夜は酒を飲んでいるのだろう。人のことを言えないが、彼女もまた酒で饒舌《じょうぜつ》になるタイプなのだ。

「ごめん早希。そろそろ、彼が到着するころだと思う」

本当はもう少し余裕があったが、ここらで打ち切ることにした。

〈はいはい。彼氏ができたらこっちはもう用無しだもんね〉

「意地悪言わないでよ。今度、本当にお寿司奢るから。またね」

電話を切ったあと、美世子はメイクに本腰を入れた。

完成したところで、左右に顔を振り、角度を変えて鏡と睨めっこをする。微笑んでみたら、やっぱり目尻の下にくっきりと皺が浮き出た。若いときにはなかったのに実に忌々しい。近いうち、ボトックスを打ってみようと思った。

今、美世子には活力があった。新しいことにチャレンジしてみたい。どんなものでも手を出してみれば、思わぬ収穫を得られることがあるのだから。

今回のマッチングアプリのように――。

深夜一時半、美世子はとろけるような甘い余韻の中、ベッドに横たわっていた。貴福は細身だが、程よく筋肉質で、腕枕をしてもらうとこの上なく心地良い。

昨夜同様、今夜も彼は最高だった。女でいられる幸せを十分に味わわせてくれた。

「そろそろ寝ようよ」

美世子はブルーライトに照らされた貴福の横顔に向けてささやいた。

薄闇の中、貴福は片手でスマホを操作しているのだ。画面には折れ線グラフと数字の羅列が映し出されている。

「そんなに小まめにチェックしなくたっていいじゃない」

「ダメデス。サボッテハイケマセン」

貴福は副業として投資家の顔ももっていた。投資先は暗号資産、いわゆる仮想通貨で、始めたのは四年ほど前、その間に相当に儲かっているとのことだった。相当に、というのは彼が明確な金額を口にしないからで、その理由は「ジマンニナッテシマイマス」とのこと。少なくとも本業のウェブデザイナーの収入は遥かに超えているらしい。

美世子の周りでも暗号資産を運用している者はそこそこいて、彼らもそれなりに利益を上げているようだが、あまり詳しいことは知らない。それは美世子自身が深く詮索しないからで、もとより興味がないせいだった。

これまでも暗号資産に限らず、株やＦＸ、先物取引なども勧められたことが何度かあった。だが、美世子は毎回、詳しい話を聞く前に遮断していた。きっとうまくやれば儲かるのだろうし、適切なリスクマネージメントもあるのだろうが、なにか嫌だった。頭が硬いと言われようと、リアリティを感じられない金は嫌いなのだ。

そんな美世子が唯一やっているのは、多くの人から放置していていいと聞かされたつみたてＮＩＳＡで、それも安定型のプランを選んでいる。

「言われなくてもわかってると思うけど、慎重にやってよね。破産なんかしたら嫌だからね」

美世子としてはわりかし真剣に伝えたつもりだったのだが、貴福は意に介さず、薄闇の中で笑みを浮かべて肩を揺すった。

「笑いごとじゃないよ。こういうので人生を棒に振る人っているんだからね」

「ボウニフルトハナンデスカ」

「だから破産しちゃうってこと」

「アンシンシテクダサイネ。ワタシハセーフティーゲーマーデスネ」

もちろん投資は勝負事なので、時に損をすることもあるが、長い目で見て負けることは絶対にありえないのだと、貴福は拙《つたな》い日本語の中に英単語を織り交ぜて熱弁した。

「じゃあ仮に、わたしが今からやっても、勝てるってこと？」

「モチロンデスネ。ワタシガツイテレバミヨコモカナラズモウカリマスネ」

疑うわけではないが、それはどうなのだろうか。だいいち、必ず勝たせられる自信があるのなら、もっと早い段階で美世子に勧めてきてもよさそうなものなのに、貴福から一度もそうした誘いを受けたことがない。

その理由を問うと、彼は「オシツケハワタシノポリシーデハアリマセンネ。ノゾムノナラチエヲカシマス。イッパイキョウリョクシマス。デモ、ワタシカラヤッテクダサイ、ガンバッテクダサイハシマセンネ」と大学教授が学生に言うようなことを口にした。

そして、「ハニー。アナタハノゾミマスカ」と横目で美世子を捉えて訊いてきた。

「暗号資産をやってみたいかって？」

「ソウデス」

美世子はしばし思案した。

是が非でもやりたいわけではない。ただ、暗号資産を始めれば、今後貴福と共通の話題を語り合えるわけで、そうなれば二人の絆《きずな》はさらに深まるかもしれない。

とはいえ、である。暗号資産は美世子からしてみればギャンブルと変わらず、そこに手を出すのはやはり躊躇いを覚える。

　過去に、休日にパチンコをするのが趣味の交際相手がいて、その男の付き合いで一度だけパチンコをやってみたことがある。結果、数時間ほどで二万円もの金が吸い込まれたことがショックで、二度とやるまいと誓った。

　なにより、自分には向いていないと悟った。最後の方は、「もうやめとけば？」という男の制止を聞かず、「あと千円突っ込めば出るかもしれないじゃない」と自ら財布を広げていた。

　これだけ金と時間と労力を費やしたのだから、絶対に取り返さないわけにはいかない。こういう短絡的な思考回路をもつ人間はギャンブルをしてはならないのだ。

「ノーノー。アンゴウシサンハギャンブルトチガイマスネ。ギャンブルダッタラワタシモヤリマセンネ」

　ただ考えてみれば、ここ数ヵ月おもてに出る機会が極端に減り、洋服代や飲み代を節約出来ているわけで、そのぶんを回したと思えばたとえ損をしても大きな問題にはならない。

　自らをそのように納得させ、美世子は「うん。ちょっとやってみようかな」と答えた。

　すると貴福はにっこりと笑み、「グッド」と言って美世子の額にキスをした。

「ただし、本当にちょっとだけ。お遊び程度ね」

「ソレデケッコウデスネ」

「ちゃんと一から丁寧に教えてよ。わたし、本当にちんぷんかんぷんだからね」

「チンプンカンプン？」

「何もわからないからねってこと」

「シンパイハイリマセンネ。ワタシハゼンブオシエマスネ」

「まずはどれくらいの金額から始めたらいいの？　十万円くらい？」

「ノンノン」と貴福がかぶりを振る。「ビギナーハイチマンエンデイイデスネ」

それから貴福の指示のもと、美世子は言われるがままスマホを操作して、国内のメジャーな証券取引所で暗号資産の口座開設の手続きをした。所要時間は十五分ほどだ。あとは申請が通れば始められるとのこと。

こんなにも簡単に始められるものなのか。単純にそのことに驚いた。

「オーケーデスネ。ミヨコ、アイシテマスネ」

貴福がそう言って、いきなり覆《おお》い被《かぶ》さってきた。すぐに美世子の首筋に貴福の唇が這《は》う。

美世子は甘い吐息を漏らしながら、明日の、いや、今日の予定を思った。

時刻は深夜三時をとうに過ぎている。例のごとく出勤はないものの、十時からミーティングがあるので九時には起きないとまずい。貴福の一回は長いので、コトが終わるころには四時を過ぎていることだろう。

やがて美世子の中に貴福が入ってきた。彼は時に繊細に、時にダイナミックに動いた。

えもいわれぬ快感が押し寄せ、あっという間に美世子は絶頂に達した。

それでも貴福は腰使いを止めてくれなかった。美世子はあられもなく乱れ、咆哮《ほうこう》のような雄叫《おたけ》びを上げてしまった。

結局カーテンの隙間から朝日が差し込むまで、ベッドはリズミカルに軋《きし》んでいた。

5　2020年6月8日　二宮礼央

欠けはじめた月が浮かぶ夜空の下、礼央は腰を落として、目の前の相手と睨み合っている。相手は坊主頭の亞綺人《あきと》で、彼は眉毛を全剃《そ》りしているせいもあり、その眼光は肉食動物のように鋭い。

だが、恐るるに足らずだ。

「はっけよーい、のこった！」

行司役を務める聖也の掛け声が深夜の公園に響き渡る。

その掛け声と同時に亞綺人が礼央に向かって突進してきた。だが、礼央は絶妙なタイミングでさっと身を引いた。対象物を失った亞綺人が前のめりになってバランスを崩す。

礼央はその隙を逃さなかった。素早く亞綺人の両肩に手をやり、下方に圧力を掛けた。すると亞綺人はいとも簡単に、ヘッドスライディングをするような形で地面に滑り込んだ。

「礼央の山の勝ちーっ」

聖也が高らかに宣言し、礼央の右手を取って頭上に掲げる。

「ずりぃーぞ、礼央。おまえ、引き落としばっかじゃねえか」

すぐさま亞綺人が礼央の戦い方に文句をつけてきた。彼は礼央に負けることがよほど悔しいのか、毎度こうして難癖をつけてくるのだ。

「引き落としだって立派な技じゃん——なあ」と礼央は仲間たちに同意を求めた。

「そうそう」と頷いたのは耳に大きなピアスの穴を開けている重毅《しげき》だ。

彼のその穴は一円玉が通るほど大きく、だが本人はいつか五百円玉にチャレンジしたいとアホな願望を語っている。

「負け惜しみはカッコわりーぞ。同じ手に引っかかるおまえがいけないんだからよ」と聖也もまた亜綺人を挑発した。「芽衣、今の勝ちで礼央と重毅が並んだろ？」

戦績の記録係を務めている芽衣がスマホを取り出した。「いや、まだ重毅の方が上。次の直接対決で礼央が勝てば並ぶけど」

「うわ。マジか」と重毅は目を丸くし、「ぜってー負けねーかんな」と礼央に向けて拳を突き出してくる。

夜な夜な彼らと過ごすようになって約二週間、相撲を取るようになってからは一週間が経つ。そのきっかけは些細なことで、夜の公園で何をするでもなくだべっていたところ、聖也と重毅がふざけて相撲を取り始めたのだ。そのときは聖也が勝ち、次に「おまえらもやれよ」と礼央と亜綺人が勝負させられることとなった。体力に自信のない礼央は嫌だったのだが、意外にもあっさりと勝ってしまった。この結果に納得のいかなかった亜綺人がムキになったことで、みんなで総当たり戦をすることとなった。

これが思いのほか白熱し、以後、本格的なリーグ戦が始まったのである。

礼央も純粋に楽しんでいた。なぜなら、そこそこ勝てるからだ。

そのことに誰よりも驚いているのが礼央だった。相撲は単純な力勝負ではなく、技術と駆け引きが勝敗を左右するのであり、その点を踏まえて自己分析をすると、自分は相手の力を利用するのがうまく、賢い戦い方が出来るのだ。経験はないが、柔道や合気道なんかも案外向いているのかもしれない。

そしてこうした取組を通して、自然と彼らと親しくなった。彼らはそれぞれ見た目はイカついが、話してみると案外イイ奴ら、ではないかもしれないがそこまでワルい奴らではなかった。重毅も亞綺人も親しみを込めて礼央、礼央と名を呼び、すり寄ってくる。きっとリーダー格である聖也が礼央に一目を置いているのが多分に影響しているのだろう。九九の恩返しは馬鹿には出来ないのだ。

現在の順位は上から聖也、重毅、礼央、亞綺人の順なのだが、誰かが突出して強いわけでもなく、みんな勝ったり負けたりを繰り返し、ここまでの戦績はほぼ横並びだった。このバランスがまた、全員が夢中になっている要因のように思う。

礼央としては単純に身体を動かす喜びもあった。思わぬ形で才能が開花した、と言ったら大げさだが、これまで苦手としてきた運動で活躍することは、曲がりなりにも男として生まれてきた自分に自尊心を与えてくれる。なにより勝利したときの爽快感は格別なのである。それは、これまでの体育の授業で行ったどんなスポーツでも味わったことのないものだ。

つづいて、聖也と重毅の戦いが始まった。

「はっけよーい、のこった！」と行司役の亞綺人が歯切れのいい声を発する。

礼央は芽衣と並んで地べたに座って観戦しており、「行け行け」とヤジを飛ばした。

勝負は均衡し、二人は組み合ったまま膠着《こうちゃく》していた。共に相手の腰を掴んで歯を食いしばっている。

そうした中、礼央は横目で芽衣を捉えた。彼女は咥《くわ》え煙草で、彼氏とその友人の勝負を薄目に眺めている。この少女はいったい一日に何本の煙草を吸っているのか。

視線に気づいた芽衣が、「何?」と訊いてくる。礼央は「別に」と答え、視線を組み合う二人に戻した。

少し間を置き、「芽衣はさ、楽しいの」と礼央は質問した。

「楽しいよ」と芽衣はつまらなそうに答え、「なんで」と訊いてきた。

「だって、いつも見てるだけじゃん」

「うちはやれないし、そもそもやりたくないし」

「そりゃそうだろうけど」

再び会話が止まる。

ここで勝負は仕切り直しとなり、組み合う聖也と重毅を亜綺人が剝がした。

それから聖也は足を高く上げて四股《しこ》を踏み、重毅は砂を塩に見立てて空に撒いた。このパフォーマンス合戦に礼央は笑ったが、芽衣は笑わなかった。この少女はほとんど笑顔を見せることがない。

「あのさ、芽衣の親は心配しないの」と礼央は再び質問をした。

「何が」と芽衣は礼央に向けて小首を傾げる。

「夜中に娘が出歩いてることに」

すると、芽衣は鼻から煙草の煙を吐いて、視線を前に戻した。どうやら答えたくないらしい。

やがて取組が再開される。

礼央は目の前の取組を眺めつつ、母のことを思った。

自分がここ最近、夜中に家を抜け出していることを母は知らない。部屋がとなりの妹の柚美には三日前にバレてしまったのだが、「告げ口したらタダじゃおかないからな」と脅し、きつく口止めしてある。

もしこのことを母が知ったら、おそらくヒステリーを起こすことだろう。もしくは涙を流し、悲嘆に暮れるはずだ。

だが、それもさほど大きな問題ではないように思った。別に自分は不良になったわけではなく、夜遊びしているだけなのだから。

もっとも罪悪感がないといったら嘘になる。朝方、自宅に帰り着いたとき、自分はなぜこんな奴らとこんな不毛な一夜を過ごしてしまったのかと、焦燥感に駆られるのは事実だ。

ただ、聖也たちといると、時間を忘れられる。なんの生産性もない過ごし方かもしれないが、少なくとも高校に通っていたときよりは精神的に穏やかでいられる。劣等感や敗北感を抱かずに済む。

きっと、自分はコロナによってほどけてしまったのだろう。

コロナコロナコロナコロナコロナ――と、世が混沌《こんとん》としている中、以前と同じようなモチベーションを保つのはむずかしく、その活力も湧いてこない。

正直、まっとうでいることが馬鹿馬鹿しく思えてしまう。

だからといって自堕落を極めるほど、落ちぶれてはならないこともわかっている。いつかどこかのタイミングでもとの生活に戻らなくてはならない。

今はちょっとした心の休暇期間なのだろう。いわばコロナバケーション――その最中なのだと思う。

パソコンのディスプレイに映る現代文の女性教師はリモート授業の締《し》め括《くく》りに、ほうれい線の皺を浮き立たせながら膨大な量の宿題を出し、生徒たちの顰蹙《ひんしゅく》を買った。

　生徒たちの姿は映っていないので、実際の反応はわからないが、全員がパソコンの前で文句を垂れていることだろう。きっと智明辺りは「マジで時間のムダ」とため息をついているはずだ。

　礼央の高校の生徒はみな優秀で、自ら勉強をする者ばかりなので、宿題を出す教師はほとんどいないのだが、この現代文の女性教師だけはたまにこうして、露骨な嫌がらせをしてくる。以前、勇信が「ああいうところが独り身の要因だろうな」と女性教師を冷静に分析していたがその通りだと思う。

　礼央はあくびをしながら席を立ち、部屋を出た。倦怠《けんたい》感に包まれた身体をすとん、すとん、と落として階段を降りてゆく。

　相撲の疲れよりも単純に睡眠不足だった。どちらかといえばショートスリーパーだが、それでも一日に五時間は寝ないと身体がしんどい。あとで少し昼寝をしようと思った。

　冷蔵庫から飲むヨーグルトを取り出し、それをコップに注ぎ切ると、横を通りがかった柚美が、「それ、わたし一杯も飲んでないんだけど」と咎めるような口調で言ってきた。

「知らねえよ。勝手に飲めばいいだろ」と礼央は意に介さず、ごくごくと喉に流し込んだ。

「もうないじゃん」

「あるうちに飲まないおまえが悪い」

「いつもお兄ちゃんがすぐ飲んじゃうから、こっちが飲もうと思ったときにないんだよ」

「だから知ったこっちゃねえって」

「ちょっとそんなことで言い争いしないで、みっともない」とスーツ姿の母が仲裁に入ってきた。「帰りにまた買ってくるわよ」

「お母さん、どうしたの、そんな格好して」と礼央が訊いた。

「パートの面接よ。何度も話してるじゃない」

「ああ」そういえばそんなことを聞かされていた。「受かるといいね」

「もう内定はもらってるの。元々知り合いから頼まれた仕事なんだから。面接は形だけ」

長らく専業主婦だった母であるが、来週から外に働きに出るらしい。それも夜勤をするというのだから驚きだ。もっとも肉体労働というわけではなく、二十四時間体制のコールセンターでオペレーターをするらしい。

それを思うと、母が父に対して愚痴をこぼしたくなる気持ちもわからないでもない。

コロナによってリモート出勤となり、それによって不必要な社員であることが露呈し、早期退職を勧められた父。息子として同情はするものの、昼間から酒を飲むなどして、ベタなやさぐれ方をするのはたしかにどうかと思う。

母が出掛けたあと、入れ替わりの形で父が居間にやってきた。襟元のよれたTシャツに、皺がいくつも入ったスラックスを穿《は》いている。

「お父さんもちょっと出てくる」と父は子どもたちの顔を見ないで言い、玄関へ向かった。

以前の父ならば、まちがってもこんなだらしない格好で外出はしなかった。

柚美が父のあとをついていったので、礼央もなんとなくそれに倣った。

父が下駄《げた》箱の上に置いてある車のキーを手にしたので、「お父さん、お酒飲んでないよね」とすかさず柚美が確認をした。

「飲んでない」と父は振り返らずに言い、「行ってくる」と玄関のドアノブに手を掛けた。

ドアが閉まったところで、「本当に飲んでないよね」と柚美が不安そうな顔で、となりに立つ兄に訊ねてきた。

「わかるわけねえだろ。おれに訊かれたって」

「どこ行ったんだろ」

「だからわからねえって」

「お兄ちゃんって知らねえとか、わからねえばっかり。本当はバカなんじゃないの」

「むちゃくちゃ言うなよブス」

そう言い返すと、柚美は舌打ちしてから目を細めて兄を見た。

「お兄ちゃんさ、訊かれたくないだろうけど、夜中におもてで何してるの」

「何って、相撲の稽古だけど」

「は？　ふざけないでよ」

「いや、マジ。のこったのこったって、やってるだけ」と手を交互に突き出して言った。

適当にあしらわれたと思ったのか、柚美は「うっざ」と吐き捨てて去っていった。

「ほんとなんだけどな」

礼央はぽつりと独り言を漏らした。

先週梅雨入りしたせいもあって、この日は一日中雨が燻《くすぶ》っていた。部屋のエアコンを除湿にしていても湿度は一向に下がらず、不快指数は上がりっぱなしだった。

そしてこんな日の夜にも聖也からの誘いの電話があった。今から遊ぼうと言うのである。

「今夜はパス。ほら、こんな天気じゃ相撲も出来ないしさ」

礼央は耳にスマホを当てたまま、カーテンを手でよけ、ガラス窓の向こうに目を凝らした。だいぶ小雨《こさめ》になっているが、まだ雨は視認出来た。すでに時刻は零時に差し掛かっており、おもては真っ暗だ。

〈いいから今からうちに来いよ。サミバトしようぜ〉

サミバトとは『サミットバトル』の略で、高校生たちの間で大流行している対戦型のオンラインアプリゲームだ。

「サミバトはどこにいたって出来るじゃん」

〈集まってやった方が楽しいだろう〉

「いやあ。でもなあ」

正直、聖也の家にはあまり行きたくなかった。先週初めてお邪魔したのだが、そこには聖也の母親と、その彼氏が在宅だったのだ。

聖也の母親はまだ三十五歳で、礼央の母とは明らかにちがう、現役の女の香りを漂わせていた。息子の友達が来ているのに、胸元と太ももが露《あら》わになったキャミソールワンピース姿で、平然と彼氏とイチャついていた。

そしてこの彼氏というのが、実に偉そうで嫌だった。聖也もこの男のことを嫌っており、「いつか追い出してやる」と言っていた。

なぜ聖也が我慢しているのかというと、男がヤクザだからだ。聖也曰く、小さい組織の貧乏ヤクザとのことだが、男の背中に描かれていた和彫は目に焼き付いて離れない。年齢は二十代後半で、肌が浅黒く、そして人相はやはりカタギの人間ではない。

〈アイツは今夜はいないから安心しろよ〉

礼央の心を読んだように、聖也は先回りして言った。

「そうじゃなくて、単純に今夜はあんまり気分が乗らないんだよ」

〈そういうつれないことを言うなよ。つーか、もう芽衣を迎えに行かせたからよ〉

「は？」

〈たぶんあと五分くらいで礼央んとこ着くと思うぜ〉

どうして毎回、聖也はこちらの都合を考えないで、勝手に行動を起こすのだろう。強引にも程がある。

〈じゃあ待ってってからよ。あ、来るときコンビニ寄って、煙草買ってこいって芽衣に伝えてくれ〉

通話が勝手に切れる。礼央は再度ため息をついた。

そしてそれから数分後、本当に芽衣はやってきた。彼女からＬＩＮＥで《ついた》の一言が送られてきたのだ。

礼央は仕方なく、ベッドの下に隠しているスニーカーを履き、部屋の窓を開けた。毎回、ここから抜け出しているのだ。

濡れた屋根を慎重に歩き、妹の部屋の前を通る。向かいに民家が建っていないからか、柚美は就寝するときしかカーテンを閉めないので、今夜も明るい部屋の中が覗けた。

ベッドの上でスマホをいじる柚美と目が合う。呆れたような、冷ややかな目で見られた。

それを無視して隅まで行き、地上まで伸びる排水管に足を掛けた。ゆっくりと滑り降り、庭の地面に足をつける。そして裏手に駐輪している自転車のところまで行き、音が立たないように押して、裏門から路地に出た。

するとそこには原付バイクに跨った芽衣が待ち構えていた。前髪が濡れており、下着がTシャツの上から透けている。

「後ろ乗ってよ」と芽衣があごをしゃくって言う。

「いいよ、おれはチャリで行くから」

「だったらうちが迎えに来た意味ないじゃん。早くして」

ヘルメットも被らず、原付に二人乗りなんてしたくない。そう伝えると、彼女は舌打ちをし、「ダル」とつぶやいた。

「だいたい、芽衣は免許もってんのかよ」

「もってるわけないじゃん。つーかまだ取れないし」

その返答が礼央は引っかかった。

「もしかして、芽衣ってまだ十六歳になってないの」

「十四だけど」

「えっ」思わず声が出た。

芽衣はまだ中学二年生らしい。てっきり自分たちと同い年だと礼央は思っていた。

「そんなのどうでもいいからさ、乗んの？　乗んないの？」

「だから乗らないって」

「あっそ」と、言ったあと、芽衣は鼻を鳴らした。

それが妙にカチンときた。三つも歳下の、まだ義務教育も終えていない少女に小馬鹿にされたのだ。

だからだろうか、礼央は「わかったよ。乗りゃいいんだろ」と反射的に口にしていた。

しまった、と後悔したが、すぐにまあいいかと思った。どうせこんな夜中にパトカーも走っていないだろう。

礼央は自転車を戻し、芽衣の真後ろに跨った。ちょっぴり緊張を覚える。二人乗りはおろか、バイクに乗ることも初めての経験だったからだ。

チラッと家の方を振り返る。すると、二階の部屋からこちらを見下ろす柚美の姿が目についた。

「わっ」と声が出たのは、芽衣が急発進したからだ。咄嗟に芽衣の腰に両手を回した。

そこから数分間、礼央の心拍数は高かった。スピードのスリル、前方からぶつかってくる雨粒の痛み、女の華奢《きゃしゃ》な腰を摑んでいる両手の感覚、すべてが初めての体験で、礼央は興奮を抑えきれなかった。

「なあ。なんで芽衣が迎えに来てくれたの」

礼央は後ろから叫ぶようにして訊いた。

「聖也から命令されたから」と芽衣が前を見たまま口を開く。「うちが迎えに行けばきっと礼央は断らないからって」

「なんだよ、それ」と礼央は一気に鼻白んだ。まるで自分が芽衣に気があるみたいじゃないか。

「あ、そういえば聖也が煙草を買ってきてくれって言ってたんだ」

思い出して伝えると、芽衣はUターンをして、コンビニの方角へバイクを走らせた。

ここからコンビニまではバイクでも五分ほど掛かる。別に芽衣に気があるわけではないが、少しだけ二人の時間が増えたことがうれしかった。

ほどなくしてコンビニに到着すると、芽衣はマスクをせずに店内に入り、レジで平然と煙草の銘柄を口にした。彼女曰く、この店は余裕なのだという。芽衣はどう見ても未成年だが、これまで一度も年齢確認をされたことがないそうだ。

会計のやりとりをしているとき、店員の男がチラチラと芽衣の身体を盗み見ているのがわかった。

そんな店員に向けて、礼央は「トイレ借ります」と告げて店の奥に向かった。急に身体が冷えたことで尿意を催したのだ。

右手で縮こまった性器をつまんで用を足し、左手でＴシャツをはたはたと揺すって風を送った。小雨とはいえ、バイクに乗ると結構濡れるもんだなと思った。

洗面台で手を洗い、鏡の中の自分を見つめる。みんなは今何をしているんだろうと、ふと思った。

みんなというのは智明や勇信のことで、高校の同級生たちのことだ。彼らはこの時間も勉強しているかもしれないし、息抜きにゲームやユーチューブを見たりしているかもしれない。もしくはすでに就寝しているだろうか。

いずれにせよ、原付バイクに女の子と二人乗りをして、夜の町を疾走してはいないだろう。そんな奴は一人もいないはずだ。

そう考えたら、いくばくかの焦燥感と、そして優越感を覚えた。こんなくだらないことはしていてはならないが、あいつらにこんなくだらないことは出来ないだろうという、相反する感情だ。

礼央は湿った髪に軽く手ぐしを入れてからトイレを出て、店の出入り口へ足を向けた。

そこで異変に気づき、礼央は足を止めた。雑誌ラックの背にある窓ガラスの向こうに、芽衣の姿と原付バイクがあるのだが、なぜかそこに見知らぬ三人の男たちがいた。

彼らは何やら芽衣に話し掛けている様子だ。会話は聞こえないが、おそらくナンパだろう。彼らは礼央よりも少し歳上のように見えたが、格好からして不良というわけではなさそうだった。チャラチャラした大学生といった風貌だ。

それでも今出ていくのは躊躇われた。出ていけばトラブルになるのではないか、そう思ったら足がすくんだ。

そうこうしていると男たちはあきらめてくれたのか、一人、二人と近くに停めてある軽ワゴン車に足を向けた。あれが彼らの車だろう、ナンバーはとなりの高崎だった。

だが、最後の一人だけはまだその場に留まっていた。芽衣に顔を近づけ、粘り強く話し掛けているが、完全に無視されている。

それに腹を立てたのか、男はいきなり芽衣の原付バイクを足蹴りした。そして立て続けに芽衣の尻も蹴り上げた。

その直後、礼央の足が無意識に動いた。そのまま店の外へ飛び出していく。

「おまえ、おれの女に何してくれてんだよ」

自分の耳を疑った。まるでヤンキーのような台詞を口にしていたのだ。

いきなり現れた礼央に対し、男は一瞬だけ目を丸くして驚いていたが、こちらの風貌を見て恐るるに足らないと判断したのか、「んだよ、彼氏いんじゃねえかよ。最初からそう言えよブス」と芽衣に向かって吐き捨てた。

そして身を翻《ひるがえ》し、仲間たちの待つ車に向かった。

「おい。逃げるんじゃねえよ」と礼央はその背中を追った。

「ああん？」と男が振り返る。「なんだよ」

「なんだよじゃねえ。おまえ、今あの子を蹴っただろう。謝れよ」

そう告げると男が肩を揺すった。「ガキが無理すんなって。膝が笑ってんぞ」

事実だった。男と至近距離で向かい合ってみたら、身体が震え出したのだ。男のガタイは自分よりも一回り大きい。

それでも「いいから謝れ」と、足を一歩踏み出して言うと、「うるせえ」と男に胸を小突かれたので、反射的に礼央もやり返した。

すると、「テメェ、やんのか」と男の目つきが変わった。

そして腕を伸ばし、礼央に摑みかかってきた。礼央はその腕を払い、逆に相手のパンツのウエスト部分を摑み上げ、そのまま横に薙《な》ぎ倒《たお》した。

毎晩の取組の賜物《たまもの》だった。身体が勝手に反応したのだ。

だが、男はすぐに立ち上がり、再び襲いかかってきた。そこから互いに服を引っ張り合い、もつれ合いになった。

しかし、ここで男の仲間二人が「この野郎」と加勢に入り、一気に劣勢になった。

さすがに三対一ではどうにもならず、礼央は地面に叩きつけられた。それからは男たちによる足蹴りの雨が降ってきた。

両腕で頭を守り、身を丸くしてひたすらそれに耐えること十数秒後、「ガキが調子に乗んなよ」という台詞を浴びせられ、ようやく攻撃はやんだ。

男たちが車に乗り込み、コンビニの敷地《しきち》を出ていく。

礼央は上半身を起こして、自分の身体をチェックした。各所に多少の痛みはあるものの、どうやら大きな怪我はしていなそうだ。

ふと、思い出したように周囲を見回し、芽衣の姿を探した。すると、芽衣は少し離れた場所で誰かと電話をしていた。

目が合ったところで、芽衣はスマホを耳に当てたまま、礼央のもとへ向かってきた。

そして「聖也」とスマホを差し出してくる。

礼央は立ち上がってからスマホを受け取り、「もしもし」と応答すると、〈大丈夫か礼央〉と聖也のでかい声が耳に飛び込んできた。

〈そっちの状況は芽衣から聞いた。安心しろ。おれがきっちり落とし前つけてやるから。そいつら見つけ出して全員ぶっ殺してやるよ〉

いきなりそんなことを言われて困惑した。

「でも、おれ全然たいしたことないよ。ふつうに歩けるしさ」

〈関係ねえ。おれの大切な友達をやりやがったんだ。絶対に許さねえ〉

その言葉は素直にうれしかった。きっと智明や勇信ならこんなふうに言ってはくれない。

「でも、そいつら、もうどっか行っちゃったけど」

〈探し出せるさ。今、重毅と亜綺人が地元の友達や、後輩に一斉に連絡してくれてっから。車種もナンバーもわかってんだし、大勢で探せばそいつらが乗ってる車なんてすぐに見つかるさ〉

チラッと芽衣を見た。きっとこういう展開になると踏んで、芽衣がナンバーを記憶していたのだろう。この少女は意外とぬかりない。

〈とりあえず礼央と芽衣はおれん家に来いよ。怪我の手当もしなきゃなんねえだろう。二人は待機だ〉

「聖也たちは？」

〈だからおれらは今から捜索しに行くんだよ。バットとか鉄パイプとかもってさ〉

物騒なワードに不安が募った。あの男たちが聖也たちに捕まったらどうなるのだろうか。袋叩きにされた怒りはもちろんあるが、それ以上に聖也たちがやりすぎないかの方が心配だった。

聖也と電話を終えると、芽衣が「さっき、ありがと」と上目遣いで礼を言ってきた。

「いや、別に。男だし、ふつうだよ」と礼央は洟《はな》をすすった。

正直なところ、誇らしい気分だった。これまで喧嘩など一度もしたことのない自分が、ああして取っ組み合いを果たしたのだ。そして一度は相手を投げ飛ばすことにも成功した。だからやられた屈辱よりも、今は爽快感の方がまさっていた。

「乗って」と、エンジンの掛かったバイクに跨った芽衣が言う。

礼央は後ろに跨ろうとしたところで、動きを止めた。

「ねえ。おれに運転させてよ」

「いいけど、出来るの」

「出来るさ。これくらい」

まずはコンビニの敷地内を一人で練習走行してみた。軽くアクセルを捻った程度で結構なスピードが出たことに驚いたが、コツを摑んでしまえば自転車と大差なかった。

芽衣を後ろに乗せ、聖也の家に向かってバイクを走らせた。芽衣は礼央の腰に両手を回して、ぎゅっと身体を密着させている。胸の膨らみを背中で感じた。

「なあ、芽衣はさ、将来の夢とかってあんの。就きたい職業とかさ」

礼央は後ろに首を捻って叫んだ。なぜかそんなことを訊いてみたくなった。

「ないよ」と芽衣も叫ぶ。「なんにもないし、なんにもなりたくない」

だろうなと思った。もっとも自分も同じだ。大人になったときのことなど、まったく想像がつかない。

「でもさ、いつかは働かなきゃならないだろう。そうしたら何をすんの」

すると芽衣は一拍間を置いて、「トラックの運転手かな」と答えた。

意外な答えだった。水商売とかそっち系を答えると思ったからだ。

でも、たしかに似合いそうではある。煙草を咥えながら、バカでかいトラックのハンドルを握る芽衣の姿がなんとなく目に浮かんだ。

「礼央、さっきおれの女って言ったよね」芽衣がふいに言った。

「あれはその、言葉のあやっていうか」

「あやって何？」

「あやっていうのは……いいじゃん、なんでも」

「そっか。ねえ、もっと飛ばしてよ」

「オーケー」

礼央は限界までアクセルを回した。スピードがぐんと上がる。

すると無敵感に包まれた。

万年床の周りにはペットボトルやスナック菓子の袋、丸まったティッシュなどが散乱している。聖也の部屋は前に来たときよりもさらにひどい有様《ありさま》だった。

礼央と芽衣はそんなゴミを避けてスペースを作り、そこに並んで腰を下ろした。まだ聖也たちからの連絡はない。

「本当にあいつらのこと見つけられるのかな」と礼央が言った。

「さあ」と芽衣は小首を傾げ、慣れた手つきで煙草に火を点けた。

「でも、見つけたら見つけたで、厄介なことになりそうだよな」

「なんで」

「だって、傷害事件とかになるかもしれないだろう。聖也たち、ブチギレてたしさ」

「自分だってやられたじゃん。あれだって傷害でしょ」

「そりゃそうだけど」

そこで会話は止まってしまった。礼央は電源の入っていない暗いテレビ画面に目をやった。至るところに指紋がついたテレビ画面には自分たちの姿が反射して映し出されている。

「ねえ、芽衣はいつから煙草吸ってんの」

沈黙を嫌って質問をした。すでに部屋の中は煙草の煙で充満している。

「昔から」

その返答に礼央は肩を揺すった。十四歳に昔もクソもない。

「そもそも美味しいの？　煙草って」

「まあまあ」と芽衣は曖昧な返答をし、「吸ってみなよ」と指に挟んでいる煙草を差し出してきた。

「いや、いい」と断ったものの、少し考え、「やっぱ吸う」と煙草を受け取った。

フィルターには芽衣のルージュの跡がある。そこを咥え、恐々と吸い込んでみた。すぐにむせた。

それを見て芽衣が声に出して笑った。この少女の笑い声を初めて聞いたような気がする。

だからか、礼央もつられて笑った。

だが数秒後、同じタイミングで互いの顔に笑みが消えた。

芽衣がゆっくりと顔を近づけてくる。そして、チュッと軽いキスを交わした。

礼央の人生初めてのキスは苦くて不味《まず》い、煙草の味だった。

ただ、礼央はもう一度、今度は自ら芽衣に顔を近づけた。

だが再び唇が重なり合う直前、野太い車の排気音が聞こえ、互いに動きを止めた。立ち上がり、窓の外を見ると、見覚えのある赤いベンツが聖也の家の敷地内に入ってくるのが見えた。

思わず舌打ちが出た。あの赤いベンツは聖也の母親の彼氏の車だからだ。ヤクザで名前はたしか桐谷《きりたに》という。

やがて玄関のドアが開けられ、「おい結子《ゆいこ》」と桐谷の低い声が発せられた。結子とは聖也の母親の名前だ。

つづいて、ドンドンと廊下を歩く音がし、居間の方から「なんだよ、寝てやがんのかよ。おい、起きろ」と再び桐谷の声が聞こえた。

先ほどこの家の敷居《しきい》を跨《また》いだとき、チラッと居間の方を覗いてみたが、聖也の母親はソファーで酔い潰れて寝ている様子だった。そうなったら聖也曰く、地震が起きようとも目覚めないらしい。

ここで、「聖也ーっ。ちょっとこっち来ーい」と桐谷が叫び声を発した。

芽衣と顔を見合わせる。きっとバイクが停まっているのを見て、聖也が在宅だと思い込んでいるのだろう。

どう対応すべきか悩んでいると、「おい、早く来いって言ってんだろ」と部屋のドアが乱暴に開けられた。

「なんだ、いねえのか。聖也は？」ジロリと睨まれた。

「今ちょっとおもてに出てます」と礼央が答える。

「じゃあ電話しろ」とあごをしゃくられる。

「はい」と二つ返事をしてしまったのは、もちろんこの男が怖いからである。どういう人生を歩んだら人はこんな鋭い目つきになれるのだろうか。

スマホを取り出し、ＬＩＮＥ電話を掛けると、聖也は一コール目で〈おう礼央〉と応答した。

〈今こっちからも電話しようとしてたとこだったんだよ。ちょうど捜索隊からあいつらの車を発見したって連絡が入ってな、今そこに向かってるとこだ〉

バイクに乗っているのだろう、やかましい風切り音の中、聖也は叫ぶように言った。

〈きっちり報復してやっからよ。それと慰謝料もたっぷり取ってやる〉

聖也がそう発言した直後、桐谷が礼央のスマホをさっと奪った。

「おい聖也。おれの電話は出れねえのに、どうしてダチの電話には出れるんだ。おお？」

〈……桐谷さんですか。どうもこんにちは〉

一気にテンションが下がったのだろう、聖也の沈んだ声が漏れ聞こえた。

「まあいい。なんだか知らねえが、おまえ、金が入るみたいじゃねえか」

〈いや、別に〉

「たっぷり慰謝料を取ってやるんだろう。きっちり聞こえたぞ。いいか、おれは朝までここにいるから、それまでにちゃんと金を返せよ。とっくに返済期限は過ぎてんだからな」

〈…………〉

「わかったか」

〈……はい〉

ここで桐谷は勝手に電話を切り、スマホを放って寄越した。そして「おれはよ、聖也にちょくちょく金貸してやってんだよ」と、訊いてもないのにそんなことを言った。

「だが、期限通りに返ってきたためしがねえ。結子のガキだから大目に見てやってるが、極道相手に舐めた真似《まね》してると、そのうち山に埋められちまうぞ――なあ、お嬢ちゃん」

そう言って桐谷は芽衣の頭を撫でた。すると、芽衣は虫を払うかのごとく、その手を乱暴に弾いたので驚いた。

ヤクザ相手になんてことを、と思ったが、桐谷は怒ることなく、ニヤニヤと笑っている。

「邪魔して悪かったな」

桐谷が部屋を出ていったところで、礼央は一気に脱力した。そして、となりにいる芽衣に対し、「アイツとなんかあったの」と小声で訊ねた。

「この前、やられた」

「何を？」

「レイプ」

「……嘘だろう」

「ほんと。聖也がいないときに。この部屋で」

「聖也のお母さんは」

「そのときはいなかった」

「聖也はそのこと知ってんの」

「知ってる。すぐ言ったもん」

「そうしたら？」

「いつか殺してやるってキレてた。でも演技だと思う」

「……どういうこと」

「きっと、聖也がうちのこと売ったんだよ」

「…………」

「借りた金を返せないから、その代わりってことなんだと思う」

　ここで芽衣が前触れもなく抱きついてきた。

　そして、

「うち、聖也より礼央の方が好きかも」

　そんなことを耳元でささやかれた。

　礼央は困惑しながら、芽衣をそっと抱きしめた。

　人の彼女にこんなことをしていいのだろうか――ダメに決まってる。今さらながら思った。だが、そう思いながら礼央は唇を重ねていた。

６　２０２０年８月７日　戸村茂一

車のフロントガラスの先でもうもうと揺らめく陽炎《かげろう》を、茂一はサングラスの隙間から見ていた。

これは熱で膨張した空気が光を屈折させているからだと、学生時代に習ったような記憶がある。といっても四十年も前の、大昔のことだ。

やかましい蟬《せみ》の鳴き声と共に、時折車内まで響いてくるのはパチンコ店のＢＧＭだった。客の出入りでドアが開いた際、中のホールの音がここまで届くのだ。

恵は待ち合わせの際、毎度このパチンコ店の駐車場を指定してくる。だだっ広いのと、誰も周囲の者に気を留めないからだろう。

平日の昼間だというのに、車の台数は少なくなかった。きっと暇をもて余した主婦や高齢者、仕事をサボっているサラリーマンなどの憩いの場になっているのだろう。それを思うと、いいご身分で、と皮肉の一つも言いたくなる。

ほどなくして白いルークスが駐車場に入ってきた。恵のマイカーだ。茂一の車が目についたのか、一直線にこちらに向かってくる。恵もまた黒いサングラスをしていた。

彼女は茂一の車のとなりに駐車し、エンジンを切らずに下車した。用件を済ませたらすぐに戻るつもりなのだ。

「今日は一段と暑いですねえ」

と、茂一の車の助手席に乗り込んできた恵が言う。ドアを閉めた瞬間、ふわっと彼女の香水の匂いが鼻先をくすぐった。

早速、恵は鞄《かばん》から茶封筒を取り出し、「はい。今週の分です」と、それを茂一に差し出してきた。

「ありがとう」

と、礼を告げて受け取り、コンソールボックスにしまおうとすると、「ダメ。ちゃんと確認してください」と恵が待ったを掛けた。

「別にいいよ。恵ちゃんのこと信用してるし」

「ダメですって。大金なんだし、こういうことはきっちりしておかないと」

「そう。じゃあ――」と、茂一は茶封筒から札束を抜き取り、一枚ずつ指で弾いて数えた。

「うん。たしかに六十万」

今週いただく報酬については事前にその額を知らされていた。ちなみに先週は三十万円で、先々週は今回と同じ六十万円だった。

「それにしてもよく次々と見つけてくるよね。恵ちゃんはどうやって客と知り合ってるわけ」

茂一がそのように質問をすると、「戸村さん」と恵は諫《いさ》める口調で言った。

「多くは訊かないこと。最初に約束したはずですよ」

茂一は鼻息を漏らし、「了解」と親指を立てた。

「ただ、あまりやりすぎると、修正申告を出したときにおれが税務署から突《つっ》かれちゃうから、ほどほどに頼むよ」

「そんなの平気よ。最後にちゃんと辻褄《つじつま》を合わせるんだもの。突かれるはずがないわ」

「いやあ、そうは言ってもさ――」

「戸村さん」と、両頬を両手で包み込まれた。「絶対に大丈夫。何も問題なんてない。この国にぎゃふんと言わせたいんでしょう」

「まあ、それは」

「なら、取れるだけぶんどってやらなきゃ」

あの大雨の日の深夜、小島に誘われて訪れたルージュで恵からこっそり持続化給付金の不正受給ビジネスをしないかともちかけられた。

具体的には、受給資格のない者を捕まえ、その者が個人事業主として前年度の収入が百万円程度あったように見せかけ、税務署に確定申告をするのだという。そうすればその者は持続化給付金の受給資格者となり、最大百万円を得ることが出来る。

その一連の作業と指南役を担うのは恵で、そのぶんのマージンとして半額の五十万円を頂戴するのだそうだ。

そしてその五十万円のうち、三十万円を茂一に献上すると恵は言った。

なぜここで茂一が出てくるのかというと、不正受給者の前年度の収入の支払い元は茂一の会社だからである。

茂一のタスクは、自分の会社の前年度の確定申告を訂正し、彼らに給与を支払ったように見せかけるだけ。もっとも、人件費が嵩《かさ》んだということは節税になってしまうわけで、そうなると税務署の目に留まる可能性が出てくる。過大申告は大企業の粉飾決算のようなものでなければほとんどスルーされるが、その逆の過少申告には税務署も目を光らせているのだ。

その懸念《けねん》点について恵は、懇意にしている税理士がいるから平気だと話した。その人物が茂一の会社の年商を操作し、限りなくトントンにもっていくからだそうだ。要するに、出ていく金も増えたが入ってくる金も増えたため、結果としてほとんど追徴課税を取られずに済むというのである。多少の附帯税も掛かるかもしれないが、不正受給で得られる金額からすれば端《は》ものだ。

最後に恵は、この計画を「完全無欠」で「絶対安全」だと胸を張って主張した。

なぜなら、今は国が混乱の最中にあり、数百万件にものぼる申請書類を隈なく精査することなどまずもって不可能だから、だそうだ。

これについてはたしかにそうで、安《あ》倍《べ》晋三《しんぞう》首相も持続化給付金について、「不正受給がない前提の『性善説』で入金を進めていく」と言及していた。今現在、国に不正を調べる余裕などなく、ただひたすら目の前の入金作業をやっつけることで精一杯なのだ。

が、だとしても——だ。

これらの綿密な計画を聞かされても、茂一は「一晩考えさせてほしい」と返事を保留にした。理由は言わずもがなである。

しかし、熟考した結果、茂一は悪事に手を染める決断をした。

これは犯罪でも、ズルでもなく、元々自分が受け取るべき正当な金なのだからと、己に言い聞かせて——。

この国はおれを救出すべき国民の一人としてカウントしなかった。大海原で溺れているおれに浮き輪を投げ込んでくれなかった。船上から見下ろし、自分でどうにかしろと、非情な宣告を突きつけてきた。

なら上等だ。どうにかしてやろうじゃないか。

海賊になって浮き輪を奪ってやる。とことんやってやる。

そう腹を決めたのだ。

「ああ。そうだね。ぶんどってやらなきゃね」

茂一は己に言い聞かせるようにして言い、両手で髪を引っ詰めた。

「そうこなくっちゃ」と、恵はニコッと白い歯を見せたあと、「じゃあわたしはここで」とドアを開け、車を降りようとした。

「あ、ちょっと待って」と茂一が制止する。「そういえばこの前、新たなビジネスがどうこうって電話で言ってたじゃない。それってなんなの」

恵が再びシートに体を沈め、ドアを閉める。

「ああ、その件はまだ準備が整ってないから、次の機会に改めて」

「そう。なんか怖いな」

「全然。戸村さんにとっても悪くない話だと思うから期待していてください」

そんなことを言われると余計に不安になる。おそらくはまた、法に触れるようなブラックなことなのだろう。

改めて恵の顔をまじまじと見た。どうもこの女は摑みどころがない。

彼女の母親も知っているし、娘も紹介された。勤め先もわかっている。だが、その実体が摑めない。

「何か？」と恵が小首を傾げる。

「ううん」と茂一がかぶりを振る。「それじゃあまた今度」

「ええ、ではこれで。たまには小島さんとうちに飲みに来てくださいね」

再び恵が車を降り、丁寧にドアを閉めた。車内には彼女の残り香《が》がまだ漂っている。

恵の車が駐車場から出ていったのを確認して、茂一はギアをドライブに入れ、サイドブレーキを解除した。アクセルを踏み込み、発進する。

駐車場からウインカーを出し、公道に出るところで、アスファルトの上で蝉が干からびて死んでいるのが目についた。ちょうど右前輪で踏んでしまいそうな位置にそれはあった。バックしようかと思ったが、それも面倒で、茂一はハンドルを目一杯切って避けて通ろうとした。

が、微《かす》かに異物を踏んだ感触があった。

恵と別れた足で、『メドゥーサ』へ車を走らせた。

我が三姉妹ラブホテルの中で売上がもっとも減っているのがこの末っ子店で、その理由はおそらく料金設定が一番高いからだ。日本中みんな貧乏金欠でうんざりする。

高い塀に囲まれた駐車場に車を入れると、中は案の定がらがらだった。比べる対象がおかしいが、先ほどのパチンコ店とはえらいちがいだ。

一番端に駐車し、車を降りたところで、白のセダンが入ってきた。茂一の車とは離れた場所に駐車し、そこから降りてきたのは茂一と同世代と思《おぼ》しき中年のカップルだった。お盛んで、なんて微塵《みじん》も思わない。ただただ、ありがとうございます、だ。

茂一が視線を送っていたからか、もしくは一人だからだろうか、男は一瞬怪訝《けげん》そうな顔を見せたあと、女の腰に手を添えてそそくさと店の出入り口に向かった。

今入ると、あのカップルと受付で鉢合わせちゃうな。茂一は少しの間、時間を潰すことにした。

塀が作る日陰に入り、電子煙草を起動し、ぐっと吸い込む。吐いた白煙はすぐに空気に溶けて消えていった。もう十分かなと思ったが、茂一は最後まできっちりと吸うことにした。

煙草がこれほど高くなるとわかっていたら、若いときに手を出さなかったことだろう。昔は二百円でお釣りがきた。それが今や五百円でも買えない。国は国民から税金を毟り取ることしか考えていないから腹が立つ。

吸い殻を手にして店内に入ると、受付にいる女性パート従業員の石川《いしかわ》文枝《ふみえ》が「あら、若じゃない」と親しげに声を掛けてきた。もっともこちらからは文枝の顔は見えない。

還暦を過ぎた彼女は先代の父のときから勤めているので、二代目の茂一を「若」と呼ぶ。

「悪いけど、これ捨ててもらえる」と、客とやりとりするための小窓から吸い殻を差し出した。

それを受け取った文枝が、「今日はどんな用なの」と訊いてきた。

「ちょっと前にエアコンの調子が悪い部屋があるって言ってたじゃない。どんな具合か見てみようと思って。何号室だっけ？」

「三〇六号室。調子が悪いというより、吐き出す風がなんだか臭うのよね」と、小窓から文枝がシミの広がった顔を覗かせる。「前にその部屋に入ったお客さん、カンカンでね、帰り際に『どうなってるんだ』って、フロントで散々怒鳴るわけ。そんなの部屋に入ってすぐに気づいたでしょうに、言ってくれれば部屋を替えることだってしてたのにさ。やることやって最後にそんな文句を言わんでもねえ。だいいちいくら腹が立ったからって、となりに女がいる前であんなふうに――」

「うん。前も聞いた、聞いた」と、茂一は話を遮った。いつだって彼女の話は長いのだ。

「三〇六号室の鍵ちょうだい。それと工具も」

「はい」と、鍵と工具箱を差し出される。「あ、今さっきやってきたアベック、三〇五号室に入ったからね。あんまりガンガンやるとクレームになるわよ」

「あ、そう」と、茂一は鼻息を漏らした。空室だらけなのに、よりによって隣室だとは。

　工具箱を片手にぶら下げてエレベーターに乗り込んだ。三階で降り、廊下を進んで三〇六号室のドアノブに手を掛ける。

　部屋に足を踏み入れた瞬間、ムワッとした熱気に包まれた。これはエアコンの故障ではなく、そもそも稼働させていないからだ。

「こりゃサウナだな」と、独り言を言いながらリモコンを手にしてエアコンを起動してみた。

　たしかに異臭を感じ取った。耐えられないほどではないが、微かに生ゴミが腐ったような臭いがする。

　茂一は腕を組んで考えをめぐらせた。このエアコンはマルチエアコンであり、ほかの部屋が問題ないということは室外機のトラブルではなさそうだ。冷たい風が出ていることから、冷媒ガスも漏れていないはず。

　となると、単純に汚れがひどいのだろうか。茂一は一旦エアコンを止め、化粧台の椅子を引っ張り出し、その上に立って作業を始めた。

　カバーパネルをもち上げ、まずはフィルターを見てみる。びっしりと埃《ほこり》が張り付いていた。

まったく、エアコンも定期的に掃除しろと、清掃員には伝えているのに。もっともこの埃があの異臭の原因だとは思えない。つづいてフィルターを外し、次にフィンを手に取った。ここも異常はなさそうなので、やはり本格的に中を調べてみるしかなさそうだ。

茂一は一旦椅子を降り、洗面所からタオルをもってきて、それを頭に巻いた。さっきから汗が目に入って沁《し》みるのだ。

工具を用いて各種ネジを取り除き、本体を少しずつバラしていく。もちろん素人だが、自前で直せるものなら直したい。業者を呼べば当たり前だが金を取られるのだ。

そうこう悪戦苦闘していると、微かな女の喘《あえ》ぎ声を鼓膜が捉えた。となりの部屋がおっぱじめたのだとすぐにわかった。もちろん慣れているので、なんとも思わない。過去には男女の交わる音と軋むベッドの揺れを感じながら、黙々と壁紙を張り替えていたこともある。

「ああ、もう」と舌打ちをする。ウィングブレードがうまいこと外れてくれないのだ。

茂一は噴き出す汗を拭いながら、ひたすらエアコンと格闘していた。

家に帰り着いたのは日が落ち切ってからだった。メドゥーサを出たあと、ステンノーとエウリュアレーにも寄り、事務仕事をしてきたので遅くなってしまったのだ。

結局、くだんのエアコンの異臭問題は解決せず、業者に任せることにした。電話で症状を伝えると、担当者は〈あー、配管の中でネズミの死骸が腐ってるのかもしれないですね〉とゾッとすることを言った。

茂一は一人で遅めの夕食を摂《と》ったあと、ゆっくりと一番風呂に浸《つ》かり、それから居間で文鳥のモモを手の平に乗せ、指で撫でていると、

「ちょっとあなたからもなんとか言ってやってよ」

と、妻の直子から助けを求められた。

例のごとく、泰斗と奏真がスマホゲームに夢中で風呂に入らないというのである。二時間ほど前から、直子が部屋にいる息子二人に何度か声を掛けているのだが、そのたびに彼らは「わかった」と空返事をするばかりで一向にその腰を上げないらしい。

壁掛けの時計を見ると、時刻はすでに零時に差し掛かっていた。

「よし」

と、茂一はモモをケージに入れて息子たちの部屋に向かった。ふだんなら「まあまあ」と妻を宥《なだ》める側に回るのだが、今回は出張ることに決めた。

これに限らず、最近の泰斗と奏真は母親を舐めている節がたびたび見受けられるからだ。奏真に至っては「っせーな」などと口答えすることもあった。

共に中二なので反抗期に入ったのだろうが、ここらで一度締めておかねばならない。

彼らの部屋のドアをノックし、「入るぞ」と低い声で告げる。滅多に部屋にやってこない父親がいきなり訪れたのだから、さぞ驚くだろうと思っていたのだが、その予想に反して彼らは何も動じていなかった。

互いに手の中のスマホに目を落としたまま、父親に一瞥《いちべつ》もくれないのだ。

「おい。お母さんが風呂に入れって何度も言ってるだろう」と茂一は一喝した。「入ってこい」

これに対し、彼らは「はーい」と、返事をしたものの、またしても顔を上げなかった。

これにはさすがに茂一もカチンときた。

「おまえら、そんなふうに親を舐めた態度を取るならこっちにも考えがあるぞ」

考えなどないが、反射的にそんな台詞が口からこぼれた。

「何怒ってんの」と泰斗が眉をひそめる。

「おれら、ちゃんとハイって返事したじゃん」

「父親の話を聞く態度じゃないだろうって言ってるんだ」

「別にふつーだったでしょ」

「そうそう。超ふつー」

「スマホを見たまま返事をするのがふつうか」

「え。なんで見ながら返事しちゃいけないの――なあ」

「うん。意味わかんない」

「うるさいっ」という怒声と共に、壁をドンッと拳で殴りつけた。「ごちゃごちゃ言ってないで今すぐ入って来いっ」

　これにはさすがに彼らもビビったのか、すぐに腰を上げて部屋を出ていった。だが、去り際、どっちが言ったのか知らないが、「マジ意味不明だし」と捨て台詞も残した。

　荒い息を吐いて、居間に戻る。すると、すぐさま不安めいた顔の妻が寄ってきて、「何があったの」と訊いてきた。

「調子に乗ってるからちょっとカミナリを落としただけさ」

「それにしたって、あなたがあんなふうに声を荒らげるなんてめずらしいじゃない。というか、あんなあなたの大声、わたし初めて聞いたかも」

「知らなかったのか？　おれもたまにはやるんだよ」

先々月、市役所で半狂乱を演じ、警察沙汰になったと話したら妻は信じるだろうか。

「でも、あの子たち、さすがに顔が青ざめてたわね」

「あいつら、きっと明日からおれに敬語になってるぞ」

冗談めかして言ったが、内心は少し動揺していた。なぜ、あの程度のことで自分は癇癪《かんしゃく》を起こしたのか。

最近、感情の起伏が激しいのは自分でも自覚していた。車を運転しているとき、少し割り込まれたりするだけで舌打ちが出る。煽られたときには運転手を車から引《ひ》き摺《ず》り下ろしてやろうかと本気で思った。

その一方、不安に苛まれて、夜中に目覚めてしまうときがある。現実と向き合うのが嫌で、このまま朝が来ないでくれと願ったりもする。そんなとき、自分は世界一臆病でダメな男なのではないかと、深く沈み込んでしまう。

「はい。どうぞ」と、妻が氷の入った烏龍茶《ウーロンちゃ》を差し出してくれた。「なんかさっきのあなたのキレ方、輝樹のあのときの感じに似てた」

「あのときって」と茂一がコップを手にして訊く。

「ほら、去年、泰斗と奏真にブチギレたときの。やっぱり親子なのね」

たしかに自分ともっとも気質が似ているのが、長男の輝樹だ。神経質で引っ込み思案なところなんて若いころの自分を見ているようだ。

「ところであの子、どうして帰省するのやめちゃったのかしら」

となりのソファーに座った妻がため息交じりにぼやいた。

「そりゃあっちでバイトが決まったからだろう。そう本人が話してたんだろ」

夏休みの間は実家で過ごすと話していた輝樹だったが、直前になって飲食店のアルバイトが決まり、そのまま東京に滞在することとなったのだ。

「それにしたって、お盆くらい帰ってきたっていいじゃない」

輝樹は面接のときにスケジュールのＮＧはないと答えたため、びっしりとシフトを組まれてしまったらしい。

これに小さなショックを受けているのが妻だった。彼女は数ヵ月ぶりに長男坊の顔を見るのを楽しみにしていたのだろう。

「だいたい、どうして飲食店なんて選んだのかしら。いつクラスターが発生するかもわからないのに」

「そんなリスクを言い出したら飲食業界は一巻の終わりだろう。それに仮にコロナに罹ったって平気だよ。あいつはまだ若いんだから」

「あら。若い人だって、重症になる人はなるのよ」

「なる人はね。ならない人だっているだろう。要は比率の問題さ。風邪をこじらせて亡くなっちゃう若い人だっているんだから。それと一緒」

そう発言すると、妻は「なるほど。あなたみたいな人がコロナは風邪だって言い張ってるのね」と、冷めた目で夫を見た。

「まったく同じだとは言ってないさ。もちろん怖いウイルスだから出来る限り注意をする。だけども、これまでの日常生活を大きく変える必要はない。おれが言いたいのはそういうこと」

「ふうん」と妻は相槌を打っているが、どこか納得していない顔だ。

「だって、きちんと注意しててコロナに罹ったら、それはもう仕方のない話だろう」

「じゃあもしも輝樹がコロナに罹って死んじゃったとするよ。それでも、あなたはそんなふうに割り切れるわけ」

「あのさあ」と、茂一は肩を落とした。「それとこれとはまったくちがうじゃない」

妻は時折こういう感情論を織り交ぜてくる。こうなるともう、健全な討論は出来ない。

「なあ直子。そんなに輝樹に会いたいなら、東京に行ってきたらいいよ」と、茂一は残り少ない烏龍茶を飲み干して言った。

「じゃああなた連れてってくれる？」

「おれは無理だって。今こっちを離れるわけにいかないもの」

「だったらわたしも無理。一人で車を長距離運転するのは怖いし、かといって新幹線だって高いし。それにあの子の部屋、布団が一つしかないからホテルだって取らなきゃいけないし」

「それくらい取ればいいじゃない」

「……どこにそんなお金があんのよ」と、妻が上目遣いで見てくる。「まさか学資保険を切り崩すだなんて言わないでよ」

ここで茂一は視線を上げ、天井を数秒ほど見つめたあと、「実はさ」と切り出した。

「おふくろから金を貸してもらったんだよね」

「えっ、うそでしょう」と妻が目を見開いて口に手を当てる。「いくらよ」

「二百万」

「ちょっと、やめてよ」と言って、妻が腕を取ってきた。「でも、どうやって。だってお義母《かあ》さん、今そういう話出来ないでしょう」

父の死後、母は長らく独り暮らしをしていたのだが、五年ほど前に認知症を患い、現在は隣町の老人ホームで生活していた。茂一としてはこの家で一緒に暮らしたかったのだが、妻が難色を示したのだ。彼女ははっきりと嫌だとは言わなかったものの、「ほかの選択肢はないのかな」と暗に老人ホームを勧めてきた。

もっとも母自身も、息子夫婦や孫に面倒を見てもらいたくないというので、そうして老人ホームに入所する運びとなったのだ。

「まさか、あなたが勝手にお母さんの貯金をおろしたわけじゃないわよね」と妻は不安そうな顔で言った。

「そんなことするはずがないだろう」と茂一は笑った。「ちょっと前に施設に顔を出したときに、おふくろの方から必要なら使ってくれって言ってくれたんだよ」

「本当?」

「本当だって。おふくろだってニュースは見てるし、今世の中が大変だってことくらい理解出来てるみたいでさ、遠慮するなって言ってくれたの。まあ正直、気が引けたけど、こういう状況だし、ここは甘えさせてもらおうかなって」

「そう。なら、いいけど」と妻は自分を納得させるように頭を上下させている。「でも、お義母さん、まだまとまったお金もってたのね」

「うん。おれも驚いたよ。まだ隠し口座があったなんてさ」

老人ホームに入所することになったとき、母のもつ資産はすべて茂一が管理することに決め、すべて開示してもらっていたのだ。

「ねえ。そこの口座には全部でいくら入ってたの？」と妻が探るような目で訊いてきた。

「さあ。訊いたけど教えてくれなかった。たぶん三百とか、それくらいだったんじゃないかと思ってるけど。残りはわずかだって言ってたから」

「そう。でも、これを機にその口座もあなたが管理した方がいいと思う。いつ何があるかわからないでしょう。息子とはいえ、そういう手続きって結構大変みたいだし」

　言葉を濁しているが、妻が言いたいことは理解出来た。母が死んだあと、凍結すべき銀行口座がいくつあるのか、把握していないと面倒になると言いたいのだろう。

「勘違いしないでよ。その残ったお金をあてにしてるわけじゃないからね」

「わかってるさ。次に施設に顔を出したときに、それとなく話してみるよ」

　よくもまあ、ぬけぬけとこんな嘘が吐《つ》けるものだと我ながら感心した。

　母から金など借りておらず、そもそも彼女の隠し口座など存在しない。母は自分の余生の蓄えしかもっておらず、それも毎月の老人ホームの費用で目減りしている。きっとあと五年で底を突くことだろう。

　茂一は持続化給付金の不正ビジネスを始めてから、何かしら金の源泉を知らせておかなければ不審がられると考え、妻が納得出来る理由付けをずっと模索していたのだ。

　黙っていたら、いつか必ず怪しまれる。女の、いや、我が妻の勘は名探偵顔負けなのだ。もし、夫が犯罪に手を染めていると知ったら、妻はどんな反応を示すだろうか。恐ろしくて想像すらしたくない。

「そういうわけだから、輝樹のところ行っておいでよ」と茂一は話を戻した。「一緒に美味《うま》いものでも食ってくれればいいさ。あいつ、きっとろくなもん食ってないだろうしさ」

「ううん。行かない。だって借りてるお金だし」

「借りてるって言ったって、実質は——」

「わかってる。けど、そういう贅沢《ぜいたく》をしていいお金じゃないでしょう。それだったらわたしは泰斗と奏真に服を買ってあげたい」

「服ぅ？」と語尾を上げ、茂一は顔をしかめた。「そっちの方こそ今すぐに必要か。あいつらのおしゃれなんかのためにさあ」

「おしゃれのためじゃなくて、去年着てたのがもう入らないのよ」

「ああ、そういうことか」

中学生になってからというもの、二人はぐんぐんと身長を伸ばしていた。そのスピードたるや竹の如《ごと》しだ。もしかしたら来年には抜かされているかもしれない。

「成長するっていうのも面倒なもんだな」

ため息交じりに言うと、「そういうあなたもね」と、腹をぽんと叩かれた。

「そのうちズボンがはち切れちゃうわよ」

夫婦で声に出して笑った。

踏ん張らなきゃな、と、茂一は改めて思った。妻と子どもたちの生活を支え、守ってやるのが自分の役目なのだから。そう、自分は一家の大黒柱なのだ。

だから綺麗事は言ってられない。

それに、おれはけっして悪いことをしているわけじゃない。

7　2020年9月12日　今井美世子

まるでそこに存在しないかのような透明なガラス壁の前に立ち、美世子は思わず「うわぁ」と嘆息を漏らした。この都で暮らしてもうすぐ二十年になるというのに、改めてその偉大さに圧倒された。

眼下に広がるのは東京の大パノラマである。燦々《さんさん》と降り注ぐ陽光を浴びた無数のビル群は豊かさの象徴であり、経済の中心の証《あかし》だ。自分もその歯車の一端を担っていると思うと、自然と背筋がピンと伸びた。

そして振り返ればこの格式の高いラウンジである。生け花や縁側、日本の伝統を随所に織り込んだ癒しの空間はまさしく都会のオアシスだ。

ここ、大手町タワーの最上階に位置するアマン東京のラウンジを予約してくれたのはとなりに立つ貴福だった。「タイセツナヒデスカラフンパツシマシタ」と本人も話していたが、きっと場所代だけでうんとするのだろう。

絶景を十分に楽しんだあとは窓際の席で彼の姉の到着を待った。

現在、貴福の三つ年上の姉の蘭麗《ランリー》が先週から来日しているらしく、一昨日の夜、彼は「ワタシノオネエサンニアッテモラエマスカ」とベッドの上で切り出してきた。

美世子は「もちろん」という二つ返事と共に、なぜもっと早く教えてくれなかったのかと文句を言った。貴福の家族に会えるなんて楽しみでしかない。なぜなら、近いうち自分もその家族の一員になるのだから。

まだ明確なプロポーズは受けていないものの、貴福はふだんから「ケッコン」という言葉を幾度となく口にしている。二人が一緒になることはすでに決まりごとなのだ。

「もう、ここでもスマホばかり。ふーちゃんはちょっと依存症だよ」

美世子の指摘を貴福は微笑で受け流し、「ホラ、ココミテクダサイネ」とスマホを差し出してきた。

画面の上半分には折れ線グラフ、下半分には＄数字の羅列が映し出されている。

これは海外の暗号資産サイトなのだが、先日貴福が「モウスグハネアガリマスネ」と話していた銘柄のコインの価値が約一・五倍になっていたのだ。

「ええっ」と美世子は口に手を当てた。「ものすごく上がってるじゃない」

「ああもうショック。ふーちゃんの言う通り、もっと買っておけばよかった」

美世子が身体をくねらせて悔しさをアピールすると、貴福は「ダカラワタシナンドモイイマシタネ。タクサンカッテヘイキデスネト」と同情の顔を見せた。

美世子はこの銘柄に＄四百七十五、日本円にして五万円しか突っ込んでいなかったのである。

美世子が国内の暗号資産口座から、海外の暗号資産口座に切り替えたのは先週のことだった。理由は、貴福がこっちの方がもっと儲かるというからだ。

実際、始めてすぐに利益が出た。一万円が一万二千円になって戻ってきた。次は三万円が四万五千円になった。

貴福が「リアリティヲモツノガダイジデスネ」と言うので、美世子は一旦その金を引き出してみた。

が、実際に現金を手にしてみたところ、よりリアリティを失ったというのが本音だった。金というのはこれほど簡単に増えるものなのかと、嬉《うれ》しさよりも一抹の虚《むな》しさを覚えた。学生時代、安い時給できついアルバイトに励んでいたあの日々はなんだったのか。

「まあでも、五万円が七万五千円になったんだもの。それだって大勝ちよね」と美世子は自らに言い聞かせるように言った。

だがやはり、貴福の勧め通りにもっと突っ込んでいればと、後悔の念が押し寄せるのは自分の感覚が麻痺《まひ》してきているせいだろう。暗号資産を始めたころの、損をしなければいいという考え方にはもう戻れない。

美世子は暗号資産の運用を始めてから、これが投資ではなく、投機なのだということを知った。だから本質はギャンブルと大差ないのだ。となれば負けるときだっていつか必ず訪れる。そのとき、自分は損切りという選択肢を取れるだろうか。

ここで貴福のスマホがメロディを奏で、応答した彼は「オネエチャンガトウチャクシタミタイデスネ」と言い、席を立った。

美世子は離れゆく貴福の背中を見つめた。

この人と出会ってまだ一ヵ月と少しなのか。もう長いこと一緒にいるような気がしてしまうのは、共に過ごした時間が濃密だったからにほかならない。毎日、昼夜問わず連絡を取り合っているし、三日に一回は必ず会っている。そしてそのたびにベッドの上で激しく愛し合っている。

ほどなくして貴福が背の高い黒髪の女性を引き連れて戻ってきた。彼女が貴福の姉の蘭麗だろう。マスクをしているが遠目にも美人なのがわかった。

美世子は立ち上がって出迎え、慣れない英語で挨拶をした。蘭麗からも英語で挨拶があり、彼女はそのまま美世子にハグを求めてきた。照れ臭いながらも数秒ほど抱擁し、それから向かい合って席に着いた。

ほどなくして食事が始まった。美味しい料理に舌鼓を打ちながらたどたどしい会話を交わす。美世子も英語が苦手なのだが、意外なことに蘭麗はそれ以上に拙かった。なので、途中から自然と貴福が通訳となり、美世子は日本語で、蘭麗は中国語でしゃべった。

蘭麗は来日するのは今回が初めてだそうで、日本の街や文化にいたく感銘を受けている様子だった。もとより彼女の趣味は海外旅行で、コロナ禍前は毎月のように飛行機に乗っていたという。

その流れで、話題はコロナ禍における日本とマレーシアの対策のちがいに及んだ。マレーシアではロックダウン時に勝手に外出すると、警察に逮捕され、罰金及び刑務所行きになるというのだから恐ろしい。散歩やジョギングも禁止されており、生活必需品の買い出しも一家に一人しか外出が許されないらしい。自動車も運転手以外の同乗が認められず、警察が厳しく検問や取締りを行っているそうだ。

このような母国の状況を蘭麗は「异常（異常）」だと言い、だから規制の緩い日本に来て「好起来了（元気をもらった）」のだそうだ。

そうした会話の中で蘭麗は美世子のことを親しげに「姐姐《ジエジエ》」と呼んだ。これは年上の親類の女性に対する呼称で、それが美世子はとてもうれしかった。

ただ、少し気になったのは蘭麗の顔だった。マスクを外した蘭麗は想像以上に整った顔立ちをしていたのだが、典型的な整形美人で、悪く言ってしまえば人間味がなかった。鼻先とあごが少女漫画のそれのように尖っているのだ。だから弟の貴福とは似ても似つかない。

楽しい時間は過ぎるのも早く、あっという間に食後のデザートになり、そしてここで突然、口論が始まった。

貴福と蘭麗が何やら言い争っているのだ。美世子は初めこそ、中国語だからそう聞こえてしまうのだろうかと思ったのだが、よくよく会話を聞いてみればやはり喧嘩だった。

美世子は貴福と交際を始めて以来、少しだけ中国語を勉強しており、彼らの会話が断片的に理解出来たのだ。

「二人ともお願いだから落ち着いて。冷静下来。冷静下来」と美世子は覚えたての中国語で二人に訴えた。

だが蘭麗は「再见姐姐」と言って立ち上がり、席を離れてしまった。腰まで届く長い黒髪と尻をリズミカルに揺らしながら彼女は去っていく。

貴福は姉のそんな後ろ姿を眺め、かぶりを振っていた。

「どうしたのよ。いったい何があったの」

美世子が訊ねると、貴福はため息交じりに、「オネエチャンハヒドイデスネ。ワタシイッパイオカネダシマシタ。デモモットモットダシナサイトイイマスネ」と吐露した。

詳しく聞けば、彼らの父親の事業がコロナによって大打撃を受け、窮地に追い込まれてしまったのだという。具体的な数字は言わないものの、負債の額は気の遠くなるような数字とのことだ。

何はともあれ、息子である貴福が助け舟を出し、一時的に金を貸したのだが、それでもまだ足りないのだそうだ。

そして蘭麗は、このままだとお父さんの会社は潰れてしまう、最悪お父さんは自殺してしまうかもしれない、と弟を脅し、だからもっと金を寄越せと迫ってきたらしい。

「ワタシ、カゾクヲアイシテマスネ。ダカラタスケタイデスネ。デモワタシ、コレイジョウオカネダセマセンネ。モウゲンカイデスネ」

俯いた貴福が洟をすすりながら言う。初めて見る弱々しい姿に、美世子は胸が締め付けられた。

貴福は暗号資産で相当稼いでいる。だが、それに手をつけることだけは「ゼッタイイヤデスネ」と貴福はきっぱりと拒否した。

「アレハ、ワタシトミヨコガシアワセニナルタメノモノデスネ。ワタシタチ、ケッコンシマスネ。オカネイッパイカカリマスネ。ワタシノイチバンタイセツナヒト、ミヨコデスネ」

「うん。ありがとう」と美世子は両手で貴福の手を取った。「でも、心配しないで。わたしだってそれなりに貯金はあるんだから。ふーちゃんだけに頼るつもりなんてないからね」

「ドウモアリガトウゴザイマス」と貴福が潤んだ瞳で言う。そしてもう一度、「ドウモアリガトウゴザイマス」と言った。

結局、この話はここで終わった。貴福がこれ以上、この話題について話をしたくないと打ち切ったからだ。

その日の夜もいつものようにセックスをした。ベッドの上で、貴福はいつになく荒々しく動いた。

そしてことを終えたあと、彼は泣いていた。しくしくとずっと泣いていた。

美世子はそんな姿を見て、居《い》た堪《たま》れない気持ちになった。

貴福が母国マレーシアに発《た》って三日が経った。蘭麗と会った日の翌日、「カゾクゼンインデハナシヲスルコトニナリマシタ」と言い残し、急遽《きゅうきょ》機上の人となったのだ。

そうして行われた家族会議の結果、やはり金を無心されたとのことだった。貴福はもてるすべての財産を献上する代わりに、家族と〈エンヲキリマシタ〉と驚くべきことをビデオ通話で打ち明けた。

〈ビンボウニナッタワタシハキライデスカ〉

「そんなことあるわけないじゃない。そんなことより、家族と縁を切るだなんて考え直した方がいい」

〈モウイイデス。ワタシニハミヨコガイマスカラ〉

貴福はビデオ通話中、ずっと泣いていた。美世子にとって貴福の涙は自分のこと以上に悲しいことだった。

そんなやりとりを交わした日の翌日、貴福はクアラルンプール国際空港で飛行機を背景にした写真と共に、《さようなら。マレーシア》というメッセージを美世子に送り、日本へ飛び立った。

それを皮切りに、貴福は間隔を空けず、メッセージを山ほど送ってきた。美世子は自宅でテレワークをこなしつつ、その一つ一つにすぐに返信をした。仕事もそれなりに忙しかったのだが、それでも貴福のことを思えば間を置くことなど出来なかった。今彼は家族と絶縁し、さみしくてたまらないのだ。会ったら思いきり抱きしめてあげようと思った。

もっともそれはだいぶ先のことになってしまいそうだった。なぜなら来日から十四日間、貴福は隔離されてしまうからだ。

日本政府が海外からの渡航者に自主待機要請という名の隔離をすることに決めたのは今年の四月のことだ。

美世子は当時、対応が遅いのよ、と国を批難していたものの、今はこれほど厳しくしなくたっていいじゃない、と立場をころっと変えている。我ながら勝手なもので、貴福だけは隔離を免除してもらえないだろうかなんて不届きなことまで思っている。

それほど会いたくて会いたくてたまらないのだ。

そんな愛しの貴福からのメッセージの多くは二人の結婚後についてだった。彼には明確な将来設計と生活のビジョンがあった。それは世田谷《せたがや》の閑静な住宅街に新築の一軒家を建て、そこで美世子と子ども二人と、そしてペットのゴールデンレトリーバーと共に暮らすというものだ。

美世子にはあまり現実味のない未来だったが、貴福は大真面目だった。そのために一緒に努力をし、これから資金を貯《た》めようというのだ。

そうしたやりとりの中、

《今すぐに○○を買ってください。大至急です》

というメッセージが唐突に送られてきた。

指定されたのは聞いたこともない銘柄の暗号資産のコインだった。これが近日中に爆上がりするらしく、多くの投資家に知れ渡る前に買わなければならないというのである。

《じゃあ思いきって二十万円くらい買ってみようかな》と美世子は返信した。

すると、すぐにこのようなメッセージが返ってきた。

《少ないです。絶対に勝てる勝負です》

美世子はこれを受けて、《でも、それ以上のお金はちょっと怖い》と返信すると、《今まで負けたことがありますか？　このチャンスを逃すと損です。後悔します。時間がどんどん過ぎます。早く早く早くです》と、焦っていることをアピールされた。

美世子は《じゃあいくらくらい投資すればいい？》と質問した。

そして戻ってきたメッセージを見て、目を疑った。

《最低五百万円です》

……さすがにそんな大金は出せない。出せるわけがない。

そう返信すると、《美世子は私と結婚したくないのですか？　そういうことですね。理解しました。もういいです。さようなら》という、いきなり冷たいメッセージが届いた。

そして混乱する美世子にさらなるメッセージが立て続けに送られてくる。

《私たちの将来のためにがんばりましょう》《一緒に幸せになりましょう》《私と美世子は一心同体です》《美世子だけが私の家族です》《世界で一番あなたを愛しています》

美世子は何がなんだかわからず、軽いパニック状態のまま、このようにメッセージを打っていた。

《そうだよね。私たちの将来のためだもんね。ふーちゃん、愛してる》

8　2020年8月31日　二宮礼央

時刻はまもなく二十一時半を迎えようとしていた。高崎市外にあるファミリーレストランはこの時間でもそれなりに混んでおり、なおかつ騒がしかった。壁には会話を控えるよう、貼り紙がなされているが、見渡す限り気に掛けている者はいない。だいいち子連れが多い。智明や勇信ならきっと民度の低い連中と小馬鹿にしていることだろう。

もっとも、この中で一番騒々しいのは自分たちのテーブルなのだが。聖也と重毅と亜綺人の三人はやたらテンションが高く、くだらないことを言い合っては馬鹿笑いをしている。紅一点の芽衣はというと、相変わらず口数が少なく、ただ時折、礼央に意味深な視線を送ってくる。

「いいか礼央。一応、あいつらの前では足を引き摺って歩けよ」

向かいにいる聖也がそう言って、ストローの袋を指で弾いて飛ばした。

「わかってるよ」礼央はため息混じりに応えた。「けど、そんな嘘丸出しの芝居をしたところで意味ないと思うけど。あっちだって信じてるわけがないんだから」

礼央がはるばる高崎までやってきたのはくだらない猿芝居をするためだった。

そしてその猿芝居を披露する相手は、先々月にコンビニで芽衣に絡み、礼央に暴行を加えた男たちである。

あの日の夜、男たちの乗る軽自動車を発見した聖也たちは、車を大勢で取り囲んだあと、彼らを車外へと引き摺り出し、暴力の制裁を科した。そして彼らの身分証を奪い、慰謝料として五十万円もの金を要求した。

すると男たちは、自分たちは学生だから一回では厳しい、六月の末と七月の末の二回の分割にしてもらえないか、と申し出たという。

それはその場しのぎの口約束で、すぐに警察に駆け込まれるのがオチだと礼央は思っていたのだが、男たちはきっちり二回、計五十万円の支払いを済ませたらしい。

　男たちには弱みがあった。彼らの素性は高崎市内にある私立大学の学生で、三人ともサッカー部に所属しているそうだ。そんな彼らがもっとも恐れているのは、今回の一件が学校の知れるところとなり、部全体に活動停止処分が下ることなのである。きっと関係のない仲間たちを巻き込むわけにはいかないと考えたのだろう。

「でも、やりすぎだと思うけどなあ」礼央は改めてぼやいた。「だって彼らは約束した分の五十万をきっちり支払ったんだから。これ以上はさすがにどうかと思うけど」

「出た、出た。礼央の良い子ちゃん発言」重毅が小馬鹿にしたように言った。

「だいいちボコられたのはおまえなんだぜ」亞綺人は呆れ顔だ。「なんでそんな奴らに同情すんだよ」

「別に同情してるわけじゃなくて、あまりに追い詰めて警察に駆け込まれたりしたら面倒なことに――」

「ない、ない」と聖也が顔の前で手を振って遮る。「だってあいつら、学校にバレんのをビビってんだからよ。あの映像がある以上、おれらに従うしかねえんだよ」

　約束通り五十万円を納めた大学生らに、さらに二十万円を支払うように聖也が電話で要求したのは昨日のことだ。理由は、礼央が袋叩きにされた際に負った膝の怪我が思っていたより重傷で、今現在も通院を余儀なくされているから、というむちゃくちゃなものだった。

　当然、そんな手前勝手な後付けが通用するわけがなく、大学生らはもう勘弁してほしいと訴えてきたらしいが、聖也はそれを突っぱねた。最終的に「だったらあの映像をネットに晒す」と脅したところ、彼らは泣く泣く要求を呑《の》んだという。

ただ、彼らからも二つ条件を出された。一つは追加で金を払うのは今回限りだということ。もう一つは被害者である礼央と芽衣に対し、面と向かって詫びたいから場に同席させること。そうして今ここに至るのである。

ちなみに聖也が口にした、あの映像、というのはコンビニの防犯カメラのことだ。事件があった翌日、聖也たち三人はくだんのコンビニへ赴き、「昨夜友人がここの駐車場で見知らぬ男たちから暴行を受けた。もし防犯カメラに映像が映っていたらそれをもって警察に相談したいから確認をさせてもらえないか」という頼みごとをダメ元でしたところ、良心的なオーナー店長はバックヤードで当該時間のモニター映像を見せてくれたらしい。

はたしてそこには礼央が暴行される一部始終が映っていた。そしてそのモニター映像を聖也はスマホの動画で撮影したのである。

「ところで、本当に今回が最後なんだよね。あいつらから金を巻き上げるの」

礼央がみなを見回して訊くと、「ああ、もちろん」と聖也が口の端を吊り上げて答えた。

「ただし、例外はあるけどな。いつしか礼央の身体の傷は癒えても、今度は芽衣の心の傷が疼《うず》いてくるかもしれないだろう。そうなるとまた治療費をいただかなきゃならないかもしんねえな」

重毅と亜綺人がぎゃはははと笑い、テーブルをばんばんと叩いた。

「いいか礼央。こういうもんによォ、終わりなんてねえんだよ」聖也がぐっと身を乗り出してくる。「あいつらパンピーのくせに調子に乗った罰だ。あいつらは永遠におれらに金を払いつづけるしかねえのさ」

「そうそう。礼央は黙って痛い痛いアピールしときゃあいいんだよ」

彼らのそんな話を聞かされ、礼央は最近ネットで目にした日本と隣国における国際問題の記事を思い出した。それによると、どうやら我が国は七十年以上も前に結着したはずなのに、隣国に幾度となく償い金とやらを払いつづけているらしい。

「今回限り」は常套句《じょうとうく》で、実際は請求に際限などなく、あの手この手で金を出させようとする隣国に対し、日本はなぜか、毎度のこと出してしまっているというのだ。

　で、その縮図がこれのような気がする。礼央が知らないだけで、世の中とはそのようにして成り立っているのだろうか。

「つーわけで礼央、おまえは何も心配する必要ねえよ」

　何一つ根拠のない言葉は礼央に安心ではなく、より一層の不安をもたらした。ただ、それもどうでもいいことだ。なるようになるのだろう。もっともこれは達観ではなく、諦念なのだが。

　聖也たちと付き合い始めてから、礼央は物事を考えるのが億劫《おっくう》になった。近い将来にすら想像をめぐらせなくなった。人はこうして落ちぶれてゆくのかなと、他人事《ひとごと》のようなことすら思い、そこに危機感を抱けない日々がつづいている。

　ふと斜向《はすむ》かいにいる芽衣を見る。彼女はふだんとなんら変わらぬ落ち着きぶりでメロンソーダをすすっていた。

　つくづくこの少女は何を考えているかわからない——が、礼央は最近、この少女のことばかり考えていた。

　けっして芽衣を彼女にしたいわけじゃなかった。こんなヤンキー娘を連れておもてを歩けないし、だいいち友達の彼女だ。ただどうしてもあの日、密やかに交わしたキスや抱擁が脳にこびりついて離れてくれない。

そして二人は今も、聖也たちの目を忍んでキスをしている。

「お。連絡来たぞ」聖也がスマホをもち上げて言った。「もしもし、到着したか。こっちはとっくに着いてるぞ。今は向かいのファミレスで飯食ってんだ。そっちにおれらのバイクが停まってるだろう――わかった。今から向かう」

電話を切った聖也が「よっしゃ。行くぞ」とみなを促した。

ファミレスを出て、歩いて目的地へ向かった。待ち合わせ場所は道路を挟んだ向かいにあるボーリング場の地下駐車場だ。ちなみにこの地域が自分たちと彼らの居住地の中間地点で、無料で車を駐車出来るからという理由で、あちら側からこの場所を指定されたらしい。

大通りには車のヘッドライトが行き交っていた。横断歩道が離れているので、車の通りがないタイミングを見計らって素早く道路を横切った。

「礼央は走るなよ。どこであいつらが見てるかわかんねえだろう」と重毅が冗談めかして指摘してきた。

「ああ、ここから芝居始めとけよ。ほらほら」と亜綺人も悪ノリをする。

礼央は左足を引き摺って歩きながら、なぜこんなことをしなきゃならないのか、と改めて我が身が情けなくなった。馬鹿馬鹿しいにも程がある。

ふと気になり、礼央はスマホをポケットから取り出してみた。すると母からＬＩＮＥメッセージが入っていた。

《遅くとも二十二時までに帰ってくるように。明日から学校が始まるんだからね》

高校の友達の家で勉強会、という理由で礼央は外出しているのである。

《無理だよ。もう一時間もないじゃん。終電までには帰るから》素早くメッセージを作成し、返信した。

母は息子の生活が乱れていることにたぶん気づいていなかった。夜遊びは夜勤と重なっているし、日中にぐうたらしているときは母も寝ている。

息子の本当の生活の実態を知ったら、きっと母は膝から頽《くずお》れることだろう。

もっとも明日からはこうした堕落した生活とも強制的におさらばだ。なぜなら新学期がスタートするからである。

先日、高校から届いた案内によれば二学期からは通常通りの登校、通常通りの授業が組まれるとのことだった。これには心底落胆させられた。礼央はリモート授業が永遠に続くことを望んでいたのだ。ゆえに群馬県内でコロナの感染爆発が起きてくれないものかと不埒《ふらち》な願いを抱いている。

古びたボーリング場の薄暗い地下駐車場はだだっ広く、それでいて駐車されている車はほとんどなかった。これもコロナの影響なのだろうか。いや、きっと人気がないだけだろう。礼央はボーリングなど一度もしたことがない。

歩を進めていくと、ほどなくして見覚えのある軽自動車を発見した。あの日、大学生らの乗っていた車だ。

こちらの姿を確認したのだろう、車から男たちが降りてきた。その数は三人。全員マスクをしているが、礼央に暴行を加えた奴らにまちがいなかった。

そんな彼らに向かってゆっくり近づいていく。礼央は足を引き摺りながらだ。

「よお。久しぶりだな」聖也が対峙《たいじ》したところで言い、礼央の膝を指さした。「ほら、見ただろう。こいつはまだまともに歩けねえんだ」

男たちが表情を暗くし、顔を見合わせる。

「でも、おれらそんなに本気で蹴ってないぜ。膝だって狙ってないし」男たちの中の一人が遠慮がちに言う。「だいいちあれから二ヵ月以上も経ってるのに、未だにそんな状態って──」

「礼央が仮病を使ってるっていうのかよ」聖也が遮って言った。

「いや、そういうわけじゃないけど」

「だったら疑うようなことを言うんじゃねえよ。だいいちまずは詫びが先なんじゃねえのか。おまえらがそれを望んだんだろう。だから約束通り二人をここまで連れてきてやったんだ」

聖也がそう言うと、男たちは再び顔を見合わせ、互いに頷き合った。そして礼央と芽衣の前に横一列に並び、三人同時に腰を折った。

「この前はすみませんでした。許してください」

礼央はどう返答していいのかわからず黙っていた。何を今さらという気持ちもあるが、その一方、こいつらも歳下相手に屈辱だろうなと思った。もっとも同情は湧かない。これは身から出た錆《さび》であり、自業自得なのだから。

「ダメ。土下座しろ」

礼央は驚いてとなりを見た。発言したのが芽衣だったからだ。

「何もそこまでさせなくても……」

「礼央が許してもうちは許してない」芽衣はそう言って一人の男に近づいた。「おまえ、うちの尻を蹴ってくれたよな」

言うなり、芽衣は男の太ももを立て続けに二回蹴飛ばした。本人は思いきり力を込めたつもりだろうが、華奢ゆえにその蹴りは弱々しく、相手はただ気まずそうな顔をするだけだった。

ともあれ、礼央は改めてこの少女を不可解に思った。彼女の精神構造がまるでわからない。今まで恨みを抱いていたふうにも見えないし、今日ここに来ることだって「ダルい」などと言っていたのだ。

「おら、早く土下座しろよ」芽衣が男の胸をドンと押す。

「もういいって芽衣」と礼央は芽衣の肩に手をやった。

「いいや、考えてみればたしかに土下座だ」と制して言ったのは聖也だ。「全員、土下座して詫びろ」

重毅や亞綺人も「おらおら、早くしろよ」と煽る。

やがて男たちは歯を食いしばり、アスファルトの上に膝をつき、そして両手をついた。そして深々と低頭し、先ほどと同様の台詞を口にした。

胸がすくような思いはまるで湧かなかった。むしろ苦い気持ちが込み上げた。

「とりあえずこれで言葉による詫びは済んだな」聖也が首の骨を鳴らして言い、次に男たちに向けて手の平を上にして差し出した。「さあ、つづいて金銭的な詫びだ」

するとここから長い沈黙がつづいた。

「おい、早く慰謝料を寄越せよ」

「もう払えない」男の一人が立ち上がり、意を決したように言った。「おれらは約束した五十万円はすでに払った。だからこれ以上払うつもりはない」

「話がちげえだろコラ」聖也が目を剝く。「追加で二十万、昨日たしかに了承したよな。絶対にこれは譲れねえぞ」

「もうそんな金ねえんだって」と別の男が口を開く。「おれらふつうの大学生なんだぜ。社会人でもないのに毎回そんな大金用意出来るわけねえだろう」

「テメェ、何逆ギレしてんだよおい」重毅が男の胸ぐらを両手で摑み上げた。「おれらをナメてんのか。こっちはおまえらの家も学校も全部把握してんだぞ」

「映像晒しちまうぞこの野郎」亞綺人も声を上げた。「ツイッターやユーチューブに動画をアップされたらテメェら人生終わりだろうが」

　男たちが押し黙る。

　再び沈黙がつづくこと数秒、重毅に胸ぐらを摑まれている男が、「……おまえらが悪いんだからな」とボソッと言った。

「あん？」と重毅が眉をひそめる。

「おれらはやれることは全部やった。それでもおまえらはこうしてタカってくる」

「何言ってんだおまえ」

「ここで金を払っても、どうせまた来月も金を要求するつもりだろう。そうに決まってる」

「だから何言ってんだよ。勝手にしゃべってんじゃねえ」

　するとそこで、周囲に停まっていた一台の黒い車のドアが急に開き、そこから四人もの男たちがのそのそっと出てきた。

　そしてそのまま一直線にこちらに歩み寄ってくる男たちの風貌を見て、礼央は戦慄した。

聖也の母親の彼氏の桐谷と同じ人種だとわかったからだ。となりの聖也たちを見る。みな顔色をなくしていた。

「ガキども、茶番は終わりだ」先頭を歩く黒いサングラスを掛けた男が声を張って言った。

「全員、そこを動くんじゃねえ」

「いきなりでかい声を出しなさんな」と最後方にいるリーゼントの男がサングラスの男を窘《たしな》め、一歩前へ出て、「怖がらせてすまんな」と礼央たちに手刀を切った。

このリーゼントの男がボスなのだろうか。年齢はおそらく三十代後半くらいだ。

「さあて、どこから話せばええもんか」とリーゼントがあごをゆっくりと撫でる。「ほんなら最初から説明をしよか。おじさんはひょんなことからこの学生さんらが困ってるっちゅう話を小耳に挟んでな、それでこうしてお節介を焼きに来たんや。まあ子どもの喧嘩に大人が出張るのもどうかと思ったんやけども、聞けばキミら、この学生さんらにずいぶんなことをしとるそうやないか。感心せんなあ。キミらみたいな子どもが本職の真似事《まねごと》なんぞしよったら」

誰一人として言葉を発せなかった。目の前の大人たち、とくにこの関西弁のリーゼントが放つ威圧感は不良のそれとは明らかに異なるのだ。

「ちゅうわけで、ちーとおじさんと話をしようや」

礼央は学生らをチラッと見た。三人とも身を小さくしていた。彼らもまたリーゼントたちに怯えているようだった。少なくとも形勢逆転したことをよろこんでいる節はない。

もっともこのヤクザたちは彼らが雇ったのだろう。反社にコネがあったのか、知人の伝手《つて》を頼ったのか、その背景は知るよしもないが、おそらくは金を払っているにちがいない。ヤクザが損得勘定なしに動かないことは田舎の学生にだってわかる。

「ところでリーダーはボクか」リーゼントが聖也を指さして言った。「名前はなんて言うんや」

「……田辺です」聖也が蚊の鳴くような声で答えた。先ほどの威勢は完全に消えていた。

「下は？」

「聖也」

「聖也くんか。カッコのええ、立派な名前やないか」リーゼントが感心したように頭を上下させる。「で、聖也くんよ、この学生さんらのこと、わしに免じて許してやってもらえんか」

聖也は無反応だ。

「いや、もとはこの学生さんらが悪いっちゅうのはわかっとる。しかしや、キミらもその後車を取り囲んで、きっちり仕返しをしたんやろう。学生さんらはキミらにこっぴどくやられたことで、しばらく部活を休まざるをえんかったそうやわ。わしが思うに、この子が負った怪我より、よっぽど重傷だったんとちがうか」

リーゼントは「この子」のところで礼央を一瞥した。

「その上キミら、学生さんらから五十万もの大金を巻き上げたそうやないか。そらいくらなんでもひどいわ。五十万ゆうたらわしの年収と変わらんで」

そんな冗談に笑う者は一人もいない。

「聞けばこの学生さんら、金を工面《くめん》するために学校や部活の合間を縫って日雇いバイトをしたらしいわ。三人とも二ヵ月タダ働きやって。かわいそうに。自分らならそんな出来るか。ええ？」

「……いえ、出来ません」

「そやろう。学生さんらは身を粉にして働いたんや。でもって約束の五十万をきっちり払った。せやのに、キミらはまたゼニっこ寄越せゆうとるんやろ。さすがにえげつないわな」

「…………」

「さっき車から覗いとったけども、この学生さんら素直に謝っとったやないか。土下座なんちゅうのは中々出来んぞ。わしには十分に反省しとるように見えるけどな。聖也くんはそうは思わんか」

「…………」

「思わんのかい」

「いえ、思います」

「じゃあもう堪忍したってくれや」

聖也は少し逡巡《しゅんじゅん》する素振りを見せたあと、「わかりました」と小さく頷いた。

「ああええ子や。聖也くんが話のわかる子で助かったわ」とリーゼントが満足そうに頷いた。「ああ、そうそう、ゼニも返したってくれな」

聖也が顔を上げ、目を丸くさせる。「五十万のことですか」

「当たり前やないか。きっちり耳揃《そろ》えて返しんしゃいな」

「…………」

「なんや不服か」

「だってあれは……」

「だってあれはなんや。わしは不当やと思うぞ。なぜなら聖也くんたちは学生さんらのことをきっちりシバき上げたんやから。だったら、そこでちゃんちゃんや。さっきもゆうたけどその上ゼニ寄越せっちゅうのはあかん。そんなんしたらヤクザと変わらんがな」

　聖也は再び俯き黙り込んだ。

「まあええわ。とりあえず、話に上がってる動画っちゅうの見せてもらえるか。肝心のそいつを消してもらわな――おい」

　リーゼントが周りの部下に向けてあごをしゃくった。そこから聖也、重毅、亞綺人、芽衣、そして礼央もスマホを提出するように求められた。

が、ここで困ったことが起きた。男四人は素直に従ったのだが、芽衣が「無理」と言って拒否したのである。

「おいおいお嬢ちゃん。困らせてくれんなよ」サングラスがため息交じりに言う。

「うちは動画なんてもってないし」

　事実だった。動画をもってるのは聖也だけなのである。そしてそれはたった今削除させられた。

「まあええわ。女の子やし、おっさんどもにプライベートを覗かれたくないのやろう」リーゼントが寛容な態度で言った。「さて、一応訊くが、これで動画は完全になくなったんやろうな。おじさんらが最近のスマホ事情に疎《うと》い思うて、まだどこかにファイルを隠しとるなんてことはないな」

「ありません」聖也が答えた。

「キミらは？」と礼央、重毅、亞綺人も訊かれ、「ないです」と三人同時に答えた。

「ふむ。なら信用したるわ。まあもし、万が一まだもってたとしてもそいつをネットに晒すなんてことは頼むからせんでくれよな。そんなことをされたらおじさん、顔を潰されたってことになってまう」

　リーゼントはそう言って豪快に笑った。

「ささて、学生さんらもこれで一安心やろう」

　水を向けられた学生らが一斉に頷いた。

「じゃああんたらはここで帰りんしゃい。明日も学校やら部活があるんやろう。夜道の運転に気ィつけてな」

　リーゼントがそう促すと、学生らは軽自動車にそそくさと乗り込み、逃げるように去っていった。

「さて、キミらはもうちーとだけ付き合《お》うてくれな」リーゼントが改めてこちらを見回して言った。「学生さんらに返済する五十万、どうやって工面するつもりや。出来そうか」

「……出来ないです。全部使っちゃってるし」聖也が不貞腐《ふてくさ》れたように答えた。

「ま、そらそうやろうな」リーゼントが頷く。「よっしゃ。ほんならわしが立て替えたろ」

「……返すあてがないですけど」

　すると、リーゼントはわざとらしく腕を組み、虚空《こくう》に目を凝らした。「アルバイトするか。学生さんらみたいに」

「……アルバイト」

「そうや。なんならわしが仕事を紹介してやってもええけどな」

「工事現場とか、足場とかですか」

「ちゃうちゃう。もっと割のいい、それでいてキミらにうってつけの仕事があんねや。まあこんなとこで立ち話もなんや、飯でも食いながら話そか」

「おれら、さっき食ったばかりだから」

「若いんやし、いくらでも食えるやろう。近くにうちの事務所があるから、そこで寿司でも取って――」

礼央はふと顔を上げ、天井に備えられている頼りない電灯に目を細めた。

まるで映画の世界だと思った。最悪なのは、この映画は見ているだけでなく、自分がキャストの一人として出演しているということだ。

この先、自分はどうなるのだろう。先ほどからそればかり考えていた。

ぼくは関係がないなどと訴えても、きっと解放してもらえないのだろう。だいいちそれをしたら聖也たちから軽蔑される。

明日から学校が始まるというのに、どうしてこんな目に遭わなきゃならないのか。

マジで最悪だ。

9　2020年8月31日　戸村茂一

昼下がり、信号待ちで考え事をしていたら青に切り替わったことに気がつかず、後ろの車からクラクションを鳴らされた。

ムカっ腹が立った。プッと軽く鳴らせばいいだけなのに、三秒ほどプーッとやられたからだ。

茂一はアクセルを踏み出し、バックミラーを睨んだ。自分の歳の半分にも満たない生意気そうな男が咥え煙草でハンドルを握っていた。そこまではっきりと運転手を視認出来るのは車がピタッと真後ろに付いているからだ。もしこちらが急ブレーキを踏んだら衝突は避けられないだろう。

「こいつ、煽り運転じゃねえかよ」

茂一は舌打ちをして言い、抗議のつもりであえて減速した。一車線道路だから追い越しも出来まい。

すると後ろの車は一気に加速して、反対車線まで飛び出し、茂一の車の真横に並んだ。そして運転手は茂一を威嚇するように睨みつけたあと、再びスピードを上げ、追い越していった。

茂一は反射的にアクセルを踏み込みそうになった。追いついて、運転手に一言文句を言ってやろうと思ったのだ。

思いとどまったのはそんなことをしても一文の得にもならず、さらなるトラブルを引き起こすだけだからだ。相手が逆ギレして暴力を振るわれるかもしれないし、下手すると刃物などで刺されるかもしれない。あの手のガキは浅慮で、失うものがないから何をしでかすかわからない。

それにしてもやはり最近の自分はどうかしている。本来の自分なら腹は立てども、嫌がらせのような減速はせず、ハザードを焚《た》いてさっさと先に行かせたことだろう。もちろん文句を言ってやろうなどと考えなかったはずだ。

「何事も穏便に済まそうとするのはおまえの良くないところだ」

若い時分、親父にこんなことを言われたことがある。おそらく「性分なんだから仕方ないだろう」などと答えたはずだ。

そう、自分は穏やかで、極力、人との軋轢《あつれき》を避けて生きるタイプの人間だったはずだ。であるのに、最近はやたら怒りっぽい。ちょっとしたことでカチンときてしまう。三日前も妻の直子と些細なことで揉め、地団駄を踏んで怒鳴り散らしてしまった。

そして睡眠にも異常をきたしている。とんと眠れないのだ。ようやく眠れたと思っても、悪夢ですぐ目覚めてしまう。夢の内容は具体的に覚えていないものの、怖いというより、毎度焦燥感に駆られるような感じだ。となりで眠る妻曰く、自分は「もう嫌だ」とか「もう限界だ」などと、そんな譫言《うわごと》を口にしているらしい。

牛丼屋チェーンで遅めの昼食を摂ったあと、三姉妹ホテルの末っ子店のメドゥーサに向かった。先日の売上金の回収をするためだ。駐車場で車を降り、入店すると、受付従業員である石川文枝から「ちょっと若。あのグレーチケットって、いったいどこで配ってるのよ」と眉根を寄せて言われた。

「どこでっていうか、まあ知り合いがやってる飲み屋さんとかだけど」

「それ本当？」

嘘である。

「ちなみにグレーじゃなくて、グレースチケットね。で、それが何よ、なんかあったの」

「何かあったわけじゃないけどもね、ただあのチケットを出してくるお客さんって、みんな女なのよ。それってちょっと変でしょ」

なるほど、と思った。ラブホテルで女の方がそんなものを出してくるのはたしかに不自然だ。

「格好からして商売女にも見えないし、となるといったいどういう女たちなんだろうって」

文枝は返答に窮している茂一の顔を勘繰るように見つめたあと、「まあ別にいいけどね。なんでも」と引き下がった。

「コロナで経営が大変なのは知ってるし。背に腹は代えられないわよね」

茂一はそれにも返答せず、「とりあえずよろしく頼みますよ」と言って、昨夜の売上金を受け取ってから、逃げるように店をあとにした。

そりゃ察するよな――。青々とした空を眺めて思った。

グレースチケットというのは先週から導入したもので、九十分の利用で千円、三姉妹店どこでも使用可能という特別なチケットだった。もちろん一般客には出回っておらず、もっているのは恵が束ねている女たちだ。

その女たちの正体は、みんなそこらにいるふつうの人妻である。性風俗店に勤めているわけではなく、だが、彼女たちは夫や子どもの居ぬ昼間に、自らの身体を使って小遣いを稼ぐ、モグリの商売女だった。

そして恵は取り持ち女、要するに女衒《ぜげん》である。

以前、恵が匂わせていた新たな仕事の相談というのがこれで、はじめにそれを聞かされたときは狼狽《ろうばい》した。

「これまではお客さんと女性が車で落ち合って、お客さんの車の中で手とか口でサービスをするのがふつうだったんです。でも、それ以上のことを求めてくるお客さんも多いし、女性側にももっと稼ぎたいなんていう方もいて、ただ、どうしたって白昼の車じゃ不都合でしょう」

ちなみに客は、サラリーマンが大勢を占めているそうで、彼らは営業の外回りの合間に遊んでいるのだという。

「お客さんは正規のお店よりも安く利用出来るからうちを使ってくれているわけで、ぶっちゃけた話、あまりお金に余裕のない人たちなの。もちろん素人の人妻と遊びたいっていうのもあると思いますけどね。で、そういうお客さんに通常のホテル代を求めるのは少しハードルが高いんです。だから戸村さんのところを格安で使わせてもらえないかなって」

所定のホテルがあるとなれば、客と人妻、双方の安心にも繋がるのだという。そしてビジネスが大きく発展すると恵は滔々《とうとう》と述べた。

「もちろん戸村さん側にも利益を分配します。全体の売上の二〇パーセントでいかがかしら」

茂一は乗るべきか否か、少しだけ悩んだ。本当に少しだけだ。すでに持続化給付金の不正受給ビジネスに手を染めていることが、茂一のモラルの規制線を緩めたのだ。

「ああ、よかった。実を言うと、女性の中には車の中というところに抵抗がある人も多くて、きちんとした場所さえあればって人も結構いたりするの」

茂一は話を聞きながら、恵の一番の目的はこれなのだろうと想像した。きっと働き手を増やしたかったのだ。

「戸村さんとタッグを組めれば需要も供給も高まるし、わたしたちって最高のビジネスパートナーだと思いませんか」

そして彼女が自分に近づいてきた理由もこれではっきりした。持続化給付金の不正受給ビジネスもさることながら、この売春ビジネスを大きくすることが彼女の最大の狙いだったのだ。

恵にとってハコをもっている茂一は、是が非でも内側に引き込みたい人材だったのだろう。

最後に茂一は一つだけ、恵にこんなことを質問してみた。

罪悪感はないのか、と。

すると彼女は、「ちっとも。むしろ日本経済に貢献してるって思ってます」としれっと答えた。

一円も税金が発生してないけどね、と揚げ足を取ろうと思ったがやめた。

何はともあれ、女という生き物の裏の顔を知り、茂一は世の中が恐ろしくなった。

恵も、おそらくは恵のもとで働いている人妻たちも、ふだんはふつうの顔で、ふつうの格好をして、ふつうの生活を送っている人たちなのだ。

それが事情はどうあれ、夫と子どもを裏切り、真っ昼間から不貞を働いて金を得ているのだからたまらない。気が遠くなる。

もっとも男も似たようなもので、どっちもどっちといってしまえばそれまでだが。だいいち買う男がいなければ売る女もいないはずである。

結局、人間なんてのは男女問わず、誰しもが裏の顔をもっているのだろう。

自分を含めて――。

「本当に輝樹がそんなことを言ったのか」

就寝前、居間のソファーで文鳥のモモと戯《たわむ》れていると、妻の直子が東京で暮らす長男の話題を切り出してきた。

来月から仕送りは要らない、と輝樹が申し出たのだという。長男への仕送りは月に六万円で、それは彼の住むアパートの家賃の金額だった。

「うん。アルバイトで稼げるから大丈夫だって」

「まさかおまえ、うちの家計が厳しいとか、そんなことを言ったんじゃないだろうな」

「言わないわよ。言うわけないじゃない、子どもにそんなこと」

だとしたら輝樹はなぜそんなことを。父の仕事がコロナで大打撃を受けていることを察したのだろうか。もとより気遣いの子だから、そうにちがいない。

「それで、なんて答えたんだ」

「助かるけど、お母さん一人じゃ決められないから、お父さんに相談してみるって」

「そんなことを言ったら輝樹を余計に不安がらせるだけだろう。あんたは実家の金の心配なんてしなくていいから、そっちで楽しくやりなさいとか、母親ならそういうことを言えよ」

「怒らないでよ。そうやってすぐに。ほら、あなたが大きい声を出すからモモも怯えてるじゃない」

自分の肩で羽を休めているモモに目をやる。たしかに首を引っ込めていた。モモは怯えているとき、こうして身を小さくするのだ。

茂一は鼻から荒い息を吐いたあと、スマートフォンを手に取った。

「誰に電話するの」直子がすかさず訊いてくる。

「輝樹に決まってるだろう」

「まさか怒るわけじゃないでしょうね」

「怒るわけないだろう。あいつは何一つ悪くないんだから」と言ってスマホを耳に当てた。
何回かのコール音のあと、輝樹は〈もしもし〉と応答した。

「すまんな。夜分に。もしかして寝てたか」

〈ううん、起きてたけど。どうしたの、急に。なんかあった？　お父さんがおれに電話してくるなんてめずらしいから〉

たしかにそうだ。そもそも輝樹の声を聞くのは数ヵ月ぶりな気がする。

「いや、なんだ、今お母さんから、おまえが今後の仕送りは要らないって言ってるって話を聞かされてさ」

〈ああ、うん。これからは大丈夫だよ。学生とはいえ、もうすぐ二十歳になるし〉

さらっと泣かせることを言う息子である。

「ああ、お父さんはうれしいよ。おまえが立派な大人になってくれて」

冗談めかして言うと、輝樹は〈なんだよ、それ〉と笑った。

「けどな、仕送りはこのままつづける。大学の四年間の家賃はこっちでもってやるってのが、おまえとの約束だから」

〈本当にいいって。というのもね、アルバイト代が思ってたよりもらえそうなんだよね。だから家賃を払っても、それなりにお金が残るし、もちろん贅沢は出来ないけど、なんとかやりくり出来そうだからさ〉

本当にうるっときた。特別なことをしたつもりはないのに、なぜゆえに我が息子はこんな出来た人間に育ったのか。長男というのは自然とこうなるものなのだろうか。少なくとも次男と三男からは一生出てこなそうな台詞である。二人はつい最近も直子にしつこく小遣いをせびってきたらしい。

「そのアルバイト代は自分のために、今しか出来ないことのために使えよ。友達と遊んだり、旅行したりとかさ。そうだ、海外にでも行ってきたらどうだ？」

〈それは今はむずかしいでしょ〉

「ああ、そうか。けど、ほんと、自分のために使えよ。学生なんだから家賃くらい親に甘えたってバチは当たらないぞ」

　自分は学生時代、アパートの家賃のほか、食費として毎月三万円を実家からもらっていた。もちろん自分で稼いだアルバイト代はすべて遊びに使っていた。

「それとな、もし、輝樹がお父さんの仕事を心配してるなら、そんなの要らないからな。たしかにコロナの影響はあったけど、ちょっとずつ回復してきてるし、良い兆しも見えてきたしな」

〈本当？　無理してない？〉

「無理なんてしてないさ。どうしてそう思うんだよ」

〈だって……お母さんが、お父さんが精神的にまいってるって言うから。お父さん、夜中にうなされてるんでしょ〉

　思わず身動きを止めた。次に直子をきつく睨んだ。絶対に息子に知られたくないことを――。

〈お母さん、お父さんのことすごく心配してる。おれもお母さんの言う通り、一度病院で診てもらった方がいいと思う〉

　メンタルクリニックで診察を受けるよう、直子から再三言われているのだ。

〈お父さん、あまり一人で抱えないでね。おれが言うのもなんだけど、お父さんは自分の中に溜め込んじゃう人だから〉

「何を言ってんだ」と一笑に付そうとしたがうまく笑えなかった。「そんなことよりおまえ、そっちで友達できたのか」

自分の話を避けたいがために無理に話題を変えた。

〈うん。できたよ。一人だけだけど〉

「一人だって十分じゃないか。そのうち自然に増えるし、いつか可愛い彼女だってできるさ。あ、そのときはうちへ連れて来いよ」

そんな軽口を言うと、輝樹が黙り込んだ。

「なんだよ。まさかその一人ってのは友達じゃなくて、彼女なのか」

〈まあ。うん〉と照れ臭そうに言う。〈でもどうなんだろう。よくわからないんだよね〉

驚いた。茂一の知る限り、輝樹に彼女ができるのは初めてのことだ。

「なんだよ、そうだったのか。いや、そっちで楽しんでるならなにより。存分に青春を謳歌《おうか》してくれ。じゃあな、夜分に悪かったな」

電話を切るなり、茂一はソファーを思いきり叩いた。驚いたモモが慌てて肩から飛び立ってゆく。

ここから直子に激しく唾を浴びせた。なぜ長男に要らぬことを言ったのか、と責め立てる夫に対し、妻は「だってしょうがないじゃない。不安で仕方ないんだもの」と萎《しお》れてみせた。

「だからって輝樹に言うことないだろう。よりにもよって」

茂一がそう言うと、妻は「だからごめんって。もう何度謝ればいいの」と開き直った。

それにも腹が立ったが、泰斗と奏真が居間にやってきたので、怒りを堪えざるをえなかった。二人は何食わぬ顔をして冷蔵庫を物色していたが、口論する両親の様子を探りにきたにちがいない。

「ところで直子、輝樹に彼女ができたこと、おまえ知ってたのか」

息子たちが去ったあと、茂一が話を振った。

「一応。でも、彼女じゃない。輝樹は遊ばれてるんだと思う」

「遊ばれてる？　なんでそう思うんだよ」

「なんとなく。確証はないけど。でもまちがってないと思う」

「おまえが認めたくないだけなんじゃないのか。母親の嫉妬はみっともないぞ」

「そんなのじゃないわよ。だってね、輝樹は相手のあだ名しか知らないって言うのよ。本名を名乗ってくれない彼女なんている？」

たしかにそれはおかしな話である。

「でも、相手は口では輝樹のことが好きだって言うんだって。わたしはそんな変な女の子はやめなさいって言ったんだけど、そうしたらあの子めずらしく怒って、おれの自由じゃないかって――」

直子が鼻腔《びこう》を広げて捲し立てる。息子の、とりわけ長男のことになると、直子はやたら感情的になる。

「まあ、恋愛の失敗も人生経験だよ」

あまりに直子が止まらないので茂一は断ち切るように話をまとめた。

「悪い女に引っかかる経験なんてしなくていい。もし輝樹がその女に貢《みつ》がされたりでもしたら——」

「それも聞いたって何度も。とりあえず、これ以上輝樹におれのことを言うなよ。心配させるだけだから。いいな。絶対だぞ」

直子が鼻息を漏らす。「わかりましたよ」

「それとたけやんにも言うな」

「小島さんには何も話してないって」

「どうだか」

小島から時折、電話が掛かってきては近況と心境を探られ、たいした悩みを吐露したわけでもないのに、〈気をしっかりともて〉とか〈あんたは一人じゃないぞ〉などと熱く励ましてくる。十中八九、直子に頼まれているのだろう。

その直子は再び始まりそうな気配を見せた夫の責め立てから逃げるように、「もう眠くなっちゃったから先に寝るね」と言って寝室へ消えた。

直子が去ったら途端に居間に静けさが行き渡った。

手持ち無沙汰になり、スマホに手を伸ばした。すると恵からメッセージが届いているのに気がついた。

《ちょっと前にご相談させていただいた戸村さんのお知り合いの件、どうなりましたか？その後お相手の社長さんと連絡取れましたか？》

一気に気分が沈み込んだ。

先日、ペーパーカンパニーをもっている知人はいないかと恵から訊かれ、茂一が「いるっちゃいるけど」と答えると、紹介してほしいと頼まれたのだ。

　該当の人物はとある牧場を営んでおり、その昔、自分のところで作った菓子が全国的に大ヒットし、一攫千金《いっかくせんきん》を摑んだ男だった。そんな彼はすぐに累積赤字を抱えた企業をいくつか買収した。そうした企業を売上の受け皿にすれば、赤字の繰り越し効果で大幅な節税になるからだ。

　だがその後、類似する商品があちこちで生み出されたことで、売上は減少し、結局彼は菓子作りをやめてしまったと聞いている。「ま、もう働かなくても一生金には困らないしね」と周囲にはそう嘯《うそぶ》いていたらしい。

　何はともあれ恵は、彼がその昔買収し、現在は休眠中となっているいくつかの会社をすべて買いたいというのである。

　理由は訊かなくてもわかった。休眠法人は前年度の売上がなく、持続化給付金の対象にはならない——が、買収後に休眠の解除と架空の売上を計上した修正申告をすることによって、強引に対象にすることが出来る。こうした手口は眠っている会社を目覚めさせるという意味合いから叩き起こしと呼ばれており、恵はこれを行いたいのだろう。

《結論から言うとダメでした。連絡は取れましたが、その人もすでに自分で給付金の申請を出してるそうです。そうなると恵ちゃんに紹介する意味もないと思うので、今回は縁がなかったと思ってください》

　茂一はメッセージを作成し、返信した。

　事実も文面通りで、該当の人物と電話をすることが出来たのだが、彼は用件を伝えるとこちらの目的をすぐに察し、〈もうもらっちゃってるに決まってるじゃない〉と笑った。そして、〈一社につき満額二百万、おれは三社眠らせてたから合計で六百万。棚からぼた餅ってこのことだよね。正直、笑いが止まんないよ。安倍ちゃんゴチ〉と自慢された。

　これを聞かされ、茂一は改めて強い憤りを覚えた。どうして国はこの男のように肥えた者にぼた餅を与え、自分のような本当に腹を空かせている弱者を見捨てたのか。持続化給付金は一部の者にとって、店側がサービスで出した食後のデザートのようなものだ。

　本当にこの国はどうかしているし、狂っている。

　なのにどうしてだろう、茂一は以前のように自らの行いを正当化出来ないでいた。みんなやってることじゃないか、と何度も己に言い聞かせているものの、後ろめたい気持ちは日々膨れ上がるばかりだ。

　茂一はため息をつき、テレビの角っちょで羽を休めているモモを呼び寄せ、手の平に乗せた。

「さっきは怖がらせちゃってごめんな」

　そっとささやき、指の腹で頭を優しく撫でた。

　それからはひたすらモモに語りかけた。

「おれさ、自分でもよくわかんないんだよな。なんでこんな気持ちになるんだろうって。なんでこんなに苦しいんだろうって」

「まあ、単純に悪いことをしてるからなんだろうけど。でも、仕方ないと思わないか。国がおれをいじめるんだもんよ。ほかの人は助けるけど、おれは助けないって、こんなのひどいだろ。おれなりにずっとがんばってきたのにさ」

「メンタルクリニックなんか行けるわけねえよな。だってそうじゃんか。正直に話せるはずがないんだから。もしも警察に通報なんかされたら大変なことになっちまう」

モモは時折、頭を傾けながら、ぶつぶつと語りかけるご主人様を真っ赤な瞳で見つめている。

「結局さ、おれが何でも話せる相手はおまえだけなんだよな。モモ、いつも感謝してるよ。頼むから長生きして――」

ふと気配を感じて、茂一は顔をバッと上げた。

廊下へとつづく居間のドアのところに直子が立っていた。不安気、いや、不気味がる目で夫を見つめている。

しまった。聞こえてしまっただろうか。

「いや、これは、その……なんだよ、寝たんじゃないのか。いるなら声くらい掛けろよ」

茂一が顔を引《ひ》き攣《つ》らせて言うと、妻はゆったりと背を向け、無言で去っていった。

「なんだよ、あれ」と独り言をつぶやく。

そんなご主人様を不憫《ふびん》に思ったのか、モモがキュキュッと短く鳴いた。

10　2020年9月27日　今井美世子

丸の内警察署の庁舎を出ると、美世子を待っていたかのように空が泣き出した。そういえば今朝のテレビの天気予報で、一時的に雨が降るかもしれないため傘をもってお出かけを、とキャスターが注意喚起していたような気がする。よく覚えていないのは意識が虚《うつ》ろだったせいだろう。

ぱらぱらとした雨に打たれ、美世子は警察署の敷地を出て路上に立った。前の道路をタクシーが数台通ったが、どれも乗客を乗せていた。

空車のタクシーを待っている間、雨脚はどんどん強まっていく。

どうやらわたしはとことんついていないらしい。

二分ほど経ったところで、ようやくタクシーを捕まえることが出来た。「大門の平井《ひらい》法律事務所まで」と告げ、タクシーがゆっくりと発車する。

車窓の向こうに流れる、濡れそぼった街並みを薄目で眺めつつ、美世子は深いため息を漏らした。

今し方、署内の応接スペースで行われたやりとりを思い返す。

「近頃、似たような相談がちょくちょくあるのよね」

調書を取ってくれたのは市民相談窓口の係長の肩書をもつ男性警察官で、白い鬢《びん》の目立つ彼は少々馴《な》れ馴《な》れしい口調ではあったものの、人の好《よ》さそうな人物だった。節介焼きの親戚のおじさん、そんな感じだ。

「まあ、なんともひどい話だわな」

と、彼は同情の眼差しを注いで言った。それが市民に対するポーズではなく、目の前の女を心から憐れんでいるように見え、美世子はよほど惨めな気持ちになった。

国際ロマンス詐欺――というワードは耳にしたことがあった。でも、まさか自分が被害に遭うなどと夢にも思っていなかった。どうしてそんなものに引っかかる者がいるのだろうと理解に苦しみ、被害者の愚かさに呆れていたくらいなのだ。正直、馬鹿な人が騙《だま》されているのだろうと思っていた。

「そら仕方ないさ。手が込んでるもの。基本的にロマンス詐欺ってのはね、ターゲットの前に姿を現さず、電話やメール、インターネットを活用して相手からお金を引き出そうとするのが常套手段なの。それが近頃、リスクを顧みないのか、実際にターゲットに接触する大胆な連中が出てきたのよ。あなたが被害に遭ったようなね」

ここで鞄の中にあるスマホがピコンと鳴った。直属の上司からメールだった。

《体調はいかがですか。ご飯は食べれていますか。みよちゃんは独り身だから心配です》

美世子は片方の口の端を吊り上げた。この上司は相変わらず天然で人を傷つけてくる。

《ご心配お掛けしてすみません。だいぶ回復してきました。ちなみに『独り身だから』は余計ですよ（笑）》

素早く文面を作成し、返信した。

美世子はコロナに罹ったという理由で、五日前から会社を休んでいた。テレワークも困難と伝えたところ、同僚たちを必要以上に心配させてしまうこととなった。中には《看病しに行きましょうか》と申し出てくれた優しい後輩もいる。

もちろん彼らに会えるわけがない。コロナになど罹っていないのだから。

だから今日も、同僚たちと遭遇するのを恐れて、会社から近い赤坂警察署ではなく、わざわざ丸の内警察署までやってきたのだ。

「おそらくは組織犯罪だろうね。劉貴福と名乗った男はそこの実働部隊の一員で、相当に訓練を積んでいるんでしょう。あなたの話を聞く限り、完全にプロだし、なによりストーリーがしっかり練られてるじゃない。ターゲットに積極的にアプローチし、まずは自分に恋心を抱かせるように仕向ける。関係性が構築されたら、折を見て身内を紹介する。次に家族との関係が破綻したように見せ、同情を引く。この人を救えるのは世界で自分だけだとターゲットに思い込ませる。これっていわば洗脳なのよ」

洗脳——たしかにそうだ。今思えばあの男に不自然な点は多々あった。一番は写真を撮られたがらなかったことだろうか。だが、愛するがゆえにそうした疑問から目を背けてしまった。一度しつこくツーショットを撮ろうとしたところ、嫌がられるよりも悲しまれてしまったため、美世子は二度としまいと誓った。

「そこなの。詐欺師は人心掌握術を駆使してくるから、被害者はいつのまにかコントロールされちゃうんだよね。さっき、あなたは自ら望んで暗号資産を始めたって言ったけど、それもあなたにそうさせるように敵さんが仕向けたんだと思うよ」

そうなのだろうか。そこに関しては、けっして強く勧められた覚えはないのだが。

「ちなみに、こういうのって最初はターゲットに何回か儲けさせるのが常套手段なんだけど、あなたもいくらか勝ったんじゃない」

たしかに勝った。そして儲けた金を一旦引き出すように、これは強く勧められた。

「やっぱり。そうやって金はいつでも引き出せるって相手に思わせるわけ。この辺りは本当にぬかりないのよね」

そう。だからこそ、あれが偽サイトだなどと微塵も疑わなかったのだ。

五百万を投資したあと、貴福の読み通り、投資したコインの銘柄の価値は上昇した。少なくともサイト画面上に並んでいた数字を見る限りはそうだった。

ゆえに彼から再び五百万円を突っ込むように指示を受けたとき、美世子は素直に了承してしまった。三回目も同様だった。

だが、さすがに美世子も不安に思った。いきなり価値が暴落する可能性だってあるのだ。そこである程度まとまった金を引き出し、利確しようとしたところ、サイト運営から大金なので手数料と税金が掛かるという通知が届いた。金を引き出すのに、先に金を払えというのである。

だが、美世子はこの段になってもまだ疑問を抱かなかった。愚かなことに、そういうものなのだろうと受け入れてしまった。

だがしかし、それを払っても結局金を引き出すことは出来なかった。

慌てて貴福に電話をすると、彼はシステムエラーでよくあることと意に介さなかった。そしてまた新たな投資をするように美世子に指示を出してきた。

ここで初めて疑いを抱いた。そこで美世子は、投資先の暗号資産サイトを念入りに調べてみた。すると偽サイトであることが判明した。自分が詐欺にあったのだと確信した。

そしてそのときにはもう、貴福とは連絡が取れなくなっていた――。

「これは余談だけども、つい先日もね、これはロマンス詐欺じゃないんだけども、未公開株の詐欺に遭った人たちがいてさ、彼らは最初は数万、次に十数万の儲けを手にしたそうなのよ。で、この人に資産運用をしてもらったら安心だと思って、みんな思いきって大金を預けたんだって。そしたらトンズラされちゃったそうでね。みんな絶望してたよ。中には億近い金を出した人もいるんだから。こういうのをポンジスキームっていうんだけど、これもまたえげつない話だよね――でも、あれか、あなたの方がよっぽどつらいか。だって金儲けは二の次だったんだものね。やっぱり人の心を弄《もてあそ》ぶ方がよっぽど重罪だわな――これ、よかったら使って。おじさんのハンカチで申し訳ないけど」

涙を拭いながら、きっとお金は返ってこないんだろうなと美世子は思った。男性警察官もそれをわかっているから、せめて美世子を慰めてあげようとしているように感じたのだ。インターネットで調べてみても、この手の詐欺被害で、被害者が金を取り戻すのは極めて困難であると書かれていた。そもそも立件すらむずかしいというのだからお手上げだ。だとしたら被害者は泣き寝入りするしかないのだろうか。

「あのう、お客様、着きましたが」

タクシードライバーが後ろを振り返って言い、美世子は我に返った。いつのまにか目的地に到着していた。

美世子は慌てて財布を取り出した。料金を支払い、下車する。

歩道に立ち、目の前にある雑居ビルの三階の看板を見上げる。ここ、平井法律事務所は詐欺被害、とりわけ国際ロマンス詐欺の対応に長《た》けているという評判を知って訪ねることにした。

もっとも金は二の次なのだが。男性警察官が話したように、金銭的な被害よりも心のダメージの方が遥かに大きかった。これについてはいかに有能な弁護士でも手の施しようがないだろう。

出来ることならあの男を八つ裂きにしてやりたい。今、美世子の一番の願いはこれだった。それが叶うのなら、さらに金を払ってもいい。

だから早希のせいじゃないよ、と何遍伝えても、〈でもわたしがマッチングアプリなんか勧めなかったらこんなことにならなかった〉と言って早希は洟をすすった。

つい先ほど早希から電話があった。それは〈近々お茶しない？〉というものだったのだが、そこで美世子が我が身に起きた悲劇を語ると、彼女はひどく罪悪感に駆られたようで、幾度となく詫びの言葉を口にした。

〈ねえ、今から美世子の家に行ってもいい？〉

「今から？　もう夜遅いし……っていうか気を遣わないでいいよ」

〈そんなんじゃない。顔を見て話したいの〉

「ありがたいけど、今は独りにさせて。悪いんだけど」

美世子がはっきりそう告げると、早希は〈そう。わかった〉とさみしそうに言った。

〈ところで警察はなんて？　犯人、捕まえてくれるんでしょ〉

「正直、むずかしいみたい」

美世子はグラスに焼酎を注ぎ足して言った。もう何杯飲んでいるかわからない。

「はっきりとは口にしないんだけど、そういうの、なんとなくわかるじゃない。それに、あの男はすでに日本にいないだろうし」

これは警察も弁護士もそのように話していた。そもそも貴福は最初に美世子から金を騙し取った時点で、海外に身を置いていた可能性が高いという。なぜなら日本にいると、途中で詐欺が露呈してしまったときに、身柄を拘束される恐れがあるからだ。裏を返せばそれ以前であれば貴福は何も罪を犯していないわけで、だからこそ彼はあれほど大胆に振る舞えたのだろう。

〈じゃあお金は？　そこはどうなるの？〉

「それもどうなんだろうね。たぶん、望みは薄いんじゃないかな」

〈そんな他人事みたいに〉

「だって、そうみたいなんだもん。一応、やり手だって評判の弁護士のところにも相談に行ったんだけどね――」

　エリート然とした弁護士は美世子から詳しい経緯を聞き出したあと、「正直に申し上げて、非常に厳しい案件と言わざるをえません。がしかし、やれるだけのことはやってみましょう」と頼りないことを言い、きっちり相談料の一万円を請求してきた。

　結局、美世子は依頼するか否か、返事を保留にしたまま、法律事務所をあとにした。弁護士は誠実そうな人に見えたものの、着手金の二十万円を払ったところで、期待した結果は望めなそうであるし、それに、少し騙されているような気もした。

　美世子は今、ひどく人間不信に陥っている。

〈ねえ、美世子。やっぱり会えない？　今夜じゃなくて、明日でもいいから。ね、美味しいもの食べに行こうよ〉

「ごめん。今は本当にそういう気が起きないの。それに、明日も警察に行くことになってるから」

〈また？　なんのために？　もう全部話したんでしょ〉

「そうなんだけど、今日は飛び込みで行っちゃったから、相手が専門の人じゃなかったの。だから明日はこういう犯罪にもっと詳しい刑事が話を聞いてくれるんだって」

〈そう。じゃあ仕方ないね。その刑事にちゃんと話してきなよ〉

「うん」

〈犯人、捕まるといいね〉

「うん。本当に」

早希との電話を終えたあと、美世子はグラスに氷を足そうとして椅子から立ち上がった。すると足元がふらついて壁に激突した。自分ではそれほどと思っていたが、かなり酔いが回っているようだ。

だが、それからも酒を呷《あお》りつづけた。やがて意識を失い、気がついたら朝で、美世子は床で倒れて寝ていた。

窓から陽が差し込んでおり、それを嫌って身体を背けると二度寝してしまった。

そこからはずっと夢うつつだった。

もしかしたら自分の勘違い、思い違いなのではないだろうか。

あれは偽サイトなんかではなく、貴福はわたしを騙してなどいないのではないか。すべてはちょっとしたボタンの掛け違いなのではないか。

きっとそうだ。そうに決まっている。

ねえ、そうだよね、ふーちゃん。

朦朧《もうろう》とした意識の中、美世子はずっと涙を流していた。

深刻な被害を訴えに来たにも拘《かかわ》らず、相談者の女が呂律《ろれつ》も怪しい、ひどい二日酔いの状態だったからだろう、対面した刑事は最初から最後まで仏頂面をしていた。

美世子は自己嫌悪を通り越して、自己憐憫《れんびん》すら覚えていた。髪はボサボサ、ノーメイク、そしてまさかの左右で異なる靴を履いているという始末だった。こんな女、いったいどこの誰が相手にしてくれるというのか。

警察署から自宅マンションに帰り着いたとき、エントランスで、以前美世子がマスクをしていなかったことから苦言を呈してきた老婦人と出くわした。その際、彼女から同世代の知人がコロナに感染したという話を一方的に披露された。

「やっぱりインフルエンザよりもうんときついみたい。本人はもうダメだって何度も思ったそうだもの。高齢者は本当に死活問題なのよね。そういえばワクチンができるなんて話もあるでしょう。ただね、わたしのかかりつけのお医者さんがしばらくはよした方がいいって。副作用とかそういうのも怖いみたい」

美世子はマスクをしていても、口をきっちり手で塞いで「やっぱりそうなんですね」と相槌を打った。昼間から酒臭い女などと、ご近所中に言いふらされたらたまらない。

やがて老婦人から解放され、エレベーターに乗り込み、自宅のある八階で降りた。外廊下を渡り、ドアの前に立つ。施錠を解き、玄関に足を踏み入れたとき、美世子はああやっちゃったと思った。家の中がやたら涼しいのだ。

どうやら自分はエアコンをつけっぱなしで外出してしまったらしい。

コロナ禍になり、在宅の時間が長くなったことで、おもてで使う金は減ったものの、そのぶん電気代やガス代などの光熱費が跳ね上がった。国は温暖化対策でなるべくエアコンを控えるようになどと無茶をいうが、そんな悠長なことをいっていられる気候ではない。九月も末だというのに、東京は今日も三十度近い気温を記録しているのだ。

居間へ行き、そのままソファーに倒れ込んだ。仰向けで額に手をやり、深々とため息を漏らす。

手、洗わなきゃ。うがいもしなきゃ。思うだけで行動に移す気力が湧かない。

「ダメダメ」と口に出して言い、「よいしょ」の掛け声で美世子は起き上がった。

そこで違和感を覚えた。

なんだろう。何か変だ。

辺りを見回す。別に変わったところは……あった。

食卓の上がやたらきれいだった。というのも美世子は二度寝したことで寝坊をしてしまい、慌てて出掛けたため、昨夜飲み食いしたときのコップや皿が食卓の上に散乱していたはずなのだが、それがきれいさっぱり消えているのだ。

自分で片付けた記憶はない。だとしたら誰が——？

次の瞬間、ゾクッとした。ふと、人の気配を感じたからだ。

美世子は恐るおそる背後を振り返った。そして、ひっ、と短い悲鳴を上げた。

真後ろに見知らぬ男が立っていた。

どういうわけか、男は血だらけだった。衣服には赤い斑点がいくつも染み付いている。

この人どこの誰——いや……この男、知っている。

顔面が凸凹《でこぼこ》に腫れ上がっているが、男はたしかに劉貴福だった。

美世子の脳に激しい混乱が生じる。

互いに身動きをせず、ジッと見つめ合ったまま、数秒ほどの時間が流れた。

やがて、

「警察。警察。警察に連絡しないと」

美世子は譫言のようにつぶやき、ソファーの上にあるスマホに手を伸ばした。

一、一、〇とタップしたところで、貴福が美世子からさっとスマホを奪い取った。

「シナイデ。オネガイ。コノトオリデス」と頭を下げてくる。

「……何を言ってるのよ。だってあなた、わたしを騙したじゃない。信じてたのに、裏切ったじゃない」

　美世子は静かに、抑揚のない口調で言った。

「……ゴメンナサイ。ホントニゴメンナサイ」

「ねえ、お金、返して。全部、返して」

　手を差し出して言うと、貴福はバツが悪そうに目を逸らした。

　そして何を思ったか、「ワタシハミヨコヲアイシテマスネ」と耳を疑う台詞を口にした。

　この詐欺師はこの期《ご》に及んで何をほざいているのか。人を侮辱するにも程がある。

「ふざけんじゃないわよっ」

　美世子は叫び、壁に設置されている固定電話のもとへ向かった。すると、貴福は先回りし、受話器を手で押さえつけた。

「ヤメテクダサイ。オネガイシマス。オネガイシマス。オネガイシマス」

「嫌。絶対に嫌」

「ダッタラコロシマス」

「…………」

「ワタシ、アナタヲコロシマス」

　貴福の目を見る。両の瞳が微妙に左右に揺れていた。

　美世子はそこからたしかな狂気を感じ取り、ごくりと唾を飲み込んだ。

11　2020年9月16日　二宮礼央

ここはまるで監獄のよう。教師は看守、生徒は囚人だ。

定期的に鳴り響くチャイムの音はひどく耳障りで、漏れなく発狂を催す。ここでは行動を強制され、従わなければ排除される。脱落者の烙印《らくいん》を捺《お》される。

もっとも、それも悪くないのでは、と礼央は思い始めていた。

仮に自分一人が退学したところで、学校側に痛手などなく、誰の日常にも支障をきたさないだろう。

己の人生？　そんなの知ったことじゃない。

放課後、下駄箱を目指して廊下を歩いていると、担任の男性教師に呼び止められ、そのまま空き教室へ連れていかれた。

「二宮。ちょっといいか」

がらんとした教室の隅で机を挟み、担任教師と向かい合う。彼は半袖のワイシャツから伸びた両腕を机上に預けて指を組んだ。相変わらず日に焼けていて、引き締まった身体をしている。まだ三十代前半の彼は陸上部の顧問を務めており、生徒たちに混じって自身もトレーニングをしていた。

「単刀直入に訊く。先週、おまえが深夜に原付バイクに乗ってるのを見かけたって生徒がいるんだが事実か」

心臓が跳ね上がった。が、動揺が表れないように努めた。

「誰ですか、それ」

「誰だっていい。事実か、そうでないかだけ答えろ」

「事実じゃありません」毅然《きぜん》として言い切った。「ぼく、バイクなんてもってないですし、もちろん免許ももってません。そもそもうちの学校は免許取得を禁止してるじゃないですか。無免許でバイクに乗るなんてそんなこと――」

礼央は憤慨しているフリをして捲し立てた。

「本当に事実じゃないんだな」

「はい。ちがいます」

「そうか。だとすると、人違いをしたんだろう。嫌な気分にさせてすまなかった」

礼央は小首を傾げて荒い息を吐き、さらなる不満をアピールしておいた。案外、自分は演技派だ。

「話は変わるが、最近どうだ。新学期が始まって半月ほど経つが、授業はついていけてるか」

「自分なりにがんばっているつもりですけど」

「そうか。ならいい」

礼央は軽く頷いたあと、上目遣いで担任教師を見た。「もう行っていいですか」

「クラスメイトとはどうだ。うまくやれてるか。最近、平川《ひらかわ》や杉田《すぎた》と一緒にいないじゃないか」

智明や勇信のことだ。

「あいつらと何かあったのか」

「別に何も。ふつうに付き合ってますけど」

嘘だった。彼らとは二学期が始まって以来、一言も口を利いていない。あちらが避けているし、こちらもそうだからだ。夏休み期間中、三人のグループＬＩＮＥで二人はいくつかメッセージのやりとりをしていたが、礼央はいっさいそこに加わらなかった。というより加われなかった。どことなく仲間外れにされている感じがしたからだ。だから二週間ほど前、自主的にグループを退会した。その直後、《急にどうした？》と勇信から個人的にメッセージをもらったが、これも既読無視をしていた。

「いいか二宮、あの二人に負けるなよ」

担任教師が身を乗り出し、力強く言った。

「負けるなって、何をですか」わかっていたがあえてとぼけてみせた。

「勉強に決まってるだろう」

「ああ、はい。がんばります」

「期待してるからな。よし、じゃあ行っていい」

礼央は一礼をして立ち上がった。だが背を向けたところで、挙動を止め、再び担任教師を見た。

「先生、世の中って成績がすべてですか」

自分でも意図しない台詞がぽろんとこぼれた。

担任教師は眉をひそめている。

「……なんかすみません。中二病みたいなことを言って。失礼します」

再び踵《きびす》を返すと、「待て」と制止された。次に、「座れ」と着席を促された。

そしてここから熱く、ありがたい説教を存分に浴びるハメとなった。

「二宮の気持ちはわからんでもない。おれも学生時代、落ちこぼれだったからな。勉強が出来たからって何が偉いんだって世の中や大人に反発の気持ちをもってた。でも途中でそれは逃げているだけだって気づいた。それからは周りの奴らを見返してやろうと思って死ぬ気で勉強した。寝るとき以外、参考書を手放さなかった。飯を食ってるときも、風呂に入っているときもだ」

礼央はさも感心しているフリをして、適切なタイミングで相槌を打った。内心では自分の失言を呪っていた。

「勘違いしてほしくないが、おれは勝ち組、負け組なんて言葉は大嫌いだ。だが残酷なことに、社会に出ると勝つ者と負ける者に分かれるのもまた事実だ。おまえは勝つ人間だろう。少なくともこの学校の生徒である以上、素養は十分にある。二宮、勝者になれ。以上」

ようやく解放され、教室を出て、学校の敷地をあとにした。生徒たちの大半はすでに下校している。そこで周囲を見回し、安全を確認したあと、礼央は煙草に火を点けた。

紫煙を燻《くゆ》らせ、通学路を歩いてゆく。前からやってきた自転車に乗った主婦がギョッとして礼央を見ていた。もしかしたら学校に通報されるかもしれないが、個人まで特定されないだろう。

礼央は煙を口に溜め込み、口先をすぼめ、煙の輪を吐き出した。これはスモークリングというやつで、三日前に聖也たちに教えてもらった技だ。ちなみにちょっと練習したら誰よりもうまくなってしまった。

礼央の作ったスモークリングは青空に向かってゆらゆらと登っていき、やがて空気に溶けて消えていった。

夕方、家に帰り着いてすぐ、部屋に妹の柚美がやってきた。

「ノックしろって何回言えばわかんだよ」

そんな兄からの苦言を意に介さず、柚美は礼央のベッドに腰を下ろした。

「勝手に座んなよ」舌打ちをして言った。「早く出てけ」

「話があるの。二つ」と、柚美がピースサインをするように二本の指を立てて見せてくる。

「まず一つ目。お父さんとお母さん、本当に離婚するかも」

聞き捨てならない話だった。礼央は椅子をくるっと回転させ、妹と向き合った。

「どうしてそう思うんだよ」

「お昼にお父さんとお母さんが話をしてるのを聞いちゃったの。たぶん、家にわたしがいないと思ってたんだと思う。わたし今日短縮授業で、早く帰ってきたから。だからお父さんもお母さんも二人きりだと思って油断してたん――」

「そんなのいいから、話の内容は？」

先を急《せ》かすと柚美は軽く息を吸い込み、改めて口を開いた。

「最初は冷静に話し合いをしてたんだけど、お母さんがだんだんヒートアップしてきて、最後はお父さんにめっちゃ文句言ってた。あんなヒステリックなお母さん、初めて見た」

「そんなの別にめずらしくないじゃん。おれらに怒鳴ることだってあるし」

「ううん。そんなレベルじゃない。めっちゃ大きな声で『あんたのせいでわたしが働かされてるんだよ』って言って壁を思いきり叩いてたし」

「マジかよ」さすがに驚いた。母のそんな姿は想像がつかない。「でも、たしかにお母さんからすればお父さんに腹立つのは仕方ないよな」

父は相変わらず、毎日家で怠惰を貪っている。最近じゃ散歩にすら行かなくなった。

「うん。それと、お母さん、やっぱり働きたくなかったんだって知ってショックだった。うちらの前ではおもてに出られるからうれしいみたいなこと言ってたじゃん」

「まあ、あれは無理してるんだろうと思ってたけど。夜勤だし、そもそもコールセンターだし」

「まあね」と柚美が吐息を漏らす。「でね、お父さんが会社を辞めるかもって話、あれ、実は相当ややこしい話みたい」

「何がどういう意味で？」

「お父さん、なんか会社で悪いことしてたっぽいから」

「悪いことってなんだよ」

「わたしにはよく理解出来なかったんだけど、キックバック？　っていうの、それがどうとかって話が出て――」

妹の説明は拙く、理解するのに時間を要した。が、理解出来てからは苦い気持ちが込み上げた。

どうやら父は悪事に手を染めていたらしい。自分が窓口を担当している下請け会社から、仕事を振る見返りとして不正な金を受け取っていたというのだ。それも一度や二度じゃないという。

「さらにはね、お父さん、マスクも売ってたみたい」

「マスク？　そりゃ製紙会社なんだからマスクは売るだろ」

「ちがう。陰でこっそりと売《う》り捌《さば》いてたってこと」

「それってつまり……」

「そう。メルカリとかで。仲のいい流通会社に多めに発注させて、そのうちのいくつかを自分で買い取って、それを――」

思わず額に手を当てた。

父の勤める製紙会社は自社でマスクを生産しており、そのおかげでコロナ禍初期、世の中がマスク不足で喘《あえ》いでいるころ、二宮家はまったく困らなかった。母が近所にお裾分けしたこともあって、後に「アベノマスクよりニノマスクね」なんて言われたりした。

何にせよ、信じられなかった。クソ真面目でつまらない人間、というのが父に対する息子評だからだ。

「今思えばさ、前に家族で夕飯を食べてるときに、わたしが『お父さんがもって帰ってくるマスク、メルカリで売っちゃおうよ。今だったら超高値で売れるよ』って冗談を言ったことあったじゃん」

「全然覚えてないけど」

「言ったの。そうしたらお父さん、一瞬顔を歪《ゆが》ませたの。で、何も言わなかった」

礼央は鼻から長い息を吐き出した。

「あの当時、お父さんにお小遣いもらったこともあったし」

「おい。それは知らねえぞ」

「だってお兄ちゃんには内緒でもらったんだもん。もちろんお母さんにも内緒」

「相変わらず汚えヤツだな」妹を睨んだ。「まあいい。とりあえず、そういうのが全部会社にバレて、それでお父さんは早期退職を勧められたって流れなんだな」

「そうみたい」

「まあ、クビにされなかっただけありがたいのか」

もっとも会社としてはコトを穏便に済ませたかったのだろう。社員が自社商品を闇で売り捌いていたなんてことが知れたら、会社のイメージダウンは避けられず、世間から袋叩きにされる。だったら父にこっそり退職してもらった方がいい、こう考えたのだ。きっと大人の世界ではこういうことがよくあるのだろう。

「けど、実質はクビと変わらないらしいよ。だってお母さんが、『あんたが姑息《こそく》なことをしたばかりに、退職金ももらえないじゃないか』ってキレてたし」

「マジかよ」

「うん。で、お母さん、こうも言ってた。『あんたは昔からそういうつまらない不正を働く人間だ。わたしが気づいてないと思ったら大間違いだ。どうしてこれまで目を瞑《つぶ》ってきたかわかるか。礼央と柚美の将来のためだ。二人がいなきゃあんたなんかとっくに離婚してる』って」

さすがに言葉を失った。

「ほかにもね――」

「もういい。聞きたくない」礼央はかぶりを振って言った。「つーかおまえ、どうしてそんなに冷静でいられるわけ」

「別に冷静じゃないし。ただ、事実を事実として報告してるだけ。それよりお兄ちゃんさ、もしお父さんとお母さんが離婚したら、どっちと一緒に暮らす？」

「そりゃあ、お母さんなんじゃない。それしかないだろ」

「ふうん」

「おまえは？」

「わたしはどっちか片方とは暮らさない。そもそもさせないし」

「何を」

「離婚。もし離婚するなら自殺してやるからって脅すつもり」

鼻で笑った。「そんなの脅しになんねえって」

「なるよ。だってわたし、本気だもん」

　面食らった。柚美の瞳がいきなり潤み出したからだ。

「ヒステリックなお母さんでもわたしのお母さんだし、いけないことをしたお父さんだってわたしのお父さんだもん。どっちにもずっとそばにいてもらうつもりだし、わたしから離れるなんて絶対に許さない」

　あまりの自分本意な考えに呆れた。が、少し羨ましくも思った。自分はこんなふうに考えられない。出来れば両親に離婚をしてほしくないが、二人にも人生があると思えば、その決断に口は挟めないような気がする。

「それって大人ぶってるだけじゃん。お兄ちゃんはカッコつけすぎ」

「おまえがガキすぎるんだよ。世界はおまえ中心に回ってるんじゃないの」

「回ってるよ。少なくともこの家の中ではね」

なるほど、こいつはそういうマインドで生きてるのか。どうりでお気楽に生きていけるわけだ。

「でもさ、わたし、今日の喧嘩を盗み聞きしてて思ったんだ。お父さんもお母さんもわたしの知らない部分があるんだなって」

「そりゃあるだろ」

そう言いながら礼央もまったく同じことを思っていた。結局、子どもは親のことなど何も知らないし、わかっていないのだろう。

もっとも、それは逆も言えることだ。

「で、二つ目の話は？」

「お兄ちゃんの彼女のこと」

芽衣のことだろう。「あの子は彼女なんかじゃない。ただの友達」

そう否定したのだが、柚美はそれを無視して、「あの子はやめた方がいいよ。マジで」と真剣な眼差しで言った。

「なんでだよ。おまえ、なんか知ってんのか」

「噂を聞いたの。あの子、隣町の中学校の子らしいんだけど、不登校児みたい」

「そんなの知ってるさ。でも、別に不登校だからって――」

「じゃあ父親を包丁で刺したことも知ってる？」

一瞬、きょとんとしてしまった。次に唾を飲み込んだ。

「血は繋がってない父親らしいけど、夜中に寝てるときにお腹《なか》を包丁で刺したんだって。死ななかったみたいだけど。でもそれでしばらく児童相談所ってところに入ってて――」

さすがに度肝を抜かれた。まさかあの芽衣が――いや、さもありなんなのだろうか。

　いつだったか、芽衣に親や家庭の話を訊ねたことがある。そのとき芽衣は、家庭は「ゴミ」で、親は「クズ」で、そして「どっちも死ねばいい」と吐き捨てた。

「どうして刺したのかとか理由まで知らないけど、ふつうに考えてヤバいでしょ。お兄ちゃんが付き合ってる子はそういう子なんだよ」

「だから付き合ってねえって」

「周りの子もみんなあの子には近づかないって。道で遭遇したら隠れる子もいるらしいし」

「イジメじゃんか、そんなの」

「バイクや車を運転してるって噂もあるし、ガチでヤバい不良じゃん」

「それはさすがに尾ひれがついてるだろ。原付には乗ってるけど、車には乗ってねえよ」

「でも街で運転してるのを見かけたって子がいるんだよ」

「そいつが適当なこと言ってんだろ」

「ああ、そう。あくまで庇《かば》いたいんだね」柚美はそう言って、両手を後ろにしてのけぞった。「っていうかさ、お兄ちゃんがロリコンだったなんてショックなんだけど。妹としては」

「は？　意味わかんねえし」

「だってあの子、わたしと同い年だよ」

「それがなんだよ。別に高二と中二なんてふつうだろ」

「やっぱ付き合ってんじゃん」

「だから何度言えば——もういい。話が終わったなら出てけ」

　そう言ってあごをしゃくったが、柚美は立ち上がろうとしなかった。

「お兄ちゃん、頭良いんだからまともな人と付き合いなよ。男子校だから女の子に飢えてるのかもしれないけど、よりにもよって社会不適合の子と付き合わなくたって――」

「うるせえな」思わず荒い声が出た。「余計なお世話なんだよ。芽衣は見た目はヤンキーだし、バカかもしれないけど、そんなに悪い奴じゃねえんだ。おまえみたいに差別するような人間がいるからあの子だって余計――」

　なぜか必死で擁護していた。実際に腹も立っていた。

「それに、おれは頭良くなんかねえよ。だいいちおれだって芽衣側の人間だ」

　最後にそう言うと、柚美は「何それ。気色わる」と言って、立ち上がった。

　そして去り際、「お兄ちゃんさ、これまで本当の友達ってできたことないでしょ」と謎の言葉を残して部屋を出ていった。


　深夜になり、礼央は自宅を抜け出した。最近では罪悪感を露ほども抱かなくなった。わずか四ヵ月で人はここまで変わるのだ。聖也たちと付き合い始めて、明らかに自分は変わったと思う。それは世間一般的には良くない方向になのだろうが、そうあっさりと認めたくはない。

　三日月の空の下、四台の原付バイクが農道を突き進んでいく。勝手知ったる道だが、灯《あか》りが少なく、地面が凸凹しているのでスピードが出しづらい。なにより、目的地までは遠回りだ。だが仕方なかった。自分たちはなるべく人目につかないように行動しなければならないのだから。

　およそ三十分後、目的地に到着し、バイクを茂みに隠して、そこからは小走りで指定の集合場所に向かった。

すると、「遅えぞコラ。五分も遅刻してるじゃねえか」と白いハイエースの前に立つケンから開口一番どやされ、一人ずつローキックを食らった。

「さっさと乗れ」

あごをしゃくられ、聖也が助手席、重毅と亞綺人と礼央は後部座席に乗り込んだ。もっとも後部に座席は一つもない。より多くの荷物を運ぶためだ。

ちなみにこの場に芽衣はいない。この仕事に女は不要なのだ。

「本当に警備員はいねえんだろうな」

ハンドルを握るケンが言った。零時を過ぎているので、車は滅多に通らない。

「昨日の夜に下調べしたときにはいなかったですけど」と聖也が答える。

「本当だろうな」

「たぶん」

「たぶんじゃねえだろ」と言ってケンが助手席に手を伸ばして聖也の頭を小突いた。「警備員がいたら仕事になんねえんだ。そうなるとおれはおまえらと深夜のドライブをしただけってことになる。こんなくだらねえ一夜の過ごし方はねえ」

暗がりの中で重毅と亞綺人と顔を見合わせ、次に運転席を睨んだ。

ケンは自分たちより一つ年上の十八歳で、谷川《たにがわ》一家の見習いだった。

谷川一家とはあのリーゼント——名前は池田《いけだ》という——が若頭を務める任侠《にんきょう》団体で、ケンはその中の末端の構成員なのだ。彼は少し前まで少年院に入っていて、本人はそれを誇らしく思っているのか、訊いてもいないのに、塀の中での生活をあれこれと教えてくる。こちらが適当に相槌を打ったりすると、「ちゃんと聞いてんのか」と小突いてくるからたまらない。ふだん兄貴分たちにいびられ、溜め込んだストレスを自分たちで発散しようとしているのだ。

　もちろんケンのことは全員が嫌いだった。

「ここか」

　ケンが車を減速させながら横を睨んで言い、「そうです」と聖也が答えた。その視線の先にはオレンジの金網とブルーシートで外周を覆ってある建設現場がある。

　その建設現場を二周したあと、「たしかに警備員がいる気配はねえな」とケンが言い、車を路肩に停めた。そして「よし、行ってこい」とあごをしゃくった。

　礼央たちは帽子を被り、マスクをして、軍手を手にはめてから、車を降りた。

　ここに忍び込み、銅線などの資材や高圧コンプレッサーなどの高価工具を盗み出すのが自分たちに与えられた仕事だった。あの日の夜、「なあに、三回ほどやりゃあ五十万なんてすぐや。みんなで力を合わせてがんばりぃや」とリーゼントは自分たちの肩を叩いた。

　そして今夜がその三回目である。

　一回目は死ぬほど緊張した。二回目も心臓がばくばくだった。そして三回目、やはり緊張を覚えているものの、今回はほんの少し心に余裕があった。成功体験を経て人は成長していくのだろう。

　出入り口のところまでやってきて、金網拵《こしら》えのドアに聖也が懐中電灯の光を当てた。ごつい鎖が巻かれていて、南京錠《なんきんじょう》が取り付けられている。

「重毅、亜綺人」と聖也が言うと、二人がチェーンの両サイドを綱引きの要領で引っ張った。

そして聖也は業務用のチェーンクリッパーで鎖を一気に断ち切った。辺りにバチンという派手な音が鳴り響く。

こうした作業の間、礼央は常に周囲に目を配り、人の気配がないか隈なくチェックしている。

侵入に成功した礼央たちは懐中電灯で足元を照らしながら、抜き足差し足で奥に歩を進めた。周囲には金目のものがたくさんある。

「今回も楽勝だな」聖也が辺りを見回して言い、胸ポケットから煙草を取り出した。「とりあえず一服しようぜ」

「そんな余裕はないって」と礼央が急いて言う。「誰か来ちゃうかもしれないだろ」

「ああ、礼央の言う通りだ」とめずらしく亜綺人が賛同してくれた。「早いところかっぱらっちまおうぜ」

だが重毅が、「ビビんなって。急がなくたって誰も来やしねえよ」と言って、ライターの火を自分たちに差し出した。「ほら。ここで一服しなかったら、次に車を降りるまで吸えねえぞ」

ケンは電子煙草は吸うのだが紙煙草を毛嫌いしていた。そのせいで彼の前では吸えないのだ。

「にしてもケンの野郎、ムカつくなあ」鉄パイプの束に腰を下ろしている聖也が紫煙を吐き出して言った。「ちょっとしたことでポカスカ殴りやがって」

「ああ。あいつ、ただの部屋住みのくせに一端《いっぱし》のヤクザのつもりでいやがるんだ」と重毅も地面に唾を吐いて言った。

「おれらみんな、タイマン張ったら余裕であいつに勝てるよな」つづいて亞綺人が言い、二人が「ああ、余裕余裕」と笑った。

それはどうなんだろう、と礼央は煙草を吹かしながら思った。ケンは明らかに自分たちより強そうだ。

何にせよ、礼央は落ち着かなかった。さっさと仕事を済ませ、一刻も早くこの場を離れたいのだ。

「だいたい、どうしておれらが毎晩現場を視察して回らなきゃなんねえんだ。あいつの仕事だろう」と重毅がポケットから一枚の紙を取り出して言った。「やっぱり池田さんにチクってやろうぜ」

本来ならば、重毅が手にしているリストを頼りに、ターゲットとなる警備の緩い建築現場を探し出すのはケンの役割だった。だが最近では聖也と重毅と亞綺人の三人がそれを担っていた。要はケンに面倒な仕事を押しつけられたのである。

なぜ礼央だけがこの役割を免除されているのかというと、昼間に高校に通っているからで、聖也が「礼央はいいよ。さすがに体力がもたないだろ」と気遣いを見せてくれたからだ。

もっとも、だったらこの窃盗に関しても自分を関わらせないでもらいたかったというのが本音なのだが。

冷静に考えると、いや、誰がどう考えても、自分がこの場にいるのはおかしいのだ。

礼央は大学生との揉め事に関して一方的な被害者の立場であり、彼らに暴行もしていなければ、脅して巻き上げた金も一円も受け取っていない。しいていえば聖也たちと遊んでいるとき、食事などの出費はすべて彼らが出してくれていたので、間接的に恩恵は受けているのだが、その程度だ。

　だから、自分がここにいることはどう考えてもおかしい。池田への借金返済のために犯罪を犯す道理など、まったくないのだ。

　ところが、そこに関してだけは聖也たちは鈍感なのか、あえて口にしないのか知らないが、「礼央はいいよ」とは言ってくれなかった。四人でやるもの、というのが決まりごとになっていた。

　そして流されるまま、今ここに至るのである。

　自分は無理矢理やらされているだけ。彼らに付き合わされているだけ。そう自分に言い聞かせながら。

「ところでさ、今日で本当に終わりになるんだよね」礼央がずっと気になっていたことを言った。「だって今日で三回目だろう」

「わかんねえよ。おれらが盗み出した品がいくらで売れてるのか知らねえし」と聖也が煙草を踏み潰し、「もうとっくに五十万なんて稼いでる気もするけどな」と言って二本目の煙草に火を点けた。

　礼央は聖也が捨てた煙草の吸い殻を拾った。どうして犯罪の現場に自ら痕跡を残すようなことをするのか。

「でもよォ、そもそもその五十万だって、あの学生らに立て替えたりなんかしてないと思うんだよな」と言って、重毅も新たな煙草を咥えた。「きっと池田さんのぽっぽに入ってんだぜ」

「そんなことより、さすがにそろそろやらねえと」と亜綺人がみなを促した。「こんなとこに長居してたらやべえって」

「ほんとおまえはビビリだな」と重毅がからかい、それに怒った亜綺人が「なんだとこの野郎」と目を剝いた。

「モメんなよ。仲間割れしてる場合じゃねえぞ」と聖也が言って立ち上がった。「わかったよ。やろうぜ」

そうして作業に取り掛かった。もっとも荷を運び出すだけなので造作もない。みんなで十往復程度すればハイエースが満杯になるだろう。

ところがここで思わぬトラブルが起きた。礼央たちがそれぞれに銅線を抱きかかえ、ケンの待つ車に向かったところ、ハイエースの後ろに白黒のパトカーが停まっているのが見えたのだ。

全員、慌てて身を隠した。「やべえ。やべえよ」と口々に言い合う。

ケンは車を降り、路上で制服を着た二人の警察官から職務質問を受けている様子だ。暗いがペコペコしているのがなんとなくわかる。きっと必死で誤魔化そうとしているのだろう。

「とりあえずこれをもとあった場所に戻そう。今すぐ」礼央が切迫した口調で言い、三人が頷いた。

銅線をもとに戻し、礼央たちは再び身を隠して、固唾《かたず》を飲んでおもての動向を探った。

今さらながら、自分は犯罪を犯しているのだと思った。そして今ここで捕まったら人生は破滅すると悟った。愚かだが、警察官の姿を目にして初めてリアリティを抱いた。

「どっかから通報を受けて来たのかな」と亜綺人がささやいた。

「いや、ちがうだろ」と重毅。「パトロール中に不審な車を発見したからちょっと声を掛けただけだ。ほら、赤色灯も焚かれてねえし」

「ああ、そうだな」と聖也と頷く。「警察官の奴らもニコニコしてるもんな。今にいなくなるさ」

「そっか。そうだよな。きっと」

みんな、そうであってほしいと願いを込めてしゃべった。

その願いが通じたのか、およそ五分後、パトカーは去っていった。


帰路に就くハイエースの中は空だった。ゆえにケンの運転は荒かった。先ほどからずっと「クソが」などとぶつぶつと不満を垂れている。

「てめえらがノロノロしてるから不審がられて職質受けたじゃねえか」

いや、ちがうと礼央は思った。もし自分たちが侵入してからすぐに作業に取り掛かっていたら、最中でパトカーがやってきて言い逃れ出来なかったことだろう。そういう意味ではあの一服が幸いしたのだ。

もっともそれをケンに話したところで火に油を注ぐだけだ。

「だいたいなんでおれがガキどものお守りをしなきゃなんねえんだ。てめえらで運転しろよ」

「自分ら、まだ免許取れないんで」助手席の聖也が憮然として言った。挑発的な響きもあった。

「うるせえっ」とケンが聖也の頭をはたいた。「言っとくけどなあ、おれはタタキに成功しても一円も小遣いをもらえねえんだぞ」

「自分たちももらってないですけど」

「馬鹿野郎。てめえらは若頭に借金があるからだろう。おれはてめえらの借金返済のためにタダ働きさせられてんだ。クソがっ」と再び聖也の頭をはたく。「どうしておれが運転手を命じられてるか知ってるか。まだ盃《さかずき》をもらってねえからだ。万が一パクられたときにおまえなら罪が重くなんねえからってな。けどこっちはネンショーを出たばっかなんだ。これでパクられたらおれが一番重罪なんだぞ。しかも組の名前は死んでも出せねえ。つまりおれはてめえら小僧を使ってタタキを仕組んだ悪の親玉ってわけだ。なんでおれだけがこんなリスクを背負わなきゃなんねえんだよ」

ケンの嘆きは止まらなかった。きっと彼自身、警察官に声を掛けられたことで肝を冷やしたのだろう。そのためか、ケンは助手席の聖也を何度も小突いた。

そうして車に揺られること三十分、ようやく自分たちがハイエースに乗り込んだ場所に近づいてきた。深夜三時を回っているため、大通りには大型のトラックしか走っていない。あと四時間後、自分だけは制服を着て高校へ向かわなければならないのかと思ったら、気が重たくなった。

礼央が車窓の外を眺めながらそんな思考に耽っていると、後ろにいる重毅から肩を叩かれた。振り返ると、亞綺人が無言でスマホを見せてきた。

画面に写っていたのは自分たちのグループＬＩＮＥだった。《マジ限界。降りたらこいつをぶっ飛ばす。あ、負けそうなときはよろしく》一分前の聖也からのメッセージだった。これに対し、重毅と亞綺人が《了解》と返信していた。

二人の顔を見る。同時に頷かれた。礼央は暗闇の中でごくりと唾を飲み込んだ。

ほどなくして目的地に到着し、「おら、降りろ」とケンがぶっきらぼうに言った。

「おい。また警備の緩そうな現場を探しとけよ。今回の失敗を取り返さなきゃなんねえんだからな」

「それなんスけど、どうしておれらがやんなきゃいけないんスか」と車を降りた聖也が両手をポケットに突っ込んで言った。「それはあんたが池田さんに命じられた仕事だろ」

運転席にいるケンの表情がみるみる強張る。「あんただと」

ケンが勢いよく車を降り、大股でこちらに向かってきた。

「クソガキ、殺されてえのか。ああ？　今言ったこともういっぺん言ってみろ」

「ごちゃごちゃ言ってないでおれとタイマン張ってくださいよ」そう言って聖也が親指で自身を指した。「ほら、ビビってんのかよ」

一瞬、ケンは気圧《けお》されたような表情になったが、すぐに「上等だこの野郎」とファイティングポーズを取った。

聖也も同様に構え、決闘が始まった。

互いにステップを踏みながらジャブを繰り出す。ただ、素人目にもケンの方が身のこなしがいいのがわかった。そういえばこの男はボクシングをかじったことがあると話していた。動きを見る限り、フカシじゃなかったらしい。

やがて聖也は何発かのパンチを被弾し、倒れ込んだ。すかさずケンが馬乗りになる。

「クソガキが。殺したらあ」

だが、ここで重毅がケンを目掛けて走っていき、勢いそのままに彼の側頭部に飛び蹴りを見舞った。

　ここからは三対一の、一方的なリンチの始まりだった。

「おい、ふざけんな。タイマンだって言っただろう」とケンは叫ぶが、三人は攻撃の手を緩めようとしなかった。

　礼央はそんな様子を呆然《ぼうぜん》と見つめながら、先の展開に考えをめぐらせていた。見習いとはいえ、谷川一家の人間にこんなことをしていいのだろうか。いいわけがない。

きっと聖也たちは後先など考えていないだろう。彼らは何事もマズい事態になってから慌てふためくのだ。

　聖也たちと距離を置かなきゃな——遠い気持ちで思った。

　聖也も重毅も亜綺人も、自分にとっては悪い奴らではない。彼らは仲間思いだし、それぞれにイイところもある。少なくとも智明や勇信よりは断然いい。あいつらは友達のフリはしてくれるが、潜在的に自分を見下している。それを遠回しに匂わせ、こちらの反応を見て密かに楽しむようなイヤな奴らだ。

　そんな奴らよりかは聖也たちの方がうんとマシだ。だが、このまま彼らと行動を共にしていたら、いつか取り返しのつかないことになる。

　引き返すなら今しかないのだろう。

ただ、どうやって聖也たちと縁を切ればいいのか、その方法はまったく思いつかない。

12　2020年9月18日　戸村茂一

茂一の身体はいよいよ目に見えておかしくなってきた。三日前、突然全身に赤い湿疹《しっしん》が生じたのだ。見た目はさておいても痒《かゆ》くて痒くて仕方ない。

先日、皮膚科で診察を受け、医師に原因を訊ねたところ、「様々な要因が考えられるので断定は出来ませんが、慢性的なストレスにより免疫機能が低下しているのかもしれません」と言われ、茂一はショックを受けた。ストレスを抱えているなどと一言も発していないのに、ストレスを抱えた患者であろうと看做《みな》されたのだ。

何はともあれ、茂一は最近悟ったことがある。それは、罪悪感は人をもっとも苦しめる感情であるということだ。

自分はけっして聖人君子ではないが、悪いことをして平然としていられる人間ではないのだ。

だがもう、後戻りなど出来ない。恵という名の列車に乗り込んでしまったのは自分なのだから。

《おつかれさまです。先日はご迷惑をお掛けして申し訳ありませんでした。以後このようなことがないように気をつけます》

国道沿いにあるラーメン屋のカウンターで店主のオススメだというつけ麺をすすっていると、恵からこのようなメッセージが届いた。

昨日の昼下がり、三姉妹ホテルの次女店であるエウリュアレーでちょっとした騒動があったのだ。恵のもとから派遣された人妻が、客の男がシャワーを浴びている最中に男の財布から現金を抜き取り、それに気づいた男が女を問い詰めると、女は何を思ったのか、突然部屋から逃走したのである。それが下着姿だったこと、またルームキーをもっていってしまったため、困った店のスタッフから茂一のもとへ連絡が入ったのだ。

《本当にこういうことは勘弁してください。万が一、警察沙汰になったら洒落《しゃれ》になりません》

茂一はあえて他人行儀な文面で返信をした。パートナーに対してちょっと冷たいかもしれないが、本当に困るのだから仕方ない。それに些細なトラブルは今回に限らず、その前にも何度かあったのだ。

「大将、スープ割りをちょうだい」

茂一が厨房《ちゅうぼう》に向かって声を掛けると、自分より少し年嵩《としかさ》の店主が「あいよ」と元気のいい返事をした。

「あれ。そういえば大将、マスクしてないね」

茂一がふと気づいてそう言うと、店主は顔をしかめ、「何よお客さん。自分の店でマスクをしようがしまいがおれの勝手だろ」と言って、茂一の器に白濁した出汁《だし》を注いだ。

「あ、いやいや、こちらは別に気にしてないけど、めずらしいなって――あ、美味い」

「どうも。うちはね、コロナだろうがなんだろうが、これまで通りふつうに営業すんの。何一つ変えるつもりないね」

そういえば入店したときも、アルコール消毒や検温をされなかった。壁を見渡しても《会話はお控えください》といった飲食店でよく目にする貼り紙もない。

「かっこいいなあ。大将は権力に屈しない男だ」

「そんなんじゃないけどね」と店主が白い歯を見せる。「けど、ついこの間、行政指導とやらで若い役人が三人、店に来たのよ。そこで営業を時短にしろだとか、客席の間隔を空けろだとかぬかすもんで、おれは頭に来て『寝言は寝てから言え』つって塩ぶっかけてやったんだよ」

「あはは。いい、いい」

「だってそうだろう。よそん家《ち》来て、あんたんとこの家庭のルールを変えろって狂ってやがると思わねえか。何様だこの野郎って」

「そうだ、そうだ」と茂一は合いの手を入れた。「でもさ大将、行政の指示に従わないと国からお手当をもらえないんじゃない」

「んなの要らねえもん。こっちから願い下げだ。現にコロナになってからうちは売上が伸びてんだ。ほかの飲食店が閉まってっからみーんなうちに流れてくんの。そういう意味じゃコロナ万歳だね」

　つい苦笑してしまった。が、感心した。そしてこの店主が好きになった。はっきりとした物言いがうちの親父に似てる。

　はからずもこのラーメン屋に寄ってよかった。このあと気が重たい面談があるだけに、なおさらそう思った。

　腹を満たしたあと、茂一は沼津市を中心に清掃業を展開している会社の会長宅へ車を走らせた。その会社はリネン交換サービスもしており、三姉妹ホテルのリネン一式、またアメニティーなどもすべてここのものを使用していた。父の代のときに契約をしたので、もうだいぶ古い付き合いだ。

　先日、そんな懇意の会社の担当者から連絡があり、夜に一席設けられた。

その席で切り出された話はとても承諾出来るようなものではなかった。来月からベッドシーツ、枕カバー、掛け布団カバー及びタオル類の交換料金をそれぞれ一枚につき十円の値上げをさせてほしいというのである。

　さすがにあんまりである。コロナ禍で苦しいのは理解出来るが、それはこちらだって同じなのだ。「いくらなんでも十円はないよ。そんなひどいことをするんだったらよその業者さんに変えるしかなくなっちゃうよ」茂一がそのように脅すと、若い担当者は「ですよね。むちゃくちゃだって自分も思います」と肩を落とした。

　だがしかし、翌日になって茂一のもとにそこの会社の会長から直々に電話が入り、〈うちからよそに変えるなんて許されるわけなかろう。きさまは亡き先代に恥を掻《か》かせるつもりか〉と、烈火の如く叱られた。

　実におかしな話である。だが、これがまかり通るのが田舎で、地縁血縁はなにより優先されるのだ。

　茂一は仕方なく、会長に面談を申し込んだ。会長は強面《こわもて》で、極道とも付き合いがあるという噂のキナ臭い人物だが、その反面、妙に情に脆《もろ》いところがあった。だとしたら泣き落とし作戦しかない。

　はたして一時間半にわたる面談の結果、値上げを阻止することが出来た。茂一が「どうか、どうかご慈悲を」を額を畳にこすりつけて懇願したからだ。最初は演技しているつもりだったのだが、だんだんと感情が昂ってしまい、自然と涙が溢《あふ》れ、最後は呼吸困難に陥るほど咽《むせ》び泣《な》いてしまった。

　そんな茂一を前にして会長はひどく狼狽していた。「おいおい、こんなところで死んだらならんぞ」と慌てふためき、救急車を呼びつけようとしたくらいだ。

何はともあれ最後は、「危難の時代こそ男の真価が問われる。負けるな戸村茂一。つらいときは遠慮せずに頼ってこい。わしはおまえの父親代わりだ」という台詞を引き出すに至り、茂一は胸を撫《な》で下《お》ろして会長宅をあとにした。

自宅への帰途の信号待ち、茂一は車内ミラーで自分の顔を見て苦笑した。目が真っ赤に充血しており、まぶたもひどく腫れぼったい。この顔を見せたらますます妻を心配させてしまうだろう。どこかで時間を潰さねば、と考えていたところ後ろの車からプーッとクラクションを鳴らされた。

いつのまにか先の信号が青に変わっており、前の車がだいぶ先に進んでいたからだ。最近、こういうことが多い。多すぎる。

こちらの注意散漫を認めねばならないが、その一方、クラクションが長かったのが気に食わなかった。二週間ほど前も同じようなことがあったが、どうして相手を不快にさせないように軽くプッと出来ないのか。

バックミラーを睨む。今回は軽自動車に乗った若い女だった。化粧が濃く、ハンドルがやたら太い。助手席には五歳くらいだろうか、茶髪の息子が乗っていた。はすっぱな若ママといった風体だ。そこまで視認出来るのはやはり車間距離が近いからである。

茂一はこうした運転をするドライバーの気が知れなかった。連中はこちらが急ブレーキを踏まないことを前提にしているのである。こちらが注意散漫ならあちらは想像力の欠如だ。だいいち幼い子どもを乗せているという意識はあるのか。

茂一は今回こそ文句を言ってやろうと思った。次に信号に捕まったら、車を降りて飛び出していき、「煽ってんじゃねえぞ」と一喝してやるのだ。

　はたして信号に捕まった。そのとき、車内に電話のベルが鳴り響いた。相手は知己の小島だった。気勢を削《そ》がれ、茂一は応答することにした。〈あーもしもし〉とＢｌｕｅｔｏｏｔｈを介して聞き慣れた声が車内に響く。

〈もっくん、ちょっとあんたに話があんだわ〉

「金の相談か？　なら相談する相手をまちがえてるぞ」

　冗談めかして答えたが内心、緊張を覚えていた。小島の声色がいつになく神妙だったからだ。

〈二期前の商工会の役員で鈴村《すずむら》さんていただろう。おれらより一回りくらい年上の〉

「鈴村さん？　さあ、おれは知らないけど」

　茂一は小島ほど地元との繋がりがないのだ。そもそも商工会にすら入っていない。

〈いたのよ。おれは結構親しくしてて、今でも年に何回かゴルフをしたりするんだけどさ。で、その鈴村さんとこの娘さんで由紀子《ゆきこ》ちゃんてのがいて、まあこの子も四十を過ぎてるんだけど〉

　話がまったく見えてこない。

　ここで再び後ろの車からクラクションが鳴らされた。また信号が青になったことに気がつかなかったのだ。二回目ということもあって、先ほどにも増してクラクションは長く鳴り響いた。

〈大丈夫かい？　なんかうるさいけど〉

「いや、大丈夫。それで、その由紀子ちゃんが何なのよ」

〈相談を受けたのさ。旦那にもお父さんにも、絶対に誰にも秘密にしてくれって言われてね。なんでおれに、って訊いたら頼れるのは小島さんしかいないって。まあ、自分で言うのもなんだけど、おれは地元のトラブル相談窓口的なところがあるだろう〉

この男は相変わらず余計な情報が多く、本題に入るのが遅い。茂一は「いいから続きを」と急かした。

〈うん。実はその相談ってのがルージュの恵ちゃんのことだったんだわ〉

心臓が跳ね上がった。

バックミラーを一瞥する。後ろの車は先ほどにも増して煽ってきていた。が、今はどうでもよかった。

〈おれは話を聞いて度肝を抜かれたんだけど、どうやら恵ちゃん、危険なビジネスに手を染めてるそうなんだよな。はっきり言うと、人妻の売春斡旋《あっせん》。しかも恵ちゃんはその胴元〉

息苦しくなり、茂一はハザードを焚いて路肩に車を停めた。

〈まあたまげたよ。まさか恵ちゃんが女衒だったなんてさ。たしかにスナックのママにしちゃあ妙に金の匂いがすると思ってたから、腑《ふ》に落ちた部分もあんだけどな〉

さほど広い道路ではないため、追い越してゆくドライバーたちから次々と睨まれる。

〈何はともあれ、由紀子ちゃんはそこの嬢の一人として働いてたみたいなのさ。あ、これは一応、彼女の名誉のために言うけど、事情があって仕方なくやったんだと。聞けば由紀子ちゃんの旦那はトラックの運転手らしいんだけど、コロナ禍の影響で仕事が激減しちゃったんだってよ。ほら、今は物流業界も大変なことになってるだろう。しかも旦那はフリー便のドライバーだって言うからなおさら――〉

茂一はうん、うんと相槌を打つのが精一杯だった。心臓はロデオのように脈打っている。

〈上の子はこれから高校受験を控えてて、本人は県外のバレーボールの強豪校に行きたいらしいから、そうなったら寮費とかも掛かってくるだろう。でもって、下の子はダンスが好きで二つもスクールに通わせてるんだってさ。そりゃ金が必要さ〉

車内のエアコンの温度を一番低くした。脂汗が噴き出してきたのだ。

〈で、そういう事情をひょんなことから恵ちゃんに話したところ、売春を勧められたってのがざっくりした流れなんだわ。それから由紀子ちゃんは週に二、三回、パートみたいにして勤めたんだと。一ヵ月でだいたい十万くらいもらったって言うから、たったそんなもんかって思ったけど、まあ労働時間を考えるといいのかもな。主婦は忙しいしさ〉

そんな話を聞きながら、茂一は必死で思考をめぐらせていた。なぜ小島はこんな話を自分にしているのか。

〈で、そんなふうにして働いてた由紀子ちゃんなんだけど、先月の中頃、変な客に当たっちまったみたいでさ。というのも、相手がこっそり由紀子ちゃんとのプレイを盗撮してたんだってよ。ただ、そのときはなんとなく動きが怪しいなと思っただけで、問い詰めたりはしなかったそうなんだよな。だけど後日不安になって、ネットで素人が投稿出来るアダルトサイトを調べ回ったところ、そこで自分が映ってる動画を見つけちゃったっていう、まあ最低最悪な展開〉

「たしかにそれは……えげつないな」

〈ああ。で、焦った由紀子ちゃんはすぐに恵ちゃんに相談したんだと。そうしたら恵ちゃんは『なんとかするから心配要らない。まちがっても警察には相談するな』って言ったんだと。けど、一ヵ月が経った今も動画は消えてないんだって。頼りの恵ちゃんは平気平気と言うばかりで当てにならなくて、そのうちなしのつぶてになっちまったみたいでさ。そんなわけで由紀子ちゃんは気が気じゃなくて、いつか身内にバレるんじゃないかって、毎日生きた心地がしねえって――〉

「あのさ」と茂一は口を挟んだ。「なんでたけやんはこの話をおれにするわけ？　だって誰にも言わないでくれって頼まれてるんだろう」

そう訊くと、小島は少し押し黙ったあと、こう言った。

〈由紀子ちゃんが盗撮被害に遭った場所は、もっくんのとこのホテルの一室なんだよ〉

「…………」

〈もっくん、あんた、恵ちゃんとなんか繋がってるんか〉

「……いや、別に」声が震えた。

〈本当か〉

「……うん」

〈おれには正直に話してくれよ〉

「だから繋がってないって。たまたまうちのホテルだったってだけだろう」

そう言うと、電話の向こうから小島のため息が聞こえた。

〈由紀子ちゃん、ちょっと前に持続化給付金を不正受給したそうなんだよ〉

「…………」

〈要するに前年度の収入がないのに、あった体《てい》で申請を出したんだと。で、おれが、『そういうのは勤め先とも辻褄合わせしないとならないだろう。そんなことしてくれる会社がある

の』って訊いたら、由紀子ちゃんの口からまさかのもっくんの会社の社名が――〉

茂一は額に手を当て天井を仰いだ。

〈由紀子ちゃん曰く、これも恵ちゃんの指示通りに動いたんだって。いくらなんでも恵ちゃんが勝手にもっくんの会社を使ったとは考えられないだろう〉

返す言葉が見つからなかった。

〈なあ、もっくん、本当のことを言ってくれよ。あんた、利用されたんじゃないのか〉

茂一が返答に窮していると、小島は〈やっぱりな。あんたは人が好いから〉とため息混じりに言った。

〈どうせうまいこと言われて唆《そそのか》されたんだろう。そうに決まってる。じゃなきゃもっくんがおかしなことするわけねえもん。おれの知ってるもっくんは――〉

小島の熱弁に耳を傾けながら茂一は静かに観念した。

〈もっくんがどんなふうにして関わってるのか、おれにはわからねえ。けど、もし危ない橋を渡ってるんだとしたらやべえぞ。万が一捕まってみろ。奥さんや子どもらはどうなる。そりゃあ、あんたには同情するさ。けど、だからって法に背いていいわけじゃねえだろう。いかに国が理不尽であってもだ〉

そして、今さらながら悪事に手を染めたことを深く後悔した。正直、今でも自分を切り捨てた国を許せはしないが、小島の言う通り、それが道を踏み外す理由にはならない。

〈間接的かもしれねえけど、由紀子ちゃんみたいな被害者だって生まれてんだ。もちろん由紀子ちゃん自身、自業自得の部分はあるだろうよ。けど、あんまりだと思わねえか。おれが女なら死にてえよ〉

これもその通りだと思った。由紀子という女性が警察に相談出来ないのはやましいことがあるからで、そのやましい環境作りに自分は一役買ったのだ。

〈なあ、もっくん。なんでずっと黙ってんだよ。おれら友達だろう。ちがうのかよ〉

「ああ、友達さ」茂一は目を閉じて言った。「たけやん、ありがとう。そしてすまん。すべて話すよ」

茂一はこれまでの経緯を包み隠さずに語り、それを聞き終えた小島は〈馬鹿野郎が〉と吐き捨てた。

〈持続化給付金は社名を貸しただけ。売春は場所を提供しただけ。もっくんはそのつもりかもしれねえけど、金をもらってる以上、罪は変わらねえぞ〉

「ああ、わかってる」

〈行政だってたわけじゃねえんだぞ。今は申請を出しゃあはいよってな具合に給付金をもらえてんのかもしんねえけど、何年か先に帳簿を隈なく調べられて、おたくの会社おかしいですよねって必ずつつかれるぞ。売春斡旋なんてもってのほかだ。そんなのがわからねえもっくんじゃねえだろう〉

「ああ。わかる」

〈だったら手を引け。今すぐに。恵ちゃんと……いや、あの女と縁を切れ〉

「うん。そうする」と茂一は深く頷いて言った。「それで、たけやんはこれからどうするんだ。この件に関してまだ何か動くつもりなのか」

〈てめえらを警察に突き出すんだろうが——冗談だ。おれは見なかったし、聞かなかったことにする〉

「……すまん」

〈由紀子ちゃんには悪いが今回ばかりは力になってやれそうもない。警察がダメなら弁護士に相談しろとしか言えねえよ。恵に関しては瑞枝《みずえ》さんにチクって娘を叱ってもらおうかとも考えたけど、あの人は闘病中だし、それにもう末期だって噂だ。そんな人にこんなこと言えるわけねえ〉

瑞枝とはルージュの先代ママで、恵の母親だ。約二年前、彼女が床に伏したことで、娘の恵が新ママになったのである。

〈ただ、恵本人には一言文句を言ってやるつもりだ。おれの友達に犯罪の片棒を担がせやがって。これだけは許せねえよ〉

「いや、それもよしてくれ。気持ちはありがたいけど、第三者が入ると話がややこしくなるから。それに、これはおれが自分で蒔《ま》いた種だから。自分でなんとかするよ」

そう言うと、小島は少し間を置いて、〈じゃあきっちり自分でケツを拭けよ〉と言い、〈また連絡をくれ〉と電話を切った。

電話を終えたあと、茂一は運転席のシートを目一杯後ろに倒し、天井を見上げる形で仰向けになった。両手を後頭部にやり、目を閉じる。

一車線道路の路肩に停めているので迷惑極まりないが、十分ほど仮眠を取ろうと思ったのだ。

だが、目が覚めたらとっぷり日が暮れていたので驚いた。茂一は三時間以上も眠っていたことになる。

恵は至って冷静だった。冷静に茂一の撤退を認めなかった。

〈とりあえず一晩じっくりと考えてみてください。明日になればきっと戸村さんのお考えも変わるんじゃないかしら〉

という台詞を最後に、恵との電話を終えた。茂一はけじめとして膝を突き合わせて話をしたかったのだが、彼女がルージュの店開きの時間が迫っているという事情から会うことは叶わなかった。

持続化給付金の不正受給ビジネス及び人妻売春斡旋ビジネスから足を洗いたいと思うに至った理由として、茂一は「良心の呵責《かしゃく》に苛まれて」と「恐怖心が募って」の二つを挙げた。小島の知るところとなってしまったことがきっかけだが、実際に自分は心身共に限界だった。こんな日々がつづくのなら、生きていくのは辛《つら》いばかりだ。

二十一時過ぎ、自宅へ帰ると、「連絡くらい入れてよ。心配したじゃない」と妻の直子から叱られた。

「すまん。いろいろと立て込んでて」

と詫びて、茂一は居間にある鳥籠へ向かった。帰ったら真っ先にモモのもとに向かうのが習慣だ。

モモはご主人様の姿を認めると、鳥籠の中でぴょんぴょんと飛び跳ねた。茂一の帰りを家族の誰よりもよろこんでくれるのがこの文鳥だ。

「手洗いうがいしてね」直子が台所から言った。「ご飯食べるでしょ」

「うん。もらう」

モモを肩に乗せ、洗面所へ向かった。

手を泡立たせながら、鏡を見た。心なしか、晴れがましい表情をしているように見えた。実際に気分は悪くなかった。まだ、完全に決着がついたわけではないが、茂一の中では腹は固まっていた。明日、改めて恵に別れを告げるつもりだ。

「ねえ、なんかいいことあった？」

食卓で夕飯を食べていると、向かいでコーヒーを飲んでいる直子が夫の顔を覗き込んで言った。

「いや、別に。どうして」

「なんとなく。表情が穏やかだから」

「そう？　別に何も……あ、ちがう。あったあった。ほら、例の件で昼間に会長のところに行ってさ――」

茂一は仕事で一つ難を逃れたことを語った。ついでにおもしろい店主のいるラーメン屋に寄ったことも話した。

「ああ、そう。それはなにより」と直子は一瞬笑み、だが「そんな中、嫌な話を聞かせて悪いんだけど」と表情に影を落とした。

今日の夕方、奏真と泰斗が通う中学校から電話があり、彼らがとある友人と喧嘩をして、その友人のことを殴って怪我を負わせてしまったと、担任の教師から報告があったという。

「怪我はたいしたことないそうなんだけど、二対一でやっちゃったみたいだから、どうやら相手の親御さんが怒ってるみたいなの」

「そりゃあそうだろう。でも、喧嘩の原因は？　あいつらだって理由もなく人を殴ったりしないだろう」

「からかわれたからムカついたんだって」

「どんなふうに？」

「さあ、そこは言わないの。二人とも口が重たくて」

　教師にも口喧嘩から発展したとしか言わなかったそうだ。

「今、二人は？」

「部屋。ゲームしてると思う」

「二人を呼んできて」

　ほどなくして直子に連れられて、泰斗と奏真が居間にやってきた。共に不貞腐れたような顔をしている。

　喧嘩に至った理由を訊ねたところ、直子の話していた通り、二人とも「ムカついたから」としか答えなかった。さらなる追及をしても曖昧なことしか言わず、埒が明かない。

「とにかく、どれだけ腹が立とうと暴力はよくない。しかも二人掛かりなんて卑怯だろう。明日改めて、その友達に謝ること。いいな」

　茂一がそう告げると、泰斗が「嫌だ」とはっきりと答え、それに倣うように奏真も「おれも謝らない」と言った。

「なんだよおまえら。なんでそんなひねくれてるんだよ。悪いことをしたんだから謝るのは当たり前のこと――」

「お父さん、おれらがなんて言われたか知ってる？」泰斗が俯かせていた顔を上げて口を開いた。

「知るわけないだろう。おまえらが言わないんだから」

「おまえら一家でラブホで暮らしてるって」

「…………」

「おまえらはラブホで飯食って、ラブホで風呂入って、ラブホで寝てんだろって、しつこくイジられて、そんなのキレるに決まってるじゃん」

「おれら、今日だけじゃなくて、いつも周りに馬鹿にされてんだよ」奏真もつづいた。「お父さんのせいで」

「奏真」直子が叱咤《しった》の声を上げた。「お父さんにそんなこと――」

「いや、いいんだ」茂一は諭《さと》すように言った。「おれも昔、散々経験したから。二人の気持ちはよくわかるよ。嫌な思いをさせて、すまん」

二人はバツが悪そうに顔を見合わせたあと、部屋に戻っていった。


深夜、茂一はとなりで寝息を立てている妻を起こさぬようにベッドを出た。台所に向かい、棚からウイスキーの瓶を取り出す。銘柄はシングルモルト山崎十二年で、これはいつかの狩野川の花火大会で実行委員を押しつけられた際、打ち上げで行われたビンゴで当てた景品だった。茂一は家ではほとんど飲まないので、栓も開けず、ずっとここに眠らせていたのだ。

グラスに氷を入れ、とくとくと音を立てて酒を注いだ。何か特別な日にいただこうと考えていただけに、その音はやたら虚しく響いた。

グラスをもって居間へ行き、モモを鳥籠から出して、ソファーに腰を沈めた。部屋の灯りを点けると妻が起きるかもしれないので暗闇の中、酒を舐めた。芳醇《ほうじゅん》な香りが鼻を抜ける。

「まあ眠れるわけないよな。三時間も仮眠しちゃったんだから」

と、肩で羽を休めているモモにそっと話し掛けた。

「まあ、わかるよ。おれだって親父に同じようなことを言ったこともあるしさ。こっちは恥ずかしくて仕方ねえよって」

そのとき、父はなんて答えただろうか。覚えていないが、きっと笑い飛ばしたにちがいない。少なくとも自分のように謝ったりはしなかったはずだ。

きっと我が父の姿が正解なんだろうなと思った。けど、どうしても父のようには振る舞えない。

ふう、とため息をつき、ズボンのポケットからスマホを取り出した。ホーム画面を立ち上げると、前のテレビ画面に青白く光った自分の顔が滲《にじ》んだ。

ここで茂一は眉をひそめた。長男の輝樹から三件も着信が入っていたからだ。

ＬＩＮＥを立ち上げてみた。すると輝樹からメッセージが入っていた。家族のグループＬＩＮＥではなく、茂一個人にだ。

《お父さん、忙しいところごめん。連絡をください。お母さんには内緒でお願いします》

緊張を覚え、唾を飲み込んだ。

輝樹が父に連絡を寄越してくることもさることながら、母に内緒にしてほしいなどと頼んできたことは未だかつてない。何かあったのだ。

現在、時刻は深夜二時過ぎ、茂一は判断に迷ったが、折り返しの電話をすることにした。

耳に当てたスマホから発信音が鳴り響いている。その間、心臓が早鐘を打っていた。

十秒、二十秒待った。さすがに寝ているのだろうか。

あきらめて発信を切ろうとしたとき、〈お父さん、ごめん〉と言って輝樹は応答した。第一声を聞いて只事《ただごと》ではないと察した。謝罪よりも、その声が涙声だったからだ。

「輝樹、どうしたんだ。何かあったのか」茂一は努めて冷静に言った。

だが、洟をすする音が聞こえてくるばかりで、輝樹は一向に口を開こうとしなかった。

「どうしたんだよ輝樹。黙ってられたんじゃ何があったのかわから——」

〈おれ、とんでもないことしちゃった〉

輝樹はそう嘆いたあと、うわあ、と声を上げて泣いた。

その後、時間を掛けて詳しい話を聞き出した茂一は混乱のあまり、気が遠のいた。スマホが手から滑り落ちそうになったくらいだ。

我が息子が持続化給付金の不正受給ビジネスに手を染めていたというのである。輝樹は自らも不当な給付金を受け取ったばかりか、周囲の学生たちにも「簡単にもらえるよ」などと嘯いて彼らの背中を押し、多くの不正受給に一役買い、仲介手数料を得ていたというのだ。

つまり輝樹は、立場は異なれど、自分と同じ罪を犯していたということになる。

「誰に誘われたんだ」茂一は静かに訊いた。「誰かがおまえを誘ったんだろう。その後の斡旋だってその人物の指示なんだろう」

茂一は確信していた。生真面目で人見知りの輝樹が自らすすんでこんなことをするわけがない。

そしてその人物はきっと——。

〈……彼女〉

やはりだった。女の熱に浮かされ、ハメを外したのだ。

「あの本名も教えてくれないって子か。その女、いったいどんなヤツ――」

ここで茂一はふいに言葉を飲み込んだ。とある最悪な想像がぽんと頭をもたげたからだ。

「輝樹。一つ訊いていいか。どうしてこのタイミングでおれに連絡を寄越してきたんだ」

〈彼女が父親に相談した方がいいって言うから〉

「なぜ急にそんな話になった？」

訊くと輝樹は二回洟をすすり上げてから口を開いた。

〈昨日の夜、突然彼女がおれのアパートにやってきて、おれが警察に目をつけられたかもしれないって言うんだ。もしかしたらあんたは逮捕されるかもしれないって。そうなったら大学も退学になるし、犯罪者だからこの先就職も出来ないと思うよって。それと、あんたの実家の家族たちも地元にいられなくなるんじゃないのって、急にそんなことを言われて、それでおれ、パニックになっちゃって……だって今まで彼女の指示通りに動いてただけなのに、ここにきて彼女はなぜかおれが主犯のような話しぶりをするし、だからもうわけがわからなくなっちゃって……それで途方に暮れていたら、彼女が父親にすべて打ち明けろって言ったんだ。どうしてって訊いたら、人生経験豊富なお父さんならきっといいアドバイスをくれるからって。なんで急にそんなことを言うんだろうって思ったけど、でも考えてみれば頼れるのはお父さんしかいないと思って、それで――〉

茂一は下唇を痛くなるほど嚙《か》み締《し》めて、息子の話に耳を傾けていた。

すべて聞き終えたあと、茂一は「この件はお父さんが預かった。おまえは何も心配するな。大丈夫だ、警察に目をつけられた云々《うんぬん》はただの脅しだろう。また明るくなってから話そう」と息子に伝え、電話を切った。

そしてジャンパーを羽織り、車のキーをもって玄関を飛び出した。

ルージュの看板の灯りはすでに消えており、ドアにはCLOSEのプレートが垂れ下がっている。だがまだシャッターは閉じていなかった。今現在、ルージュは二時まで営業していると、ついこの間恵は話していた。すでに二時を過ぎているが、まだ客が残っているか後片付けをしているかのどちらかだろう。

軒先に車を横付けし、茂一は車を降りて、ドアを勢いよく引いた。

すると、カウンターテーブルに布巾を滑らす恵の姿があった。客は一人もいない。

「あら、戸村さん。こんな時間にどうしたの」

と、恵は慌てた様子もなく、涼しげに微笑んだ。

「どうしたのじゃない。おまえ、娘を使っておれの息子をハメただろう」

輝樹の前に現れた女は恵の娘の杏にちがいなかった。

杏がどのようにして輝樹に近づいたのかは知らない。ただ以前、恵が輝樹に関してあれこれと質問してきたことがあった。それは世間話の延長のようなもので、そこで茂一は輝樹の東京で暮らしている街や在籍する大学などを教えたことがある。それさえわかれば探し出すことなど造作もないだろう。

「ハメたなんて人聞き悪い。若い男女がくっついただけじゃない。互いに東京で暮らしてるんだし、こういう偶然だってあるでしょう」

「ふざけるなっ」茂一はカウンターテーブルに拳を叩きつけた。「そんなことが起こりうるはずがないだろう。うちの息子を犯罪に巻き込みやがって」

「なんのことかしら。わたしにはよくわからないわ」

恵はそう言って、再び布巾を滑らせた。茂一はその細い手首を摑み上げた。

「痛い。放してください」

「おまえ、どういうつもりだ。なぜ輝樹を巻き込んだ」

「痛いってば。放して」

「いいや、放さない。まだシラを切るつもりならこのまま骨をへし折ってやる」

「じゃあ答えてあげる。保険よ」背の低い恵が下から茂一を睨《ね》め上げて言った。「だって戸村さんがわたしを裏切る可能性があるじゃない。あなたに裏切られたら身の破滅だもの」

「だからって息子を狙うことないだろう。あいつはまだ学生なんだぞ」

「それが何？　結局、誘いに乗ったのはあなたの息子じゃない。ねえ、いいこと教えてあげる。輝樹くんね、会うたびにやりたがるって。賢い大学に通ってても猿と変わらないって娘は呆れてたわよ」

　パンッと乾いた音がスナックに鳴り響いた。茂一が恵の頰に平手打ちをしたからだ。

「いくらでも殴ればいいじゃない。でもね、これだけは言っておくわ。あなたがここで手を引くって言うなら、輝樹くんがやったこと、本当に警察や学校に通報してやるから」

「そんなことしたらおまえの娘だって終わりだぞ」

「いいえ、全然。だってうちの娘はあくまで輝樹くんの指示に従って動いてたんだもの。つまり、あなたの息子が主で、うちの娘は従。杏は厳重注意で済むだろうけど、輝樹くんはどうなるかしら」

「輝樹が主犯のわけがないだろう」

「真実はそうでもそれを示す証拠はないの。でも逆はどうかしら。その辺り、杏はぬかりないの」

耳を疑った。この母娘《おやこ》は悪魔かと思った。

「結局戸村さんがだらしないからこういうことになるのよ。国に復讐《ふくしゅう》するなんて息巻いてたくせに、途中で日和《ひよ》っちゃってダサいったらありゃしない。男なら男らしくやり通しなさいよ――いい加減放して」

恵が茂一の手を振《ふ》り解《ほど》く。痛むのか、摑まれていた手首を自身で揉んでいる。

「わたしはね、覚悟をもってやってるの。法に触れることかもしれないけど、悪いことだなんてこれっぽっちも思ってないの。だって、コロナ禍対策で打ち出される政策って、結局のところパフォーマンスで、お偉いさんや大きい会社が中抜きして儲けてるだけじゃない。わたしたちがちょろまかして得た何百倍もの金をね。だいいちこの売春ビジネスなんかが成り立つのも、そうやって上級国民ばかり美味しい思いをして、下々にはお金が行き渡らないからでしょう。女が身体を使って稼ぎに出るのは国が助けてくれないからよ。わたしはそういう弱者のサポートをしてあげてるだけ」

それは極論であり、都合のいい言い訳……とは否定出来なかった。つまるところ、自分が恵の誘いに乗ったのも、これを都合のいい言い訳と看做していなかったからだ。

ただ、こうなった以上、正論だろうが邪論だろうがどうでもいい。

「どんな能書きを垂れようとも、おれはもうやらない。ここで引かせてもらう」

「だったら輝樹くんの将来はあきらめてくださいね。これは脅しじゃなく、わたしは本気でやりますから」

茂一は拳を振りかぶった。だが、そこで動きは止まってしまった。

唾を飲み込み、視線を斜めに落とす。

「ねえ、戸村さん。今、ものすごくうまくいっているじゃない、わたしたちのビジネス。お願いだからここで梯子《はしご》を外さないでよ。戸村さんだって安定してお金をもらえて、安心して家族を養っていけるでしょう。だいいち誰かを傷つけてるわけでもないじゃない。むしろわたしたちに救われてる人の方が多いと思うの」

恵はそう言って、茂一の頬を包むように両手を添えてきた。そのまま女の顔で迫ってくる。

茂一はその手を払い、一歩後退し、距離をはかった。

「由紀子という女性が傷ついてるだろう。盗撮被害に遭って、それをネットに上げられちまったっていう」

一瞬、恵の目が見開いた。

「あれだってもし彼女が正規の風俗店に勤めていたら、正々堂々と警察に被害届を出せるはずだ。それが出来ないのはおれたちがやってることがやましいことだからだろう」

そう告げると、恵は微笑した。

「時には小さなトラブルは起こるわよ。でもだからって戸村さんが気に病むことないわ。その問題はわたしがきちんと対応して、解決するつもりだし」

恵が一歩前へ出て、両手で茂一の手を取った。

「だから戸村さん、もう一度考え直して。ね、お願い」

13　2020年9月30日　今井美世子

鉄製の中華鍋とお玉がぶつかり、カンカンカンと小気味のいい音を立てている。作っているのは炒飯《チャーハン》だろうか。

付き合っているとき、貴福は何度か美世子に手料理を振る舞ってくれた。その腕はたしかで、美世子はたびたび感動を覚えていたものだ。

そして今、我が家のキッチンに貴福が立っている。この光景はあのころと何も変わらない。唯一ちがっているのはソファーにいる美世子の身体が不自由であるということだけだ。

「タベテクダサイ」

貴福が皿に盛った炒飯をレンゲで掬《すく》い、美世子の口元に運んできた。

「自分で食べさせてよ」

「……ゴメンナサイ」

「別に逃げないから。ちゃんと見張ってればいいでしょ」

貴福がジッと顔を覗き込んでくる。そしてしばし逡巡した素振りを見せたのち、美世子の両手首に巻かれている結束バンドをカッターで切ってくれた。

「オイシイデスカ」

美世子が黙々とレンゲを動かしていると、向かいにいる貴福がそっと伺いを立ててきた。

美世子はそれを無視して、「あんたいつになったら出てってくれるの」と言った。

「……ゴメンナサイ。モウスコシオネガイシマス」

「もう少しっていつ？　具体的に決めてよ」

美世子はこんな監禁生活をすでに二日間も送っているのだ。

貴福が金目的で自分に近づいてきたことは明らかであったものの、彼が「アナタヲダマシテイマシタ」とはっきり認めたとき、美世子は小さくないショックを受けた。

それからこの男は開き直ったのか、これまでのあらましを詳細に語った。

警察官や弁護士が話していた通り、貴福はチャイニーズ系の詐欺グループの一員で、国際ロマンス詐欺のプロだった。

組織の中には貴福のように女性をターゲットにした詐欺師がいるほか、男性を狙った女詐欺師もいて、そんな彼らはミッションを成功させるためにはなんでもするとのことだ。一つの例が整形で、貴福自身、これまで計八回も顔を変えてきたという。そして多くの女性を騙し、金を奪い取ってきたそうだ。

ちなみに美世子をターゲットに選んだのは貴福ではなく、組織の人間だったらしい。

自分が標的にされた理由を聞かされたとき、美世子は思わず肩を揺すってしまった。高学歴で高収入、ルックスに難があるわけでもないのに適齢期を過ぎて未婚。この手の女は格好の餌食《えじき》で、彼らはこうした獲物を見つけるべく日々マッチングアプリ内を探索していたという。つまり美世子は葱《ねぎ》を背負った鴨《かも》で、しかもご丁寧に鍋を抱えながら、腹を空かせた獣の待つ密林に自ら分け入っていったことになる。

貴福は組織から美世子用のマニュアルを渡され、それを徹底的に頭に叩き込んだ。デートの際も常に美世子との会話を録音し、それらのやりとりから組織が攻略法を分析し、そしてアップデートしたメソッドを毎回伝授されるのだそうだ。

いつどこで勝負に出るのか、どんな手法を取ればいいのか、金はいくらまで引っ張れるのか――。

まるで恋愛シミュレーションゲームだと思った。そんなゲームの中の雑魚《ざこ》キャラとして、自分は弄ばれたのだ。

美世子はこの二日間、怒りも悲しみも通り越して、虚無を覚えていた。交際期間は短かったかもしれないが、人生最大の恋愛だったのだ。これが十代、二十代だったならばどれほどマシだったことだろう。アラフォーの失恋、いや、そもそもそこには恋すら存在しなかった。惨めすぎてもはや喜劇である。

自分はこの先、一生人を好きになることもなく、死ぬまで独り身なのだろう。美世子は今、心の深い部分でそう悟っていた。

「顔の腫れ、ずいぶん引いてきたんじゃない」美世子はレンゲを皿に置いて言った。

貴福が自身の顔を指で触れる。

「でも、消毒はつづけた方がいいよ。切傷《きりきず》は化膿《かのう》するから」

「………」

「ごちそうさま。はい」と美世子は両手を差し出した。「どうせまた、拘束するんでしょ」

貴福はバツの悪そうな顔をして、新しい結束バンドを手に取った。そしてそれを美世子の手首に回したとき、「待って」と美世子は言った。

「やっぱりその前にトイレに行かせて」

美世子が立ち上がると、貴福も立ち上がった。

「平気だって。ほら、スマホだって奪われてるし、通報のしようがないじゃない」

そう伝えたのだが、やはり貴福は美世子の後ろをついてきた。片足を引き摺りながら。

貴福に傷を負わせたのは彼の仲間たちだった。彼は組織の金をもち逃げしようとしたものの、あえなく捕獲され、そして制裁を加えられたのだ。

だが彼は命からがら、仲間たちから逃亡した。

「ニゲナクテモコロサレマス。ワタシノナカマ、ウラギリモノハカナラズシマツシマス」

だが国外に出国することは叶わず、日本全国どこに隠れても発見される恐れがある。

「カレラノネットワーク、ケイサツヨリスゴイデス。タクサンノグループトツナガッテマス」

貴福は身の隠し場所に悩んだ。そしてベストであると判断したのが美世子のマンションだった。

まさか自ら金を騙し取った被害者のもとへ行かないだろうという、裏をかいた作戦なのだそうだ。

ちなみになぜこの男が我が家に侵入出来たのかというと、以前合鍵を渡していたからだ。

何はともあれ、そもそもなぜ組織の金をもち逃げしようとしたのか、美世子がそこを訊ねると、彼は「ワタシハズットニゲダシタカッタデス。ジンセイヲヤリナオシタカッタデスネ」と答えた。

その理由がおかしくて、おかしくて、仕方なかった。

貴福は日本で好きな女性ができたというのである。その女性と一緒になりたいのだそうだ。だからこそ彼はリスクを冒して再び日本に戻ってきたのだそうだ。

無論、それは美世子ではなく、何処《どこ》その女なのだが。

用を足し終え、水洗ボタンを押し込んだ。便器の穴に吸い込まれてゆく水を眺めていたら、美世子はふいに笑いが込み上げた。理由はわからないが、口元が緩んで仕方なかった。

なぜこの男はこれまでの経緯や内部情報を包み隠さずに語ったのか。

それは彼がこの家を出た時点で、二度と美世子のもとに戻らないと決めているからだ。

時計の針が日付を跨ぎ、美世子は強制的にベッドに横にさせられた。そして両手首を固定している結束バンドにビニール紐《ひも》を通され、それをベッドのヘッドボードに結びつけられた。美世子が取れる行動範囲はこのセミダブルのベッドマットの上だけ。昨日も、一昨日もこのような扱いを受けていた。

「オヤスミナサイ」

貴福は部屋の灯りを消し、自身はソファーに横になった。

こいつ、いったいいつまで我が家を隠《かく》れ蓑《みの》にするつもりだろうか。静寂の闇の中、美世子は考えをめぐらせた。

貴福が恐れているのは、もちろん再び組織の連中に捕まることだ。「モウダイジョウブトオモッタトキガイチバンキケンデスネ。ユダンタイテキ。ネンニハネンヲ」とむずかしい日本語を駆使して、警戒に警戒を重ねていた。

もっとも、そのうちフラッと消えるだろう。組織の連中の前に美世子の家族や友人、会社の同僚がマンションを訪ねてくるかもしれない、貴福もきっとそう考えているはずで、だとすれば長居は出来ないはずだ。だからおそらくは明日か明後日にはいなくなることだろう。

そこでこの男とは永遠にお別れだ。

美世子はここで考えることをやめ、眠ることにした。こんな状況なのに、ふだん通り眠たくなるのだから不思議だ。むしろ通常時よりも寝付きがいいくらいだった。この理由を誰かに説明してもらいたい。

ほどなくして意識を失った美世子だったが、遠くで誰かのすすり泣く声が聞こえ、目を覚ました。

暗闇の中、耳を澄ます。当たり前だが、泣いているのは貴福だった。

「なんで泣いてんの」

美世子は彼に背を向けた状態で言った。

彼はその問いに答えなかった。その代わり、「ソッチニイッテモイイデスカ」と涙声を絞った。

美世子は無視した。すると、それを承諾と捉えたのか、貴福がベッドまでやってきて、美世子の背中に寄り添う形で横になった。

貴福は泣きやまなかった。延々と洟をすすり上げている。

そんなすすり泣きがつづく中、ふいに貴福が美世子の腰に手を添えてきた。

「触んじゃないよっ」

美世子はその手を弾き飛ばして怒鳴った。

「あんたみたいなクズ、死ねばいい」

ぴしゃりと告げると、貴福はピタッと泣き止んだ——代わりに美世子の目に涙が溢れてきた。

14　2020年10月1日　二宮礼央

今日は超厄日だ。学校では授業中に居眠りをして教師から大目玉を食らい、夕方家に帰れば鬼の形相の母が待ち構えていた。

どうやらついにバレてしまったらしい。自分が夜な夜な家を抜け出し、よろしくない友人たちと遊び歩いていたことが。もっとも最近は遊びではなく、盗《ぬす》っ人《と》働きをしていたのだが。

「柚美でしょ。あいつから聞いたんでしょ」

母にチクったのは絶対に妹だ。今朝、母の態度はふつうだった。とすれば先に帰宅した柚美が密告したにちがいない。

柚美は昨夜、礼央の部屋にやってきて、いつかのように苦言を呈してきた。生意気にも「もう少し人生を真剣に考えた方がいいんじゃない」などとのたまい、そして「早いところ別れなって」と芽衣と距離を置くことを改めて進言してきた。うっとうしいので尻を蹴って追い返してやった。きっとその仕返しをされたのだ。

「そんなのはどうでもいいこと。今問題なのはあなた。わたしが不在なのをいいことにあなたは——」

ここから母は徐々にボルテージを上げていき、次に大粒の涙をぽろぽろとこぼし、最後は「育て方をまちがえた」と自分を責めた。

およそ想定通りの展開だったが、実際に悲嘆に暮れる母の姿を前にしたら、想像を超えて胸が痛んだ。

母は家事を完璧にこなした上で、夜に働きに出ている。めちゃくちゃがんばっていて、そのすべては我が子のためだ。そんな人を悲しませていいはずがない。

礼央は「ごめんなさい」と詫び、「二度と夜遊びはしません」と誓った。

その場しのぎの言葉ではなかった。実際に聖也たちと距離を置かねばならないと強く思っている。

窃盗が未遂に終わった日の朝、彼らは三人掛かりでケンをリンチした。あれはあれで正当性があるようにも思うが、そもそもなぜ自分があのような凄惨な場にいたのかと考えると、やはり原因は聖也たちにほかならない。

彼らと付き合い始めて約四ヵ月、様々なことを経験した。それはちょっと悪いことから、相当悪いことまで本当に様々だ。ヤクザに目をつけられたり、警察に捕まりそうになったり、それまでの人生からは考えられぬことばかりだった。

楽しかったか、つまらなかったかでいうと、やはり楽しかったのだろう。彼らは自分を友達として見てくれたし、仲間として受け入れてくれた。それについては素直に感謝している。

だが、さすがにここが潮時のように思う。これ以上、彼らのそばにいてはならない。

ちなみにそんな聖也たちは今現在、それぞれ自宅を離れ、遠くに身を潜めている。ケンに暴行を加えた一件で、谷川一家から付け狙われているからだ。

もっともこれは聖也たちが疑心暗鬼に駆られてそう言っているだけで、実際には身の回りで何も起きていなかった。唯一、池田から連絡があったようだが、そこで聖也が経緯を説明すると、彼は自分の子分に非があることを認め、とりあえず会って話をしようと申し出てきたそうだ。

　さすがにこれには聖也たちも警戒していた。たとえ肉体的な制裁を科せられなくとも、慰謝料を請求されることは確実だからだ。つまりそれは池田に対し、さらなる借金を抱えることを意味し、ひいては永遠に彼のもとで窃盗働きをさせられることとなる。

　礼央はこれに関して傍観を決め込んでいた。自分は関係ない。誰がなんと言おうと絶対に関係ない。

　母から解放された足で、礼央は妹の部屋に向かった。いきなりドアを開けると、制服姿でベッドに寝そべっていた柚美は、ふだんの自らの行いを棚に上げて「ノックぐらいしてよ」と兄を睨んだ。

「このブス、よくもチクリやがったな」礼央も睨みつけて言った。「どうやら痛い目を見なきゃわからないらしいな」

　柚美はそんな兄の言葉を意に介さず、「そんなことよりお母さんから離婚の話出た？」と訊いてきた。

「出てねえよ。この流れで切り出されるかなと思ったけどされなかった」

「あ、そう。じゃあ、もう行っていいよ」手の平をひらひらさせて言う。

　このアマはどうしてくれよう。

「おまえさ、学校で嫌われないわけ？　そういう性格で」

「全然。むしろみんなに好かれてるよ。女の子にも、男の子にも」

「勘違いだろ、それ」

「いいじゃん、勘違いでも。わたしが好かれてると思ってたらそれで十分」

礼央が言い返す言葉を探していると、「ところでお兄ちゃん、今夜もまた出掛けるわけ」と柚美が目を細めた。

「出掛けられるわけねえだろ」

「ふうん」

「誰のせいだと思ってんだ」

「自分のせいでしょ。早くあの子やあの人たちと縁を切りなよ」

「ああ。そうする」

そう返答すると、柚美は一瞬目を丸くさせ、次に眉をひそめて兄の顔をまじまじと見た。

礼央はドアノブに手を掛け、「別におまえの助言に従ったわけじゃねえからな」と告げて、ドアを閉めた。

自分の部屋に入り、ベッドにダイブする。枕に顔を埋め、「うー」と低く呻《うめ》いた。

ああは言ったものの、実際のところ聖也たちと距離を置くための手段がわからない。

礼央は身体を回転させて仰向けになり、頭の後ろに手をやって薄目で天井を見つめた。

ＬＩＮＥで一方的に別れのメッセージを送りつけてみようか。

ダメか。だいいち理由をどう書けばいいのかわからない。おまえらといると危険だから、なんて書けるわけがない。

となると電話もダメだ。結局は手段よりも理由なのだ。

ふと両親の離婚も悪くないかもと思った。母と共にこの土地を離れれば、物理的に彼らと距離を置くことが出来るだろう。

アホか。まだそうなると決まっているわけでもないのに。それに、もしも両親が離婚をしたとしても、この家を出ていくのはきっと父の方だ。

結局のところ、徐々にフェードアウトするというのが現実的な線なのだろう。夜遊びが親にバレたことで、外出禁止を食らってしまったため、遊べなくなった。

これが一番、ではないがこれしかない気がする。最初はそれでもしつこく誘われるかもしれないが、そのうちあっちも面倒くさくなるはずだ。そう信じたい。

礼央がそんな思索に耽っていると、枕元のスマホがぶるぶると震えた。

手に取ってみると、相手は聖也だった。最近、自分に連絡をしてくるのは彼らしかいない。

礼央は少し考えて、応答しないことにした。こういうところから徐々にサヨナラを進めていくのだ。

だが、着信が途切れたあとすぐに、《連絡くれ。速攻》とメッセージが入ってきてしまった。

礼央は肩を落として、スマホを耳に当てた。

「電話取れなくてごめん。どうした？」

〈今さっき桐谷から連絡があってよォ、あの野郎マジでぶっ殺してやりてえ〉

のっけから穏やかじゃない話題に気が重たくなった。

聞けば聖也はケンを暴行した一件の後始末を母親の彼氏である桐谷に依頼したのだという。きっとヤクザ相手の揉め事はヤクザに頼むしかないと考えたのだろう。

そうして桐谷は谷川一家とコンタクトを取り、示談を申し込んだらしいのだが——結果、仕事をしないのなら、慰謝料を払ってもらわなきゃメンツが潰れると言われたそうだ。

〈『百万で手を打ってくれるってよ。おれのおかげだぞ。感謝しろ』だとよ。これってつまり何一つ交渉してこねえで、あっちの要求をそのまんま呑んできやがったってことだろう。きっと桐谷の野郎、池田さんにビビったにちがいねえ。谷川一家からすりゃ桐谷なんてただのチンピラで、相手にされなかったんだ〉

だったらなぜそんな取るに足らない男に尻拭いを頼んだのか。ほとほと理解に苦しんだ。

もっともすべては後の祭りだ。

「で、どうすんの」

〈そりゃ仕事に戻るしかねえだろう〉

「マジで言ってる？　やめといた方がいいって。そのうち絶対に捕まるぞ」

〈おれだってやりたかねえよ。でもふつうに働いたら百万なんて到底稼げねえもん。一人頭二十五万だとしても、それだってかなりハードルが高《たけ》えし〉

礼央は耳を疑った。九九もろくに出来なかった聖也が割り算に正解したことにではない。分母に自分が含まれていたからだ。

〈だから仕方ねえんだよ。ただ、絶対にケンには謝らないし、あいつとは二度と仕事しない。それだけは池田さんに頼み込んで――〉

「あのさ」礼央は話を遮った。「一応言っとくけど、おれはもう参加出来ないからね」

そう告げると、〈なんだよそれ〉と不満の声が返ってきた。ただ、その声の主は聖也ではなく、重毅だった。どうやら三人は一緒にいてハンズフリーで通話していたようだ。

〈礼央って前々からそういうとこあるよな〉これは亞綺人の声だ。〈もとはといえばおまえ

が揉め事起こして、それをおれらが解決してやったんだろう。それなのに、こういうことになったら一人でケツをまくるのかよ〉

開いた口が塞がらなかった。本気でこんなことを思ってるんだとしたら、三人ともどうかしている。

「いや、だってさ、そもそも……とにかく、おれは出来ないから。絶対に」

〈ふうん。冷てえことを言うんだな。じゃあいいよ、おまえは〉と重毅が鼻を鳴らし、〈ダセえヤツ〉と亞綺人が吐き捨てた。

何を言われようが構わない。むしろ嫌われた方が都合がいい。

だが聖也が、〈おまえら仲間をそんなふうに言うなよ〉と二人を窘めた。

〈なあ礼央。おれたち、仲間じゃねえのかよ〉

「仲間だし、友達さ。でもそれとこれとはちがうだろ」

〈どうちがうんだよ〉

「どうって……」返答に詰まった。

〈まあいいや。とりあえずおれらはこれから池田さんに詫びを入れに行ってくるから。また報告する〉

そこで通話が切れた。

礼央は額に手を当て、「要らねえよ、報告なんて」と独りごちた。

ふと窓の向こう、遠くに目をやる。太陽が山に身を沈めようとしていた。周辺の茜雲《あかねぐも》も色を失いかけている。空が夜支度に入ったのだ。

ここ最近、日が落ちるのがぐっと早くなった。すでに十月が始まっているのかと、礼央は今さら気がついた。

夕食を摂り、風呂に浸かったあと、礼央は久しぶりに勉強机に向かってみた。参考書を取り出し、卓上に広げるとことのほか気が重たくなった。これまでずっと当たり前に行ってきた行為が苦痛で仕方ない。

きっとこの先、遅れを取り戻すのは困難を極めるだろう。ただでさえ、同級生たちより頭脳が劣っているのだから。

深々とため息をついたとき、スマホが震えた。おそらく聖也だろうと思ったら、着信相手は芽衣だった。

礼央は下唇を噛んで画面と睨めっこした。聖也たちと別れるということは芽衣との別れも意味する。

別に女の子なんて星の数ほどいるし。だいいち芽衣はヤンキー娘だし。なぜか胸の中で自分を説得していた。

考えてみれば、この少女とは実に奇妙な関係だ。もっとも世間的には浮気の一言で片付けられてしまうのだろうけど。

着信はやたら長かった。応答したい欲求をぐっと堪える。

やがて着信が途絶えた。が、間を置かずまた掛かってきた。

仕方なしに「もしもし」と応答すると、芽衣は〈うち、ヤバいかもしんない〉という謎の第一声を発した。

「何がヤバイの？」

〈今、聖也に呼び出されて、家に来たんだけど、聖也がいないの。で、ＬＩＮＥしたら《部屋で待ってろ》ってメッセージが返ってきたんだよね〉

礼央は小首を傾げた。意味不明である。

〈前にもあったの、こういうこと。で、待ってたら桐谷が家に来たっていう〉

「はあ。それで」

やはり何が言いたいのかさっぱりだった。

〈言ったじゃん、前に。あいつに犯されたって。あんときとまったく同じ状況だから、もしかしたらうち、また売られたのかなって〉

「まさか」と言いつつ、すぐに不安が膨れ上がった。

聖也はくだんの不祥事の後始末を桐谷に依頼している。結果的にうまくはいかなかったらしいが、桐谷自身は役目を果たしたと考えているようだった。となれば当然、聖也に対して見返りを要求したことだろう。

そしてその見返りとして芽衣が差し出された——。

〈やっぱそうだよ〉芽衣が舌打ち混じりに言った。〈聖也、うちのこと売りやがった〉

「どうして」

〈だって今、桐谷の車が来たし〉

「マジかよ」と言い、礼央は耳を澄ました。たしかに桐谷の車の野太い排気音が微かに聞こえていた。「家に聖也のお母さんは？」

〈いない。つーかうち、どうすればいい？〉

「どうすればいいって……逃げろよ。今すぐ」

そう告げると、芽衣は一瞬、間を置いて、〈助けに来てくれないの〉と言った。

礼央は返答に詰まった。

そのまま黙り込んでいると、芽衣は、〈ふうん。見捨てんだ、うちのこと〉と冷めた声で言い、そこで通話が切れた。

暗くなったスマホの画面に目を落とす。じわじわと焦燥感が込み上げた。礼央は椅子から立ち上がって狭い部屋の中を右往左往した。居ても立ってもいられなかった。

なんなんだよこの展開。どうすりゃいい。おれはどうすりゃいいんだよ。誰かに訴えていた。

手の中のスマホで時刻を確認した。通話を終えてからすでに二分が経過していた。逃げるだけなら十分な時間だろう。

試しに芽衣に発信してみた。コール音が耳の中で鳴る。逃亡に成功したのなら応答するはずだ。

出てくれよ――祈ってみたが、芽衣は出なかった。発信が途切れたところで再び電話をした。が、やはり応答はない。

礼央はしばし考えをめぐらせ、そして意を決して聖也に電話を掛けた。すると彼はすぐに応答した。

〈おう礼央。今さっき池田さんと話が終わったところだ。池田さん、おれらのことマジで怒ってないっぽいぜ。むしろケンにむちゃくちゃキレてた。あいつ、おれらの前で思いっきり殴られてやがんの〉

本当に怒ってないのだったら慰謝料など請求しないだろう。ケンを殴ったことも、聖也たちを引き留めるパフォーマンスにちがいない。なぜこんなことがわからないのか。

だが、今はそんなことはどうでもいい。

礼央は軽く息を吸い込んだあと、「あのさ、聖也」と切り出した。

〈あん?〉

「今、芽衣からおれのところに連絡があったんだけど」

一瞬、間が空いた。

〈で?〉

「芽衣のこと呼びつけたんでしょ。家にいないのに」

〈ああ、待たせてるんだ。もうじき家に着くからよ〉

「桐谷がやってきたみたいだけど」

〈そりゃ来ることもあるだろう。母ちゃんの彼氏なんだから〉

「でも聖也のお母さん、家にいないんだろう」

〈……だからなんなんだよ〉

礼央は再び息を吸い込んだ。

「聖也、芽衣のこと、桐谷に売ったのか」

〈…………〉

「なあ、売ったのかよ」

そう迫ると、聖也のため息が聞こえ、そして彼はボソッと〈仕方ねえじゃん〉と言った。

礼央は目を瞑って天を仰いだ。

〈桐谷のヤツ、仲介料で十万寄越せって言ってきたんだよ。なんの役にも立たなかったくせ

に〉

「じゃあ芽衣がその十万の代わりってことかよ」

〈だから仕方ねえだろって〉

礼央は荒い息を吐き、「なんだよそれ」と憤った。

「聖也は芽衣のこと、好きじゃないのかよ」

〈好きだよ。だから付き合ってんだろうが〉

「じゃあなんでそんなことするんだよ」

すると聖也の舌打ちが聞こえた。〈うるせえな。おまえだっておれに隠れて芽衣とイチャついてんだろう。おれが知らないとでも思ってんのか〉

礼央は息を吞んだ。

〈それはいいのかよ。ああ？　なんとか言えよ〉

「それは……ごめん」

しばし沈黙が流れた。

〈まあ、いいよ。おれはそういうの気にしねえし。だいいち重毅や亞綺人も芽衣とヤってるしさ〉

一瞬、思考がショートした。

〈芽衣は誰とでもヤんだよ。義理の親父ともな〉

「……それは無理矢理犯されたからじゃないのか」

少なくとも礼央はそう考えていた。だからその報復として彼女は包丁で義理の父親を刺したのだと。

だが、〈ちげえよ〉と否定された。〈芽衣が母親と喧嘩して、ムカついたからって理由で男を奪ったんだ。元々はな。でもそれ以来、男が芽衣の方に夢中になっちまって、それがウザくなって殺そうとしたんだよ〉

いろんな情報が一気に入ってきて処理が追いつかなかった。いったい、どういう世界の話なのか。

〈だからってわけでもねえけど、今おれらはピンチなんだ。だったらここは芽衣に身体張ってもらうしかねえだろう〉

これもまた意味不明な理屈だった。まるで筋が通っていない。

「とりあえずおれ、今から聖也ん家に向かうわ」

礼央はそう告げ、電話を勝手に切った。

薄手のジャンパーを羽織り、部屋を出て階段を駆け降りた。そして玄関でスニーカーに足を通したところに、母が血相を変えてやってきた。

「あなたどこに行くの。まさか、さっき約束したばかりなのにまた——」

「これが最後だから。ごめん」

そう言い残し、礼央は玄関を飛び出した。勢いそのまま自転車に跨り、家の敷地を出た。

満月が浮かぶ夜空の下、礼央はサドルから尻を浮かせて、全力でペダルを漕《こ》いだ。正直、この先の展開のことは考えられていなかった。想像がちっともめぐらないのだ。

今、礼央の胸の中では様々な感情が綯《な》い交《ま》ぜになってとぐろを巻いていた。ぐるぐるぐるぐると、まるで自分の中で大蛇が蠢《うごめ》いているかのようだった。

およそ二十分後、聖也宅が遠くに見えてきた。そして桐谷の車が停まっているのも確認出来た。

門扉の前までやってきた礼央は勢いを殺さぬまま、自転車から飛び降りた。横倒しになった自転車が数メートルほどアスファルトを滑ってゆく。

そのまま玄関まで走り、ノブに手を掛けた。だが、鍵が掛かっていた。舌打ちした。ふだんは施錠などされていないのに。

ドンドンドンと乱暴にドアを叩く。十数秒ほど繰り返したが、開けられる気配はない。礼央はその場を離れ、伸び切った雑草を踏みつけて、裏庭に回った。

聖也の部屋はカーテンが閉じられており、窓も閉まっていた。その窓を先ほど同様、拳で叩いた。同時に「芽衣、いるのかっ」と声を張り上げる。

ここで礼央は手を止め、窓ガラスに顔を近づけた。合わさったカーテンに少しだけ隙間ができているのに気づいたのだ。

その隙間に目を凝らし、部屋の中を覗く。

すると薄暗い部屋の中で、立っている人影を視認出来た。シルエットですぐに女だとわかった。芽衣だ。

だが直後、その足元で、仰向けで横たわる人影に気づいたとき、礼央は挙動を止めた。じわじわと総毛立ってゆく。

倒れている人影はおそらく桐谷なのだろうが、その人影の胸の辺りに何かが突き立てられているのが確認出来たからだ。

ちがうと否定したかったが、十中八九それは刃物だった。柄と刃の形がぼんやりとわかるのだ。

ここで窓ガラスが震え出した。そこに押し当てている自分の両手が震えているからだった。カタカタと音も鳴っていた。これも礼央の歯がぶつかっているからだ。

やがてゆったりとした歩調で、芽衣がこちらに近づいてきた。そこで彼女が下着姿だとわかった。

そして彼女がカーテンを開けると同時に、月明かりを受けた顔が窓ガラス越しに現れた。

芽衣は無表情だった。能面のような顔で窓ガラス越しに礼央を見つめていた。

数秒ほど見つめ合ったところで、芽衣の顔にそばかすのような細かい斑点が付着しているのに気がついた。斑点の色は赤かった。

やがて芽衣が窓ガラスの施錠を解き、横にスライドさせた。そしてぽつりと一言、「どうしよう」とこぼした。

礼央は何も言葉が出てこなかった。

そのとき、「ああ。ああ」と掠《かす》れた声が芽衣の後方から上がった。

桐谷が発したものだった。彼はまだ生きているのだとわかった。

礼央は芽衣を手で押しのけ、恐るおそる、土足のまま部屋の中に足を踏み入れた。そしてゆっくりと桐谷に近寄っていった。その間もずっと彼は「ああ。ああ」と蚊の鳴くような声を発している。

礼央は壁に手を伸ばし、部屋の灯りを点けた。

そこで改めて礼央は戦慄した。

聖也の万年床のシーツがおびただしい量の鮮血で赤く染まっていたからだ。そしてその中央には一糸纏わぬ桐谷が横たわっている。彼の左胸に刺さっていたのはやはり刃物で、それは包丁だった。そこから今も赤い液体がじわじわと溢れているのもわかった。

礼央は口に手を添えて、桐谷を見下ろした。彼もまた薄目で礼央を見上げている。

「……くれ……けて…」

桐谷が口をぱくぱくと動かし、何かを伝えようとしていた。はっきりと聞き取れないが、「助けてくれ」と訴えているのだろう。

礼央は桐谷に目を落としたまま、ジーパンの尻のポケットに手を差し込んだ。そこからスマホを取り出す。

すると、横に立つ芽衣が「警察に連絡すんの」と言った。彼女はいつのまにか服を着ていた。

「救急車を呼ぶんだよ」

「やめてよ」

「なんで」

「うち、捕まっちゃうじゃん」

この少女は何を言ってるのか。

「だって救急車呼ばないと、この人、死んじゃうだろう」

礼央はそう言って、スマホの電話アプリを立ち上げた。つづいて一、一、九とタップしたところで、横からさっと腕が伸びてきた。芽衣にスマホを奪われたのだ。

「返せよ」

「礼央はうちが捕まってもいいんだ」

「そういうことじゃないだろう。返してくれ」

　だが芽衣はそんな礼央を無視し、自分のスマホを手にして耳に当てた。

「もしもし。うち。ちょっとトラブった。家にいるから今すぐ帰ってきて――うん、礼央もいる。詳しくはあとで」

　きっと相手は聖也だろうが、これがちょっとしたトラブルなのだとしたら、世の中で起きるすべての事件は瑣末なことだ。

「聖也たち、あと数分で着くって」

「それより救急車呼ばないと」礼央は改めて言い、手を差し出した。「早く返せって。おれのスマホ」

　だが彼女は手にしている礼央のスマホを背中側に隠した。

　礼央はそんな芽衣から視線を移し、改めて倒れている桐谷を見下ろした。彼はひゅー、ひゅーと空気の抜けるような音を立てて、必死に体内に酸素を取り込んでいる。

　数分後、改造バイクの派手なマフラー音を従えて、聖也たちはやってきた。そして部屋に足を踏み入れたところで、ドミノ倒しのように順々に尻餅をついた。亞綺人が「うわわわ」と言葉にならない声を上げたあと、「死んでる。死んでる」と喚《わめ》いた。

「死んでないよ」と礼央はかぶりを振り、「誰か救急車呼んでくれ」と三人を見回して言った。

「……礼央、おまえがやったのか」聖也が声を震わせて言う。

「ちげえよ」と礼央はすぐに否定し、チラッと芽衣を見た。

芽衣は部屋の片隅であぐらを掻き、窓の外の満月をぼうっと眺めている。現実逃避をしているというより、自分には関係ないと主張しているかのようだった。

「とにかく早く救急車を呼んでくれよ」再び礼央が言った。

だが、誰一人その指示に従おうとしなかった。三人とも怯えたような表情で桐谷を見つめるだけだ。

その間もひゅー、ひゅーという桐谷の呼吸音が部屋に響いている。

「おい。救急車を呼んでくれって。このままだと死んじゃうって」

すると、ここで何を思ったのか、重毅が立ち上がり、一歩前に出て、真上から桐谷を見下ろした。そして、「これ、どっち道、助かんねえんじゃね」と、ぽつりと言った。

「だよな」と聖也が重毅のとなりに並んだ。「確実に死ぬよな、こいつ」

「そんなのわからないだろう」礼央が口を挟んだ。「いいから早く救急車を――」

ここで礼央は言葉を途切らせた。振り返った聖也が人差し指を立てて唇に当てたからだ。

「ちょっと考えさせてくれ」

「何を考えることがあるんだよ。そんな余裕はないだろう」

「礼央、声がでけえって。少し静かにしててくれよ――芽衣、そこのカーテンを閉めろ」

芽衣がカーテンを閉めたあと、聖也は腕を組み、足の先でとんとんと貧乏ゆすりを始めた。

そのとき、「うち、捕まりたくない」と、ふいに芽衣が口を開いた。「うち、次捕まったら確実にネンショーだもん」

「わかってるよ。だから考えてんだろう」と聖也。「芽衣、これ、うちの台所にあった包丁だよな」

芽衣が頷く。「あいつが来る前に布団の下に隠しておいた」

「どうやって刺した？」

「やられたあと、こいつが寝そべって一服してるときに、上から刺した」

「そもそもなんで刺したんだよ」

「こいつ、中出ししやがったから」

聖也は舌打ちし、それから薄目で虚空を見つめ、「これって、正当防衛が成り立つのか──なあ、どう思う」と礼央たちに訊いてきた。

「わからねえ」と答えたのは重毅だ。「でも刺してんの心臓だろ。ふつーに考えて殺意ありまくりじゃね」

聖也がため息をつき、「じゃあやっぱダメだ。救急車は呼べない」とかぶりを振った。

「なんでそうなるんだよ」と礼央が呆れて言った。

「芽衣が捕まっちまうからだろうが。礼央は芽衣がかわいそうだと思わねえのかよ」

聖也が目を剝いて言う。

信じられなかった。なぜこいつはこんな台詞を口に出来るのか。

「もとはといえば聖也が芽衣を売ったからこうなったんだろう──なあ、芽衣」

と、水を向けたものの、芽衣は小首を傾げただけで何も答えなかった。

もうわけがわからなかった。こいつらの関係性はカオスだ。

「とりあえず救急車は呼べねえよ」

「そんなこと言ったってどうしようもないだろう。こんなこと絶対に隠し通せないぞ」

「いや、大丈夫なんじゃねえかな。だって、山、海、川、いくらでもあるだろ」

意味が微妙にズレて伝わっていた。

礼央が隠せないと言ったのは、今この目の前で起きている出来事のことで、聖也が言っているのは物理的に桐谷の肉体のことなのだ。

「それにこいつ、ヤクザじゃん。だから行方不明の届けも出されないだろうし、そういうのがなかったら警察も探さないらしいし――おい、芽衣、ちょっと男だけで話をしてえから少しの間部屋を出てろ」

聖也に顎をしゃくられた芽衣が腰を上げ、不服そうな顔で部屋を出ていく。その手には礼央のスマホが握られたままだ。

ドアが閉まったところで聖也がその場に腰を下ろし、「おまえらも座れよ。みんなで知恵を絞って、最善策を練ろうぜ」と促した。

重毅と亞綺人は指示に従ったが、礼央は従わなかった。

「おい。礼央、座れって」

礼央はため息をつき、「そんなことより電話だろうよ」と力なく言って腰を下ろした。

四人で車座になり、各々意見を述べ合った。

「仮に礼央の言う通り救急車を呼んだとするよ。そんでもって奇跡的に桐谷が助かるとするだろう。けどそうなると芽衣の正当防衛を主張するのはやっぱりむずかしいんじゃねえかと思うんだけど、おまえらどう思う」

「ああ、おれもそう思う。心臓を刺してんだしさ。桐谷の野郎だって無防備な状況で刺されたって言うだろうしな。それに、桐谷は聖也の承諾を得て芽衣を抱いたって警察に主張すると思うぜ。その方が量刑っていうのか、罪が軽くなるのかもしれねえし」

「それ、絶対にそう言うだろうな。おれは無理矢理レイプしたわけじゃねえって」

「でもそうなると、今度はなんで聖也が桐谷に自分の女を売ったのかって話になって、そこを突き詰められるとおれらが窃盗してたこともバレるんじゃね」

「あ、そう言われりゃたしかにそうだな——つーかそれ、やべえな。だってよ、そうなったら池田さんにも累《るい》が及ぶってことだろう。おれらネンショーを免れても谷川一家に殺されるぞ」

「みんな何言ってんだよ。根本的に話がおかしいだろ。今ここで人が死にそうになってんだぞ」

「いいよ、別に。こんなヤツが死のうが関係ねえし」

「見殺しにした罪でおれらだって捕まるぞ」

「だからこいつの死体をどっかに隠すんだよ」

「隠せるわけねえだろう。絶対に見つかるって。それこそ死体遺棄の罪で全員少年院送りだよ」

　礼央のその言葉で三人が黙り込んだ。

「いいか。みんな、冷静によく聞いてくれよ。まずは一刻も早くこの場に救急車を呼ぶ。もちろん警察沙汰にはなるだろうけど、聖也が承諾してようが、芽衣の同意がなかった時点で絶対的にレイプにはちがいないんだ。だから芽衣に優秀な弁護士につけて、正当防衛を強く主張してもらう。完全に認められるかはわからないけど、少なくとも情状酌量の余地ありって判断されるさ。だからもう一度言うけど、今すぐここに救急車を呼ぼう。今おれらが出来ることはこれ以外にない。選択肢はこれしかないんだよ」

礼央が強くそう訴えると、今度は三人が顔を見合わせた。

しばしの沈黙のあと、

「……まあ、たしかにそうかも」

「なんだよ、亜綺人。急に礼央側につくのかよ」

「だって、礼央の言う通りじゃん。こいつ頭いいし」

「頭いいとか今関係ねえだろう。けど、救急車を呼ぶにしても桐谷に生きてもらってちゃ困るぜ。理由は今話した通りだ」

「ああ、それだけは絶対だな。だいいちこいつが復活しちまったら、おれ、絶対に復讐されるし」

「ってことはつまり、桐谷が死ぬのを待ってから救急車を呼べばいいってことか」

「だからなんでそうなるんだよ。みんないい加減にしろよ」

もううんざりだった。お手上げだ。まるで猿と話しているような気分になってくる。

礼央は頭を抱えて斜め後方を見た。その視線の先には今にも息絶えそうな桐谷が横たわっている。

ひゅー、ひゅー、ひゅー。その呼吸音もだいぶおとなしくなってきている。一歩ずつ、だが確実に死に向かっているのだ。

それを思ったら改めて背筋が寒くなった。

「もういい。おれ、帰る」

礼央はそう言って膝を立てた。だがすぐに、となりの重毅から右の手首をガッと掴まれた。

「ざけんなよ。ありえねえだろう」

　つづいて逆どなりの亜綺人からも左の手首を摑まれた。

「おまえ、ここを出たら通報する気だろう。おれらを裏切るのか」

　礼央は二人を交互に見た。共に目を剝いて礼央を睨みつけている。

　正面の聖也を見た。

　彼は礼央を細い目で見据え、「おれたちは仲間だ」と言った。

15　2020年9月21日　戸村茂一

　朝、洗面台の下にある体重計に表示された数字を見て、茂一は愕然《がくぜん》とした。知らぬ間に九キロも体重が落ちていたのだ。

　鏡に頭皮を近づけてみる。禿《は》げが三つに増えていた。そのうちの一つは五百円玉大の大きさがある。円形脱毛症には過去にもなったことがあった。医療機器の営業マンをしていた二十代のときだ。だがそのときはこれほどひどくなかった。

　なによりこの全身に広がったむごたらしい湿疹である。医者から出された飲み薬と塗り薬、どちらも併用しているが、偽薬かと疑いたくなるほど効果はない。

　それもそのはずで、根本的な原因が取り除かれていないのだから快方に向かうはずがなかった。

　昨日、恵から持続化給付金の申請を新たにしたい人がいるとメールで相談を受けた。そして今日も今日とて、我が三姉妹ホテルは恵が束ねる人妻たちが利用することだろう。

息子を人質に取られている以上、茂一に為《な》す術《すべ》はなかった。恵に逆らえば輝樹の人生が壊されてしまう。

身支度を済ませ、茂一は家を出た。妻は見送りにやってこなかった。昨夜、結婚して以来、最大の夫婦喧嘩をしたからだ。きっかけは湯船に浮いていた茂一の体毛で、直子はそれを「掬って流しておいてよ。次に入る人が気持ち悪いでしょう」と指摘した。これに対し、茂一は烈火の如くキレた。「誰のおかげで生活出来てるんだっ」と怒鳴り散らし、挙げ句の果てに妻の髪の毛を力任せに引っ張ってしまった。泰斗と奏真が慌てて仲裁に入り、「お父さん、お願いだからやめて」と二人がかりで引き離された。直子も泰斗も奏真も、みな泣いていた。そして獣を前にしたかのような怯えた目で夫を、父を見つめていた。

午前中、どこかに感情を置き忘れたかのように茂一はルーティンワークをこなした。そんな昼下がり、電話で呼び出され、急遽ステンノーに向かって車を走らせた。受付を担当しているパートの女性が体調不良を訴えてきたのだ。

〈実は朝から喉が痛くて、微熱があったんです〉

だったらなぜ来るのか。

〈これくらい大丈夫かなと思ってたんですけど、徐々に悪化してきちゃって。このままがんばれないこともないんですけど、こういうご時世だからちょっと不安で〉

おまえは馬鹿かと言いたくなった。クビだと宣告してやりたかった。

何はともあれ、代わりの人間が必要なので、本日休みのパートスタッフに片っ端から電話を掛けたのだが、にべもなく全員から断られてしまった。きっと感染することを恐れたのだろう。受付スペースは狭いので菌が滞留しているかもしれないと考えたのだ。
　こうして仕方なく茂一が代わりを務めることとなった。たいしたプライドはもち合わせていないが、受付業務はさすがに気が滅入《めい》る。だいいち男というだけで客から嫌がられるのだ。

〈えー、全国のコロナ新規感染者数は八月の一週をピークに減少に転じたようですが、ここ最近はその傾向に鈍化が見られるとのことで、改めて注意が必要のようです。みなさん、不要不急の外出はなるべく控えていただき、どうしてものときは気を引き締めて。もちろんわたしも気をつけます〉

　ラジオパーソナリティーの声が車内に響いている。うんざりだった。一日とてコロナというワードを耳にしない日はない。三密だクラスターだソーシャルディスタンスだ、いい加減にしてもらいたい。

　人と会えば天気よりもコロナの話題で、「まいったもんだよ」とみな顔をしかめる。こんな毎日じゃ日本人は疲弊するばかりだ。

　そうは言っても無いものとすることも出来ず、茂一はステンノーに到着後、体調不良のパートスタッフを早々に帰し、それから念入りに受付スペースにアルコールスプレーを吹き掛けた。

　そうして受付業務を行うこと数時間、街に西日が落ちてきたころ、ちょっとした事件は起きた。客が延長料金の支払いを拒否してきたのである。

「少し部屋を出るのが遅くなっただけだろう」三十絡みの男が受付の小窓から険しい顔を覗かせてきた。

「いいえ、少しではございません。お客様がお部屋を出られたのはご利用時間を二十分以上過ぎてからです。ですので、延長料金をお支払いいただかないと困ります」

茂一は毅然として告げた。この手の客に甘い顔を見せてはならない。

「嫌だね。ベッドはギシギシうるせえし、風呂場は汚ねえし。逆に金を返してもらいたいくらいだ」

「もういいって。これくらいわたし払うよ」女の方がうんざりとして鞄から財布を取り出す。

「金の問題じゃねえんだって。おれはこのおっさんが客の足元見て商売してんのが気に食わねえんだよ」

意味不明である。だがこれ以上騒ぎ立てられても面倒なので、結局、茂一は泣き寝入りすることにした。「こんなラブホ二度と来るかよ」捨て台詞を残し、カップルは去っていった。

本当、やれやれだ。こういう出来事があると人間という生き物がほとほと嫌になる。

それから遅番のパートスタッフがやってきて、茂一はようやく現場から解放された。

おもてに出ると、日はとっぷりと暮れていた。ふと振り返り、発色しているホテルの看板を見上げる。一部分が点灯していなかった。舌打ちした。また金が掛かるのだ。

車に乗り込み、エンジンを掛ける。これから自宅に帰り、妻と顔を合わせることを思うと改めて気が重たくなった。一応謝罪は済ませているものの、妻はまったく納得していない様子だった。無理もない。結婚して二十五年、初めて夫から暴力を受けたのだ。

帰途、車内は自らが放つエンジン音だけが低く響いていた。ラジオも音楽も聞きたくなかった。今は誰の声も聞きたくない。

だがほどなくして、Ｂｌｕｅｔｏｏｔｈに繋いであるスマホの音が車内にやかましく鳴り響いた。相手は小島だった。

仕方なく応答すると、〈あんた何してくれたんだっ〉という、いきなりの怒声が車内に響き渡った。

茂一は慌てふためき、ハザードも焚かずに車を路肩に急停車させた。

「なんだよ。急に」

〈由紀子ちゃんのこと、恵にしゃべっちまったろう〉

「……言ったけど、でもそれがなんなのよ」

〈なんなのじゃねえよ。おれはもっくんがこんなアホだとは思ってなかったぞ〉

カチンときた。

「どこぞの他人に言ったわけじゃないだろう。当事者に伝えただけだ。それにたけやんだって口止めしなかったじゃないか」

そう訴えると、小島は〈ああ、もう〉と荒い息を吐いた。

〈昼に由紀子ちゃんに恵から連絡があったんだよ。秘密保持の契約を破って第三者に内部情報を漏洩《ろうえい》したから罰金を払えって。それだけじゃねえぞ。あの女、さもなきゃおまえんところの家庭をぶち壊すぞって由紀子ちゃんを脅してきたんだぞ〉

「……なんだよ、それ」

〈だからなんだよじゃねえって。あんたが由紀子ちゃんのことを恵に話したら、由紀子ちゃんが恵に責められるに決まってるだろう。いいおっさんがどうしてそんなこともわからねえんだよ。そんなの火を見るよりも明らかじゃねえか。そこらのガキだってわかるぞ〉

返す言葉がなく、茂一は狭い車内に視線を散らした。

〈そりゃもっくんは恵と縁が切れて清々してんだろうけど、由紀子ちゃんは未だ例のネット動画の件が解決してねえんだ。あの子は毎日不安で押し潰されそうになってんだよ。そんな中、さらにこんな恫喝《どうかつ》を受けちまって……おれは由紀子ちゃんに小島さんのせいだって泣かれたぞ。そりゃそうだよな。由紀子ちゃんからしたらおれにしか内情を打ち明けてねえんだからよ〉

茂一は数日前、小島に対し、恵と縁を切ったと報告をしていた。この期に及んで親友に嘘を吐くなど言語道断だ。だが、この泥沼化している状況をどうして話せよう。

〈マジで何してくれてんだよ。もっくんよォ〉

「け、けど、たけやんだって、おれが止めなければ恵に一言いってやるつもりだったんだろう。それをしてたらどの道同じ結果だったんじゃないか」

〈まだそんな言い訳すんのかよ。おれは由紀子ちゃんのことは伏せて、もっくんのことを小耳に挟んだって体《てい》で話すつもりだったんだよ。おれはもっくんみたいなたわけじゃねえんだ〉

もう反論の言葉はなかった。そして気落ちした。考えてみればたしかに浅慮だった。輝樹のことで興奮していたことは言い訳にならないだろう。

長い沈黙のあと、小島のため息が聞こえた。

〈すまん、ちょっと言いすぎた〉

「いや、おれが悪いよ。すべておれが悪い」

〈おい、そうやって悲劇の主人公ぶるのはやめろよ。卑怯だろう〉

「そんなんじゃないさ。心の底からそう思ってんだ。おれはアホでたわけで、大馬鹿もんだよ。どうしてこんなことになっちまったんだ」

茂一はそう言って、項垂《うなだ》れるようにハンドルに頭を預けた。プーッと長いクラクションが鳴る。だが、中々頭がもち上がらなかった。

〈なんだ、やかましいぞ〉

「ああ。悪い」と顔を上げた。「たけやん、それでおれはこれからどうすりゃいい」

〈おれに訊くなよ。とりあえずおれはこれから由紀子ちゃんに会って説得してくる〉

「説得って何を」

〈あの子、警察に相談しようとしてんだよ。そりゃ止めるしかねえだろう〉

警察と聞いて、心臓が跳ね上がった。

「でもそんなことしたら、その由紀子ちゃんって子だって……」

〈ああ、旦那や親に売春してたことがバレるリスクはあるだろうな。けど、今あの子はそれくらい精神的に追い詰められてんだ。下手したら恵に殺されるかもしれないって本気で怯えてんのさ〉

「殺されるって……」

〈そんなことあるわけねえが、当人は真剣なんだ。だから由紀子ちゃんのことだけを考えたら、警察に相談すんのもやむなしかもしれねえけど、困ったことにこっちにはあんたがいる。持続化給付金の不正受給も、売春の件も必ずもっくんに繋がっちまうんだ。それを考えたら踏みとどまらせるしかねえだろう〉

「……すまん。ほんとにすまん」

〈すまんで済んだらそれこそ警察は要らねえ。とにかく、もっくんは恵にこれ以上由紀子ちゃんに追い込みをかけるなって伝えろ。さもないとてめえが命取りになるぞってな。あの女、どうせ由紀子ちゃんが警察に駆け込めねえと思ってタカを括ってやがるんだろう〉

　おそらくその通りだろう。恵は窮鼠《きゅうそ》猫を嚙むということを知らないのだ。

〈いいかもっくん、あんたが責任をもって恵を食い止めろよ。おれまで出張らせるな。こっちはこれ以上、厄介ごとに関わりたくねえんだ。おれはもっくんと由紀子ちゃんさえクリアになりゃ、あとは恵が裏で何をしようが知ったこっちゃねえ。好き勝手やってんだ、いつか自滅するさ〉

　最後にもう一度、〈もっくん、頼んだぞ〉と念押しされた。

　電話が切れたあと、茂一は「あーっ」と叫び、頭を乱暴に搔きむしった。残り少ない髪を毟り取る勢いだった。

　もう嫌だった。どうしてこんな災難ばかり次から次へと降り掛かるのか。まるで疫病神に祟《たた》られたかのように物事が悪い方、悪い方へと転がってゆく。

　車内ミラーを見た。ざんばら頭の憐れな男が映っていた。いや、憐れではなく、世界一愚かな男だ。

　ふいにミラーを殴りつけたい衝動に駆られ、茂一はそれをかろうじて残っていた理性で押さえつけ、車を発進させた。向かう先はもちろん疫病神のもとだ。

　あえてアポは取らずにルージュまでやってきた。まだ店開きには早いので、きっと恵は営業準備をしているはずだ。

茂一は軒先に立ち、鉄製の黒い扉を透かし見るように睨んだ。この店にやってくる客はみな、恵の裏の顔を知らない。愛想の良い若ママとしか思っていない。

以前、どうしてこのスナックを継ごうと思ったのかと恵に訊ねたことがある。そのとき彼女は「母が大切にしてたお店だもの。潰しちゃったらかわいそうでしょう」と、そう答えた。このように肉親を思いやれる気持ちがあるのに、どうして他人にはあれほど無慈悲になれるのか。輝樹を巻き込んだことなど、人のやることとは到底思えない。

茂一は軽く深呼吸をしてから重いドアを開けた。するとカウンターの端のスツールに腰掛け、グラスを傾けている恵の姿があった。

振り向いたその顔はだいぶ赤らんでいる。そして、虚ろな目に涙が光っているのが離れていてもわかった。

予想だにしない姿に軽い動揺を覚えた。要らぬ世話だがこんな状態で営業出来ないだろう。

「この国はおかしいわよ」恵が気だるそうに口を開く。「入院中の母だけど、いよいよダメみたいなの。それは覚悟してたから仕方ないとしても、面会の一つもさせてもらえないのよ。もうじき死んじゃうのに。それなのに娘にすら会わせないって、どうかしてるわ」

そう言って恵は酒を呷《あお》った。そしてグラスをどんと音を立てて置き、「コロナが何よ」とこぼした。

どう反応していいのかわからず、茂一は黙っていた。

「で、なんの用ですか」恵はカウンターに片肘を立て、顔を手の平で支えて言った。「また手を引きたいとか、そういうのだったら聞きませんからね」

「由紀子という女性の件だ」

「ああ。あのおばさん、また戸村さんに何か言ったんですか」

由紀子が内情を打ち明けた相手は茂一だということになっていた。小島を絡めるとややこしくなるからだ。

「あんた、彼女に罰金を払えとか、そんなふうに脅したんだろう」

「約束を破ったんだから当たり前じゃない。何があろうと他者に情報を漏らさないこと、わたし、ちゃんと誓約書だって書かせてるんですから」

「そんなの効力があるわけないじゃないか」

「法的にはね。でもわたしたちの中の取り決めだから、そこはしっかり守ってもらわないと。それより戸村さん、わたしのことあんたって呼ぶのやめてくれません？　わたしたち、パートナーなんですから」

「そのことだけど、やっぱりおれは――」

茂一はここで言葉を途切らせた。背後からからんからんとドアのベルの音が鳴ったからだ。

振り返ると、自分と同世代と思しき男と、まだ三十前後の若い男が並んで立っていた。共に白いマスクをし、まだ残暑も厳しいというのに背広を着ている。

年嵩の方が一歩前へ出て、口を開いた。

「飯塚《いいづか》恵さんですよね。そしてこちらは戸村茂一さん」

その目はにこやかだったが、茂一は戦慄した。名前を呼ばれたからではない。男が背広の内側から警察手帳を覗かせたからだ。

バッと身を翻して恵を見る。一気に酔いが覚めたのか、彼女もスツールから立ち上がり、顔を強張らせていた。

どうしてここに警察が――。小島が由紀子を止められなかったのだろうか。いや、ちがう。たとえ由紀子が警察に相談をしたのだとしても、こんなにも早くやってくるはずがない。

だとすると、自分たちは前々からマークされていたということか。

「お二方とも、ちょっと署までご同行願いたいんですが」

茂一は唾を飲み込んだ。なんなんだこの展開。それに、どうしてこうも都合良く――まさか、自分はつけられていたのだろうか。

「任意ですよね。ならお断りします。これから店を開けますので」恵がつんとした態度で言った。

「いいえ、あなたに関してはこの通り、令状もあるんですよ」若い方が手にしている紙を突き出す。「売春斡旋及び、持続化給付金の不正受給指南の疑いで――」

頭がくらっとした。茂一は立っているのがやっとだった。

「戸村茂一さん、あなたに令状はありませんが、出来れば署までご同行いただき、少々お話を――」

声が遠くで聞こえていた。一瞬でも気を抜いたら、この場に膝から頽れてしまいそうだった。

「戸村さん、聞いておられますか？」刑事が小首を傾げた。「これから我々と――」

「こいつだ」ふいに茂一は震えた指先を恵に向けた。「すべてこの女がいけないんだ」

恵が目をカッと見開く。「何言ってんの、あんた」

自分でもそう思った。いったい、おれは何を口走っているのか。

だが、止まれなかった。

「おまえがおれを巻き込んだんだろう。おまえが悪いんだろう。何が完全無欠の絶対安全な計画だ。全部めくれちまってんじゃねえか」

「ちょ、ちょっと黙ってよ。これ以上しゃべらないで」

「刑事さん。聞いてください」茂一は目の前にいた若い刑事の両肩に手をやった。「わたしは悪くないんです。いや、悪くないというのはいささか語弊があるかもしれないけど、でも絶対的な悪の親玉はこの女なんです。わたしはなんというか、この女のただの従者で、うまく利用されただけっていうか――」

「ええ、わかりましたから落ち着いて」

「落ち着いてなんかいられるかっ」つい胸ぐらを掴み上げていた。「こっちは女房も子どももいるんだ。人生がかかってんだよ。だいいちもとはといえばあんたら官憲がいけないんだろう。汚ねえ職業だから自分でなんとかしろだと。よくもそんなことが言えたな」

「あ、あんた何を言ってるんだ。この手を放しなさい」

「一生懸命生きてるだけじゃねえか。働いて稼いで飯食って、ちっとも贅沢なんかしてねえぞ。なのにどうしておれだけ対象外なんだよ。国が一国民をいじめていいのかよ。あんたらはいいよな。黙ってても勝手に金が振り込まれるんだもんよ。不況もコロナも関係ねえもんな」

「課長、こいつクスリやってんすかね。頭おかしいですよ」

「おかしいのはてめえらだろう。ざけんじゃねえっ」

「ちょっと待ってろ。外から応援を呼んでくる」

その後、茂一は大勢の男たちによってあっという間に取り押さえられ、身柄を拘束された。そして両脇を刑事に挟まれ、覆面パトカーに押し込められた。

さすがにこれ以上暴れる気力はなく、茂一は意気消沈し、そして放心した。あっという間の出来事で、今ここにある現実に気持ちが追いつかない。

だからだろうか、妙な冷静さも取り戻していた。

車外には野次馬が群がっていた。みんな手にしたスマホをこちらに向けている。フラッシュも焚かれた。どういうわけなのか、一眼レフを構えた人間もちらほらいた。彼らはマスコミだろうか。だとしたらこれは用意周到な逮捕劇だったということか。

自分が犯した罪はそれほど大きいのだろうか。まるで連続殺人事件の犯人かのような扱いじゃないか。

……なるほど、きっと見せしめの意味合いもあるのだろう。全国民に向けて、持続化給付金を不正受給した者がどうなるか、晒し者にするつもりなのだ。

やがて車がゆっくりと発進した。すると、それをきっかけに茂一の頬に一雫の涙が垂れた。

そこから滂沱《ぼうだ》となるのに時間は掛からなかった。

揺れる車の中、茂一は嗚咽《おえつ》を漏らし、ひたすら泣いた。まるで蛇口が壊れたかのようにいくらでも涙は溢れ出てきた。

ふいに粘着質な鼻水が垂れ、それを手で拭おうとしたらカチャカチャと音が鳴った。

自分の両手首に、冷たく重い、金属製の錠がはめられているからだ。こんなものが自分の手首を回るなど悪い夢のようだ。

もしかしたら本当に、夢なんじゃないか。ふとそんなことを思った。

だが頭上で放たれる赤色灯の光がそれを否定していた。

16　２０２０年10月1日　今井美世子

さほど空腹を感じているわけでもないのに、先ほどから腹の虫がぐう、ぐうといって鳴りやまない。

今日は賞味期限切れのヨーグルトしか食べていなかった。というのも、家の中にある食材が底を尽きてしまったからだ。冷蔵庫など調味料と酒しか入っていない。

現在、時刻は二十二時、ヨーグルトを食べたのは今朝七時くらいだろうか。

「ねえ、コンビニに行って食べ物を買ってきてよ」

美世子はあえて意地悪を言って、貴福を困らせた。彼はおもてに出ることが怖くてたまらないのだ。

この男は再び仲間に捕まれば拷問された上に処刑されるという。彼の所属していた詐欺組織の上層部にはチャイニーズマフィアの人間がいるそうだ。

これに関して美世子は、何を大げさな、という懐疑的な気持ちを抱いている。いくら怖い連中でも命を奪うなんてことをするだろうか。

もっとも、貴福が処刑されるならそれはそれでありかなと美世子は思う。この男はそれだけのことを自分にしたのだから。

だが、どうせ捕まるなら彼の仲間たちではなく、警察の方がいい。逮捕されたからといってお金が返ってくるかわからないが、この男を皮きりに芋づる式で悪い奴らを捕らえてほしい。そして組織を壊滅に追い込んでもらいたい。

そうしてもらえば心の傷は癒えずとも、少しは溜《りゅう》飲《いん》が下がることだろう。

「ねえ、買ってきてって。このままだと餓死しちゃうもの」

美世子は再度迫った。

「……ゴメンナサイ。ガマンシテクダサイネ」

「嫌よ。だいたいあんたいついなくなってくれるの。出ていく出ていくって言うばかりで、一向に出ていかないじゃない。言っとくけど、ここはわたしが生活する家なの。あんたの隠れ家じゃないんだから」

「ゴメンナサイ」

「謝らなくていいからまずはコンビニに行って。こっちはお腹が空いて死にそうなの」

「……マダソトニハデレマセン。ワタシノナカマ、ワタシヲヒッシニサガシテマスネ。カレラハゼッタイニアキラメマセンネ」

「知ったこっちゃないわよ、そんなこと」美世子は冷たく言い放ち、荒く息を吐いた。「だったらウーバーイーツ頼んで」

「ウーバーイーツモダメデス」

「どうしてよ。ウーバーならおもてに出なくたっていいでしょう」

「ハイタツノヒト、イエニキテシマイマスネ」

「だから何？」と美世子は眉をひそめた。「ああ、わたしが配達人に助けを求めると思ってるんだ。しないわよ、そんなこと。だって、失敗したらあんたが逆上して、わたしのことを殺すかもしれないじゃない。どっち道、おとなしくしてればいつかはあんたは出ていってくれるんだからそんなリスクを冒さないわよ」

「……ホントウデスカ」

「本当に決まってるじゃない。馬鹿じゃないの」

「シンジテモイイデスカ」

「しつこいわね。ああ、やだやだ。自分が詐欺師だからって疑《うたぐ》り深《ぶか》くなっちゃって」

「……ワカリマシタ。ミヨコヲシンジマス」

やった。成功だ。ウーバーイーツがやってきたら思いきり「助けてーっ」と叫んでやる。

もちろんリスクはある。だが、このままこの男に出ていかれたら、こいつはうまいこと逃げおおせてしまうかもしれない。そしていつしか意中の女と一緒になり、幸せな家庭を築くかもしれない。そんなの許さない。絶対に許さない。

貴福が美世子のスマホを慣れた手つきで操作している。このスマホはずっとこいつに奪われたままだ。自宅の固定電話も配線を切られ、使用出来ないようになっている。

「ねえ、なんであんたまでパスタ頼んでるの」

美世子は横からスマホの画面を覗き込んで言った。

「……ワタシモオナカスキマシタ」

舌打ちする。「誰の金だと思ってんのよ。しかもわたしのより高いじゃない——いいわよ、取り消さなくて。早く注文してよ」

そんな金切り声を上げている自分にうんざりして美世子はソファーから離れた。その足で窓辺に歩み寄る。手首は結束バンドで拘束されているが足は自由なのだ。

窓の向こうに目を細める。ビルの隙間からライトアップされた東京タワーが覗いていた。これが気に入ってこの部屋を借りることに決めたのだ。実に田舎者らしい理由だと思う。

これを機に家を引き払い、仕事も辞めて、田舎に帰ろうかな。ふとそんな思いが頭をもたげた。

きっと両親はよろこぶだろう。もとより大学を卒業したら帰ってくるという約束で上京させてもらったのだ。

地元で適当な男とお見合いして、子どもを産んで、週に二、三回パート勤めをしてつましく暮らす。刺激はないかもしれないが、そんな人生も悪くないだろう。

だいいちコロナ禍がいつ終わるのかもわからないのだし、この先さらに悪化するかもしれないのだ。となれば東京にいるだけリスクも高くなる。コンサートやお芝居などのイベントだって開催出来ていないわけで、そう考えたら東京で暮らすメリットはほとんどない。

だが現実問題、慣れ親しんだ東京を捨てられるだろうか。いや、ちがうか。プライドを捨てられるか、なのだろう。

ふう、と美世子は吐息を漏らした。それもこれも、この如何《いかん》ともしがたい状況を脱してからだ。今はなにより、物理的な自由を得ることが先決である。

美世子は振り返り、腕を組んでバランスボールに座っている貴福を睨んだ。

そしてこの男に天罰を下さなくてはならない。

エントランスからのインターフォンの音が鳴り響いたとき、時刻は二十三時に差し掛かっていた。かつてこんなに遅くにウーバーイーツを頼んだことはない。

はたして、どんな配達人がやってくるだろう。出来れば若くて体力に自信のある男性がいい。もしかしたら貴福と揉み合いになるかもしれないからだ。

ただ正義感ももち合わせていてくれないと困る。美世子のＳＯＳを無視するような薄情者だったら最悪だ。

貴福が立ち上がり、エントランスに繋がる壁掛けのディスプレイのボタンを押した。〈ウーバーイーツです〉と男の低い声。舌打ちが出そうになった。頼りない、覇気のない声に聞こえたのだ。

「ワタシガウケトリマスネ」貴福がロックを解除する。「ミヨコハゼッタイニシャベラナイデクダサイネ」

「しつこい」

美世子はそう一蹴して、不自由な手を使ってテレビリモコンの電源ボタンを押した。何もするつもりはありませんよという小さなアピールだ。

テレビではニュース番組がやっており、本日のコロナ事情をまとめて報道していた。東京都は本日二百三十四人が感染し、一人が死亡したことを発表したそうだ。こちらはそれどころではないのでなんの感想も湧かなかった。ステイホームとはなんの皮肉だ。こちらは家から出られないのに。

ウーバーイーツの配達人は今頃エレベーターに乗っているだろうか。

想像したら手の平がじっとりと汗ばんできた。心臓の鼓動が徐々に駆け足になってゆく。

そのとき、ふと背後に気配を感じ、美世子は振り返った。すると真後ろにビニール紐を手にした貴福が立っていた。

「……何よ」息を呑んだ。

「ゴメンナサイ」

貴福はそう言ってビニール紐を美世子の両足首に回し、きつく結んだ。

美世子は胸を撫で下ろした。一瞬、首を絞められるのかと思ったのだ。

つづいて貴福はガムテープを手に取った。

「ちょっとやめてよ。おとなしくしてるって言ってるじゃない」目を剝いて抗議した。

だが貴福は再び「ゴメンナサイ」と言って、美世子の口をガムテープできっちりと覆った。

最悪だった。これでは大声が出せない。

だがなんとか呻き声を発することは出来るだろう。ここから玄関くらいなら多少なりともその声は届くはずだ。むしろその方が切迫感が伝わるかもしれない。

だがしかし、作業を終えたあと、貴福は美世子の身体を抱きかかえ、浴室へ連れていき、空の浴槽の中に寝かせた。そして「スコシダケガマンシテクダサイネ」と言って、ドアを閉めた。

終わった。さすがにこれではいくら声を上げても遮断されてしまう。

暗闇の中、美世子は落胆した。プロの詐欺師の用心深さを侮っていた。きっと美世子の心の内を読んだのだろう。敵の方が一枚上手だったのだ。

ほどなくして、先ほどとは異なる高さでインターフォンの音が鳴り響いた。玄関先に配達人がやってきたのだ。

耳を澄ます。微かに玄関のドアが開かれる音が聞こえた。

だが、その直後、男の怒声が聞こえ、争うような物音が立った。

わけがわからず、美世子はパニックに陥った。

正義の配達人が美世子を救出するため、家の中に突入してくれたのか。そんなわけがあるはずがない。それに、聞こえた怒声は中国語で、しかも複数だった。

となれば貴福の仲間たちでしかありえなかった。だがどうしてこの場所を知っているのか。いや、きっと逃げ込んできた日から、始めからバレていたのだろう。

きっとそれ以来、彼の仲間たちはこのマンションの前で張り込んでいたにちがいない。つまり貴福の読みは正しかったのだ。

「没有女人」「有了二个盒饭。找」

そんな声がくぐもって聞こえた。男たちが家の中に上がり込んできたのだ。

美世子の全身に震えがきたす。どういうわけか、彼の仲間たちが自分を探しているとわかったからだ。

このまま見つからずにいられるだろうか。

だが、そんな願いも虚しく、すぐに浴室のドアが開けられ、電気が点けられた。

悲鳴を上げようにもガムテープで口を覆われているため、上げられない。

「有了」キャップを目深《まぶか》に被り、マスクをした男が後方に向かって声を上げた。するとすぐに、同じような格好をした男がやってきた。

「是什么样的事情。这个女人为什么被限制」男が訝《いぶか》るような眼差しを美世子に向けたあと、となりの男を見た。そのとなりの男は首を傾げている。

おそらく男たちは、美世子がこのような拘束された状態であることが解せないのだろう。

一人の男が屈《かが》み込《こ》み、美世子の口を覆っているガムテープを一気に引き剝がした。

「オマエハズーハンノコイビトカ」

カタコトの日本語で訊かれた。ズーハン、おそらく貴福の本名だろう。

美世子はぶるぶると首を横に振った。恐怖のあまり声が出せないのだ。

「ズーハンカラカネヲアズカッテイナイノカ」

またかぶりを振った。

「ナゼツカマッテル」

「……あ、あの人が……三日前に急に家にやってきて、それで、ずっと居座られて、わ、わたしは監禁されていて……」

美世子は唇を震わせながら、一生懸命に説明を試みた。

すると、二人の男は中国語で会話をし始めた。言葉はわからないものの、どことなく困っている様子が見て取れた。

美世子は怯えながらも必死で想像をめぐらせた。

もしかしたらこの男たちは、わたしが愛のもとに貴福を匿《かくま》っていると考えていたのだろうか。もしくは貴福の本物のパートナーだと思っていたのかもしれない。

貴福は組織の金をもち出して逃げたと話していた。きっとそれを何処ぞの女に預けたのだ。

ふと奥にいる男の手元を見た。見慣れたビニール袋が目についた。ウーバーイーツを介して頻繁に利用しているイタリアンレストランのロゴが描かれており、その中にはパスタを入れた容器が二つ入っているのがうっすら透けて見えている。先ほど貴福が注文したものだ。

美世子は考えをめぐらせ、こうなるに至った状況がなんとなく見えてきた。おそらく男たちはウーバーイーツの配達人がエントランスで部屋番号を入力したところで声を掛け、その場で商品を受け取ったのだ。

以前、美世子も出先からウーバーイーツを注文したものの、自宅に帰り着くのが遅くなってしまい、慌てて帰宅したところ、ちょうどやってきた配達人とエントランスで鉢合わせたことがある。

その際に「もしかしてうちかしら」と声を掛け、その場で注文の品を受け取ったのだ。ということは先ほどエントランスからコール音を鳴らしたのは、この男たちだったということになる。

「姑且不得不也把这个女人带去。就这样不能不闻不问」

一人の男がそう言って、先ほど貴福がしたように美世子を抱きかかえた。抵抗しようなどと露ほども思わなかった。手足をバタつかせようものなら殺されるかもしれない。

そのまま居間まで運ばれ、そこで美世子は目を見開いた。貴福がうつ伏せの状態で床に倒れていたからだ。

その姿に言葉を失った。

死んでいるのだろうか。ぴくりとも動いていない。いや、薄く開いた目の中の瞳が微妙に左右に揺れていた。よく見たら指先も微かに動いている。

よかった——いや、なぜ自分は安堵《あんど》しているのか。

それにしても、いったい彼はどういう状態なのか。どこも外傷はなさそうなのに。

「きゃっ」美世子は小さく悲鳴を上げた。

ソファーに向かって身体を放り投げられたのだ。

そして顔を上げた美世子は唾を飲み込んだ。一人の男の手に注射器が握られていたからだ。

「何するの」身を引いて言った。

針の先端が徐々に自分に迫ってくる。

「お願い。やめて。わたし、あなたたちのこと誰にも何も言わないから」

だが、男は手を止めることなく、美世子の着ていたTシャツを捲り上げ、腰の辺りに注射器を刺した。

痛みはまるで感じなかった。

だがあっという間に全身の筋肉が弛緩《しかん》していった。力が入らない。声も出せない。

次に美世子は光を失った。頭からすっぽりと布袋を被せられたのだ。

この先、自分はどうなってしまうのか。恐怖のあまり、意識まで失ってしまいそうだった。

助けて。誰でもいいから助けて。

息苦しい闇の中、美世子はひたすら願っていた。

17　２０２０年10月１日　二宮礼央

「なあ。なんでこいつ死なねえんだよ」

部屋の主である聖也が不気味そうに言った。彼がゾンビを見るような目で見下ろしているのは、無論、血塗《ちまみ》れで横たわる全裸の桐谷だ。

礼央がここにやってきてからおよそ一時間、かろうじてではあるものの彼の呼吸はつづいていた。卒塔婆《そとば》のように胸に突き刺さった包丁が上下に微動しているのがわかる。

「ふつーは死ぬよな。なあ」

聖也が誰にともなく言い、「知らねえよ。ふつーがわからねえし」と重毅が反応する。

最終的に聖也たちは礼央の助言を聞かず、桐谷が息絶えたら救急車を呼ぶという選択をした。理由は、桐谷が奇跡的に復活を果たしてしまったら復讐される恐れがあること、もう一つは彼に多くを語らせないためだった。要するに死人に口なしにするのだ。

だが、これに不服を訴えたのは芽衣で、先ほど彼女は、桐谷のことを「どっかに捨てようよ」と言った。彼女は完全なる正当防衛が認められなかった場合のことを危惧しているのだ。

何はともあれ、自らもその選択肢が念頭にあった聖也が「じゃあ、そうするか」とあっさり転向したので、礼央は再び説得を試み、これだけはなんとか阻止したのだった。

以来、芽衣はずっと礼央を睨みつけている。

部屋の片隅に位置して座る礼央は左右に目を配った。右どなりには重毅、左どなりには亜綺人ががっちりと陣取っている。

礼央を逃さないためだった。彼らはとことん自分を巻き込むつもりなのだ。

向かいであぐらを掻き、煙草の煙を燻らしている芽衣を見る。

彼女の明るい髪はしっとりと濡れていた。返り血を洗い落とすため、先ほどシャワーを浴びてきたのだ。その際にトリートメントを塗布したらしく、そのフローラルな香りと、煙草の匂いと、桐谷から放たれる死臭——まだ死んではいないが——とが入り混じり、この六畳一間の部屋にはなんともいえない臭気が漂っていた。

そんな悪夢のような空間の中、礼央は壁に背をもたせ、ぼんやりと物思いに耽っていた。

なぜ自分はこんなところにいるのだろう。どうしてこういうことになったのだろう。

そんな思いが延々と胸に去来している。

もっともその解答は単純明快で言わずもがなだ。自業自得にほかならない。

改めて桐谷に目をやる。彼の薄く開かれた目は絶えず天井に注がれており、一定の間隔で瞬きを繰り返していた。口元はだらしなく緩んでいて、端からよだれを垂れ流している。

人はこうして死んでいくのかと思った。自分だったらこんな最期は嫌だなと思った。

不思議なもので、礼央は先ほどから恐怖の気持ちが薄らいできていた。

慣れてきたというよりは麻痺してしまったのだろう。礼央は今、まっとうな感覚を失いつつある。

「やべえな。母ちゃん、そろそろ帰ってきちまう」

聖也が壁掛けの時計を一瞥して言った。時刻はすでに零時に差し掛かっている。

今、聖也の母親は高崎市にあるキャバクラに勤めに出ているらしい。ふだん通りであれば店のスタッフに送迎してもらい、深夜一時ごろに帰宅するのだそうだ。

「つーか聖也さ、平気なのか」

重毅が煙草に火を点けて言った。

「何が」

「母ちゃんの彼氏を殺しちまったわけじゃん。おまえ、親子の縁切られんじゃねえの」

重毅がからかうような口調で言い、聖也は「やったのはおれじゃねえだろう」とムキになった。

「同じようなもんだろ。自分の女がやったんだから」

そう言われて、聖也が視線を床に這わせる。

「……別にキレたりはしないと思う。母ちゃん、どうせすぐにまた次の男ができると思うし。それに、おれが戻ってきてくれてうれしいって前に言ってたし」

「どうだかな。息子より男の方が大事な女もいるだろう」

「っせえな。黙れよ。殺されてえのか」

聖也が手元にあったティッシュ箱を重毅に向かって投げつけた。

こうしたやりとりを前に、礼央はふとある出来事を思い出した。

いつだったかの夜、聖也と二人きりのときに、「おれは母ちゃんと暮らしたかった」と彼がこぼしたことがあったのだ。

五年前の離婚の際、息子をどっちが引き取るかで聖也の両親はひどく揉めたらしい。悲しいことに世間のそれとは逆で、双方ともに相手に押しつけたかったのだという。礼央が「ひでえな」と同情すると、聖也は「母ちゃんにも事情があったんじゃねえの」と母親を庇うようなことを言った。

やがて時刻は零時を迎え、日付を跨いだ。

ここで聖也が意を決したようにバッと立ち上がった。そして、「そこのクッションを取ってくれ」と亞綺人に命じた。

「何をするつもりだよ」礼央が訊いた。

「こいつが中々死なねえから、とどめをさすんだ」

聖也はそう言って、桐谷の顔の横で片膝をついた。

「やめろよ」礼央は壁に預けていた背中を離して言った。「よせって」

聖也はこれを無視して、「おい亞綺人。早く寄越せ」と手を差し出した。

亞綺人は困惑しながらも足元にあったクッションを聖也に放った。

そして、聖也は受け取ったクッションを桐谷の顔面付近にもっていった――ところでピタッと動きを止めた。

ごくりと唾を飲み込んだのが、喉仏の動きでわかった。

つづいて、上目遣いでこちらを見てきた。

「おまえらも一緒にやってくれよ」

「…………」

重毅と亞綺人と交互に顔を見合わせた。二人とも顔を強張らせている。

改めて聖也を見る。目を見開いてこちらを睨んでいた。

「頼む。仲間だろう」

礼央は顔をぶるぶると左右に振った。

だが、ここで芽衣がスッと立ち上がり、聖也の横に移動して、クッションの一部分に手を添えた。

その状態で今度は二人してこちらを見てくる。

すると、重毅が手にしていた煙草を揉み消し、「そうだな。仲間だもんな」と自分に言い聞かせるようにして立ち上がった。それにつられたのか、亞綺人もあとにつづいた。

そして四人で桐谷の頭を取り囲み、次に全員で礼央に視線を注いできた。

礼央は改めてかぶりを振り、「おれはやらない。みんなもよせよ」と言った。だが、その声は自分の意思とは裏腹にひどくか細いものだった。

四人は礼央に冷たい眼差しを向けたあと、視線を桐谷に戻した。

そして、

「よし、やるぞ」

聖也が三人の顔を見回して言い、クッションを桐谷の顔に上から押し当てた。つづいてそこに全員が手を添える。

すでに意識を失っているのか、力が入らないのか、桐谷はまったく抵抗しなかった。

そして、誰が最初に圧力を掛けたのか、クッションがぐんと沈み込み、桐谷の顔が圧迫された。

聖也と重毅はクッションを睨むようにして歯を食いしばり、亞綺人は直視出来ないのか、目を瞑ってそっぽを向いていた。ただし、芽衣だけはとくに顔色を変えることもなく、平然と圧を掛けていた。

礼央はその様子を呆然と眺めていた。止めなくては、という思いも頭の片隅にあるが、行動に繋がらない。

「どんだけやんだよ」亞綺人が限界だと言わんばかりに嘆いた。「なげえよ」

礼央はふと、奇妙な感覚を覚えた。

目の前の光景は狂気のワンシーンであるものの、どこか滑稽に映った。なんらかの儀式を行っているようにも見えるし、遊んでいるようにも見えた。

妙に現実感が希薄だった。

18　２０２０年10月１日　戸村茂一

十日前、ルージュで自分に手錠をかけた刑事に付き添われ、茂一は床を擦るようにして警察署の出口に向かい歩いていた。

この刑事、こんなに大きかったっけか。ふと思ったが、それがちがうことにすぐに気がついた。自分の背中がひどく丸まっているのだ。

「戸村さん。しゃきっとせんと」

刑事が笑顔でその背中を叩いてきた。茂一は力なく頭を垂れた。

この刑事は人情深い男だった。

犯罪に手を染めるに至った動機を語った茂一に対し、「そりゃあ国もひどいわな」と同情してくれた。本心かどうか知らないが、「ある意味、戸村さんも被害者だ」という言葉も口にしてくれた。

逮捕された当日に毛髪・ＤＮＡ試料の採取、その翌日に念入りな取り調べが行われ、茂一はそこで包み隠さずにすべての経緯を語ったのである。唯一、息子の輝樹が関わっていることだけは隠したかったのだが、今さらそれをしたところで意味があるとも思えず、茂一は息子はハメられたんだということを強く主張し、彼が東京で学生相手に持続化給付金の不正受給の斡旋をしたことも話した。

その後、茂一は検察へと送致され、そこでもまったく同じことを一から話させられた。担当した検察官はくだんの刑事のような人間味はなく、機械的に事務処理を進め、そして茂一を起訴した。

不起訴を望んでいた茂一は愕然とした。だが、自ら罪を認めている以上、不服を訴えることも出来なかった。

こうした検察での勾留期間を終え、最後に警察署で手続きを済ませ、今日、茂一は解放されることとなった。逃亡、また証拠隠滅を図る恐れなしと判断されたのだ。

正直なところ、あまりうれしくなかった。出来ればもう少し、あの狭苦しい留置場の中にいたかった。家族に合わせる顔がない。

「ほら。お迎えが来てるよ」

その声で茂一は顔を上げた。数十メートル先で小島が手を振っていた。

「どうもお世話になりました」

茂一は深々と刑事に頭を下げ、警察署をあとにした。

今後、茂一は刑事裁判を受け、その判決に身を委ねることになる。

ハンドルを握る小島が鼻歌を歌っていた。助手席の茂一は居た堪れない気持ちでそれを聞いていた。

車窓の向こうの空は恨めしいほど晴れ渡っている。

「そういえばもっくん、腹は減ってねえのか」

小島が横目を向けて訊いてきた。

「警察署でお昼をいただいてきたから」

「あ、そう。なんだあれか、警察じゃ本当にカツ丼とか食わせてくれるのか」

「いや、ふつうのお弁当だったけど」

そんな詮ない会話を交わし、車は大通りの左車線をのんびりと進んでゆく。

それからは互いに無言の状態がつづき、やがて「心配すんな」と小島が前を見たまま言った。

「先生の話じゃ、執行猶予を勝ち取れるってさ。実刑はまずないってよ」

「そう。たけやん、いろいろとありがとう」

「ああ。あの大先生についてもらえりゃ二、三人殺しちまっても余裕さ」

小島はそんな冗談を言い、自らがははと笑った。

やり手と評判の弁護士を雇ってくれたのは小島だった。茂一としては金銭的な面を考慮して、私選弁護人ではなく国選弁護人に頼もうと思っていたのだが、逮捕直後、すぐに小島が動いてくれたのだ。

「それとよ、輝樹くんの件は聞いてるか」

「うん、刑事さんからね」

「そうか。何にしてもよかったな」

茂一は視線を落とした。「よくないさ」

「どうして。万々歳だろう」

輝樹は厳重注意で済んだのである。恵の娘の杏は輝樹の方が自分を先導したと供述したようだが、警察は双方の主張と第三者の証言から、その立場は逆であると見抜いてくれたのだ。

　また、輝樹が持続化給付金の不正受給の斡旋で得た金にまったく手をつけていなかったことも幸いした。

「そっちはね。でも大学は退学処分になる」

　茂一は両膝のズボンをぎゅっと摑んで言った。

「それもまだどうなるかわからないんだろう。直子ちゃんもそう言ってたぞ」

「なるさ。事情はどうあれ、輝樹は昨今話題になってる持続化給付金の不正受給の、それも斡旋をしちまったんだ。大学側がそんな学生を置いておくわけがない」

　小島が鼻から息を漏らす。

「大学なんてまた入り直しゃいいさ。輝樹くんは若いし、それに優秀なんだからよ」

　先の信号が赤になり、車が減速していった。

「ちなみに恵は十中八九実刑だろうってよ。聞けばあの女、ペーパーカンパニーを買い漁ったりもしてたんだろう。売春斡旋も、持続化給付金のそういうのも、一つ一つ見れば取るに足らねえらしいが、合わせ技一本で実刑は免れないだろうって先生が言ってたな」

「そっか」

「なんだ、あんま興味がなさそうだな」

「もういいよ。恵のことは」

　本当にそう思っていた。恵がどうなろうと知ったことではない。

　その恵だが、四日前の取り調べ中に涙を流したという話を刑事から聞かされていた。闘病中だった母親の瑞枝が病院で息を引き取り、恵はそれを刑事から伝えられたそうだ。

「瑞枝さんの葬儀は行われたのか」

それだけは気になって茂一は訊ねた。けっして親しかったわけじゃないが、彼女がママだったときは、店でそれなりに話をさせてもらっていたのだ。

「いや、なかった。ほら、こういう時世だろう。きっと感染したら困るからってことなんだろうけど、おれはどうかと思うね。いくら三密を避けろっつってもよ、最後の別れくらいさせてやらなきゃ故人も――」

「喪主がいないからじゃないのか」

茂一が割り込んで言うと、小島は一瞬動きを止め、それから納得したように頭を上下させた。

「まあ、そっちの理由が大きいかもな。でも、瑞枝さんは娘の悪事を知らずに逝《い》けたそうだからさ、それだけはよかったのかもな」

「ああ」

「小耳に挟んだところによると、瑞枝さん、結構な借金があったそうなんだよな」

「そうなのか」運転席に向けて首を捻った。

「ああ。あの人、やたら面倒見がよかっただろう。だから人に頼まれて連帯保証人になっちまったみたいで、そんでもってそいつが飛んで、瑞枝さんが債務を抱えちまったっていう、なんとも残念なあるある話」小島は指で首元をぽりぽりと掻いている。「もしかしたらよ、娘の恵がやたら金に執着してたのも、母親のそういう姿を見てきたからなのかもな。いい人が馬鹿を見る世の中に対して思うところがあったっていうかさ。ま、わからねえけど」

茂一はヘッドレストに頭を預けて目を閉じた。これ以上、情報が入ってくるのを脳が拒否したのだ。

小島は茂一が眠りに入ったと思ったのか、それからは話し掛けてこなかった。

車が停まったところで、茂一は目を開けた。するとその場所は小島の営むペットショップの前だった。てっきり我が家に向かってくれているものと思っていたのだが、ちがったようだ。

「ちょっと待っててくれ」と小島が車を降りる。

野暮用だろうと思ったのだが、十数秒後に戻ってきた小島が両手で抱えていたものを見て、茂一は驚いた。彼の腕にあるのは見覚えのある鳥籠で、その中にはモモが入っていたのだ。

「ほら。久しぶりのご主人様だぞ」

小島はそう言って、鳥籠を茂一に預けてくる。

「どういうこと」

「ああ、うん、おれがしばらく預かってたんだよ」目を見ずに言う。「直子ちゃんに頼まれてさ」

わけがわからず、茂一は困惑した。

それから我が家に向かう車中で事情を聞かされた茂一は茫然《ぼうぜん》自失《じしつ》となった。

今現在、我が家には誰も住んでいないのだという。直子も泰斗も奏真もみな、我が家を離れ、別の土地で暮らしているのだという。

「マスコミが家にやってきちまったみたいでさ、ほら、あいつらやることがえげつないだろう。それでしばらくはこの町では暮らせないってことになって――」

今日、自分を迎えに来るのが直子ではなく、小島だと聞かされたとき、茂一は疑問に思うのと同時にありがたいと思った。それは彼が気遣って、妻と顔を合わせるための、心の準備の時間を作ってくれたのだろうと、そう解釈していたのだ。

「それで今、直子たちはどこで暮らしてるんだ」

茂一は運転席に身体を開いて訊いた。妻の実家は四国にあり、さすがにそこへ行ったとは思えない。

「いや、それがおれも聞かされてないんだよな」小島が前方に向けて目を細めたまま答えた。

嘘だと思った。知らないフリをしているのだ。

「どうして隠すんだよ。まさかおれに教えるなって口止めされてるのか」

「本当に知らねえんだよ」

「そんなわけないだろう。モモを預かったりしたときに話だってしてるわけだろう。さっき輝樹のことだって、直子がどうとかって言ってたじゃないか」

「落ち着けよ、もっくん」

「なあ、なんで教えてくれないんだよ。おれは夫だし、父親なんだぞ」

鼻息荒くそう告げると、小島は片手で後頭部を掻き、バツが悪そうな顔で、「今は感情的になってるだけさ」と言った。

「直子ちゃんの立場になって考えてみろよ。いきなり夫が逮捕されて、でもって犯罪をしてましたって知らされて、挙げ句の果てにマスコミに群がられてよ、まずふつうの精神状態じゃいられねえよ。そりゃパニックになっても仕方ねえだろう。もちろんもっくんが家族の生活を守るためにやったことだってのは直子ちゃんだってわかってると思うよ。おれだって何度もそう言ったしさ。けど、あまりにいろんなことが起きすぎて、頭の中が整理つかないっていうか、気持ちが追いつかないんだよ。だからこういう状態で会ってもさ、二人にとっていいことないっておれも——」

「いいから居場所を教えてくれ」

「だからもっくん、今はダメだって。はっきり言うけど、直子ちゃんはあんたに怒ってんだよ。今は顔を見たくねえんだと。これは黙っておこうと思ったけど、もっくん、直子ちゃんに乱暴なことしたんだろ、怒鳴り散らしてさ。ここ数ヵ月、そういうのが何回もあったって聞いたぞ」

「…………」

「きっともっくんも心がまいってたんだろうし、つらかったんだろうと思うけど、ずっとやられてた方はさ、なあ。その上逮捕されましたじゃ、夫を慮る気持ちをもてなくても当然だろう。だから今はそっとしておいてあげろよ。連絡はおれを介して取りゃいいじゃねえか。もし直子ちゃんや息子たちに用件があればおれに——」

茂一は両手で顔を覆った。

妻と会ったら怒られるだろうと覚悟していた。平手打ちくらいはされるかもしれないとも思っていた。

だがその考えは甘かったのだ。

ほどなくして車は我が家の前に到着した。わずか十日離れていただけなのに、一年ぶりに帰ってきたような感慨が湧いた。

カーテンはすべて閉じられていた。茂一の車はあるが、妻が乗っていた軽自動車はない。『戸村』の表札の横の郵便受けからいくつかの書類がはみ出ている。

小島はエンジンを切ったあと、茂一より先に車から降りて、勝手に門扉を開け、内側から郵便受けを開けて中身を取り出した。そして素早く仕分けを行い、そのうちのいくつかの書類をくしゃっと丸めてズボンの尻ポケットに押し込んだ。

「こういうのは見ない方がいい」

なるほど、誹謗《ひぼう》中傷の投函《とうかん》があったのか。小島の慣れた手つきからすると、これまでもあったのだろう。

茂一は鳥籠を抱え、石畳を渡って玄関へ向かった。その後ろを茂一の手荷物をもった小島がついてくる。

茂一は鍵を取り出したあと、小島に向き直った。

「迷惑を掛けてすまん。何から何までありがとう」

深く頭を下げた。

「なんだよ。家に上げないつもりか。茶ぐらい飲ませろって」

「すまん。一人にさせてくれ」

「もっくん、一人になったらダメだって。今日はおれと一緒に過ごそうや。ガキのころみたいにさ。何だったらおれは今夜ここに泊まるつもりで――」

「一人にさせてくれ」

茂一は顔面を震わせて再度言った。

すると小島は鼻息を漏らしたあと、茂一の手荷物を足元のタイルの上に置き、「明日また来るからな」と言って、背を向けて去っていった。

玄関先から小島の車を見送り、茂一は自宅に入った。

中は恐ろしいほど、しんとしていた。人が不在だからではなく、しばらく人の暮らしが行われていない、そんな静寂が隅々まで行き渡っていた。

茂一は居間へ行き、モモの鳥籠をもとあった場所に置いてから、各部屋に足を運んでみた。

掃除をしたのだろう、どこもきれいに片付いていた。泰斗や奏真の脱ぎっぱなしの服や靴下も落ちていないし、出しっぱなしのコップや皿もない。洗濯カゴの中も空で、食洗機の中も空だった。

茂一は居間の中央、床の上に座り込んだ。それから何をするでもなく、ぼうっとしていたら、いつのまにか日が暮れていた。

19　２０２０年10月２日　今井美世子

目を開けていようが閉じていようが、視界はまったく変わらなかった。頭から分厚い布袋を被せられているからだ。

今、この車はどこを走っているのだろう。どこを目指しているのだろう。自分はこの先、どうなってしまうのだろう。

揺れる車の中、美世子は極限の恐怖を味わっていた。

自宅マンションで麻酔を打たれ、身体の感覚を失ったあと、美世子は意識をも失った。それが麻酔によるものなのか、はたまた恐怖からなのかはわからない。

おそらく自分はあのあと、中国人の男たちによっておもてへと担ぎ出され、この車に押し込められたのだろう。

美世子が意識を取り戻したのはつい先ほどだった。耳の遠くで飛び交う中国語の声で徐々に覚醒したのだ。

だいぶ身体の感覚も戻ってきており、まだ完全ではないものの、五指をそれなりに動かせる程度には回復していた。

ゆえに自分の真横に誰かが横たわっているのが感触でわかる。貴福だろう。

彼はまだ意識が回復していないのか、いっさいその口を開くことはなかった。

美世子は美世子で、一言でもしゃべると、それだけで彼らの怒りを買うのではないかと恐れ、声を上げられずにいる。意識をこちらに向けられるのが怖いのだ。

会話から察するに自分たちの周りには男が二人、女が一人ついていた。彼らは今も絶え間なくしゃべりつづけている。喧嘩しているように聞こえるのは中国語だからだ。

そしてこの三人が誰なのか、美世子は見当がついていた。その声から、男二人は我が家に侵入し、自分たちを襲ってきた奴らで、女は貴福の姉——として以前に紹介を受けた——蘭麗だった。この独特のしゃがれ声はまちがいないだろう。

いずれにせよ、自分が意識を取り戻したことを彼らに知られるのが恐ろしく、美世子は口をつぐんだままでいる。

その代わり、必死で思考をめぐらせていた。

おそらくこの車は軽もしくは中型のトラックで、その荷室に自分は転がされているのだろう。

そしてトラックは現在、高速道路を走っているものと思われる。振動と風切り音から相当のスピードが出ていることがわかるのと、信号にまったく捕まらないからだ。

また、極端にカーブも少なかった。ということは首都高ではないことが推測される。

彼らがどこを目指しているのかは知らないが、そこが遠くの地であることだけはまちがいなさそうだ。都内には至るところに防犯カメラが設置されている。公道にはNシステムも多くある。きっとそれらを避けるため、田舎へ向かっているのだ。

ただ、その目的を考えると、美世子は絶望的な気分になる。

なぜなら裏切り者の貴福に対し、肉体的制裁を加えることだけが目的ならばこんな大掛かりなことはしないだろうからだ。それはつまり、彼を殺害し、どこか人目のつかない場所へ捨て去ることをゴールとしているからにほかならない。

そう、きっと貴福は殺害されるのだろう——自分も一緒に。

ふつうに考えたらそれはあまりに理不尽で、おかしなことだ。美世子は何一つ、彼らを怒らせるようなことをしていないのだから。

だが、この連中はそういう理屈が通用する相手ではない。じゃなきゃあんな強引な手を使って、マンションを強襲するはずがない。

美世子の住むマンションにも当然、防犯カメラがある。エレベーターにも外通路にもだ。

それらをすべて避けることなど不可能なわけで、そこの記録から、彼らが美世子を拉致《らち》したことはのちに必ず発覚することだろう。

彼らはこれを恐れていないのだろうか。顔さえ映っていなければ警察に捕まらない自信があるのだろうか。

いずれにしても、連中が美世子だけは命を奪わず、解放してくれることはまずありえない。

そう思ったら、美世子は改めて恐怖と、悲しみと、そして激しい怒りに駆られた。

もしここで命を落としたら、わたしの人生はなんだったのか。三十七年間、なんのために生きてきたのか。

チャイニーズマフィアだかなんだか知らないが、くだらない連中のくだらない諍《いさか》いに巻き込まれ、ついでに殺害されるなんてたまったもんじゃない。そんな最期を迎えようものなら、絶対に成仏出来ない。地縛霊として永遠に俗世を彷徨《さまよ》いつづけてしまう。

「ねえ、ちょっと」

と、美世子がふいに声を上げると、飛び交っていた中国語がピタッとやんだ。

「もし、わたしのことを殺すつもりなら考え直した方がいいよ。あんたたち絶対に捕まるから。日本の警察を舐めるんじゃないよ」

そう告げると、少し間を置いてから、頭全体を覆っていた布袋が取られた。

美世子は首を振って辺りを見回した。思っていた通り、ここはトラックの荷室のようだ。

中は薄暗いがここまでが完全な闇だったので、いくぶんマシに感じられた。

身体を捻り、背後を振り返る。やはり自分の真後ろには貴福が寝転がされていた。だが意外なことに貴福は布袋を被せられておらず、目を開けていた。ずっと意識があったのだ。

目が合う。その瞳には深い諦念が滲んでいた。

美世子はそんな貴福から視線を移し、中国人の男たちに目をやった。

彼らは壁に背中をもたれ、膝を立てて床に座っていた。その先、少し離れたところに、木箱に足を組んで座る蘭麗――もちろん偽名だろうが――がいる。

彼女は不敵に微笑んでいた。その人工的な顔面がもたらす微笑みは美世子を萎縮させるのに十分だった。

だが、何を今さら恐れることがある。黙っていても殺されるのだから、それなら足掻《あが》くほかない。

「もう一度言うよ。わたしを殺したらあんたたちは絶対に捕まる。知らないだろうけど、日本の警察は世界一なんだからね」

美世子は彼らをしっかり見上げて、毅然として告げた。

すると蘭麗が仲間の男に向かって、「这个女人在说什么？」と眉をひそめた。おそらく美世子がなんと言ったのかと訊いたのだろう。

男が中国語で蘭麗に説明している。すると、蘭麗は小馬鹿にしたように肩を揺すった。

そして、「你不了解我们。我们不像日本黑道那样善良」と美世子を冷たい目で見下ろして言った。

男がこれを、「オマエノホウコソワタシタチヲシラナイ。ワレワレハニホンノヤクザノヨウニヤサシクハナイ」と翻訳した。

再び蘭麗が口を開く。「你会被埋在地下。没人能找到你」

「オマエハヤマニウメル。ダレモオマエヲミツケテハクレナイ」

「ふざけるんじゃないわよ」と美世子は叫んだ。「わたしがあんたたちに何をしたって言うのよ。あんたたち、人の命をなんだって思ってるの。降ろしてよ。今すぐに車から降ろしてよ」

　これを男がまた翻訳し、蘭麗がすぐにまた口を開く。

「我想我死于电晕」

　だがこれは翻訳されなかった。

「ちょっとあんた」美世子は身体を横に回転させ、貴福と向き合った。「あんたもなんとか言ったらどうなの。すべてあんたのせいなんだからね」

　貴福は反応しなかった。呆《ほう》けたような眼差しで美世子を見つめるだけだ。

　それから美世子はまた身を翻し、連中に矛先を向けた。怒りに任せて声を浴びせつづけた。

　だが、これ以降、彼らが口を利くことはなかった。

　男二人は共に腕を組み、目を閉じて、これからの仕事に備えるようにジッとしている。

　蘭麗は闇の中で指を忙《せわ》しなく動かしてスマホを操作していた。その光で顔が青白く浮かび上がっている。

　しだいに美世子も声を嗄らし、疲れ果て、そして泣いた。恐怖と絶望で、いくらでも涙が出てきた。

　美世子が洟をすすっていると、ふいに背中側にいる貴福が、「ミヨコ、ゴメンナサイ」とささやいてきた。

　ごめんなさいじゃない。わたしの日常を返して。

美世子は口には出さなかった。言葉にしたところで、どうしようもないからだ。

代わりに美世子は涙声でこう質問した。

「さっき、あの女、わたしになんて言ったの」

すると貴福は、か細い声でこう答えた。

「コロナデシンダトオモエ」

20　2020年10月2日　二宮礼央

煌々《こうこう》と輝く満月が浮かぶ夜空の下、「せーの」の掛け声で丸まった布団をもち上げ、それを車のラゲッジルームに積み込もうとしたところ、バランスを崩し、まるでホットドッグの中のソーセージがこぼれ落ちるかのように、死体が頭からすぽっと抜け落ち、全員で「うわあ」と情けない声を上げた。

「ちゃんともってろよ」

まるで礼央に非があるかのように、聖也と重毅と亜綺人の三人が一斉にこちらを睨みつけてくる。

おれじゃねえだろうと、礼央は口の中で反論した。言葉にしなかったのは猛烈な吐き気を催していたからだ。口を堅くつぐんでいないと、嘔吐《おうと》してしまいそうだった。

砂利の地面に横たわる全裸の桐谷の死体をそっと見下ろす。目を限界まで見開き、口を大きく開けていた。悍《おぞ》ましい形相だった。せめて穏やかな表情でいてくれればいいのに——。

それから死体をもう一度布団で包み、今度こそラゲッジルームに押し込んだ。

この赤く光沢を放ったメルセデスベンツ・オールテレインは桐谷の車だ。生前、彼はこの車をとても大事に乗っていたらしい。聖也はこの駐車場で二度ほど洗車を手伝わされたことがあるそうだ。

そんな車で主を遠い地へ運び、土に埋めるのだ。そのために聖也宅にあったスコップも積み込んでいる。

なぜこうなったのかというと、きっかけは礼央の失言だった。

桐谷を瀕死《ひんし》の状態に追いやったのは芽衣だが、直接死に至らしめたのは聖也たち四人の手によるものだ。監察医に調べられたら、死因が特定されるのではないか。礼央はそんな迂闊《うかつ》すぎる発言をしてしまったのだ。

これに疑心暗鬼に駆られた聖也たちは、「ならやっぱり隠すしかねえ」となったのである。

礼央は先ほど聖也たちの隙を突いて逃走を図ろうと画策した。断念したのは自分の走力ではすぐに捕まるのがオチだと思ったからだ。

それと単純に聖也たちが怖かった。桐谷を窒息死させてからというもの、彼らの目の色が変わった。獰猛《どうもう》になった。異常な興奮状態にあるのはまちがいなかった。

そんな彼らは当然のごとく、礼央にも協力を求めてきた。共に死体を車に積み込むことも、そして埋葬することも要求してきた。礼央を共犯にし、裏切らせないためだ。

それぞれ車に乗り込んだ。運転席に聖也、助手席に芽衣、後部座席中央に礼央、右に重毅、左に亜綺人の構図だ。

「これがエンジンボタンだよな。これを押しゃあいいんだろ」聖也が誰にともなく言う。

聖也が人差し指でエンジンスタートのスイッチを押した。だが、電気は通ったものの、エンジンは掛からなかった。

「なんでだよ。なんで掛からねえんだよ」聖也が焦っている。

誰も答えなかった。聖也を含め誰一人として車の運転をしたことがないのだ。

だがここで、「ブレーキ踏んで」と助手席の芽衣が聖也に向けてあごをしゃくった。

「え？　あ、ああ」と聖也。「ブレーキはこの左のやつだろ」

そして彼女はエンジンスタートのボタンを人差し指で押した。

すると、エンジンが掛かった。「おお」と聖也たちが声を上げる。

「っていうか、うちが運転しようか」

みんなで芽衣を見た。

「出来んのかよ」

「たぶん。家の車しか運転したことないけど」

「マジ？」

芽衣が頷く。

そういえば芽衣が街で車を運転しているという話を柚美がしていた。あれは噂ではなく、本当だったのか。いったい、この少女の家庭環境はどうなっているのか。

芽衣は聖也と席を入れ替わり、ハンドルを握った。

「ほんとに大丈夫なのかよ」と礼央が前方に首を伸ばして言った。

芽衣はこれを無視して、ギアを《R》に入れた。バックじゃないとこの駐車場を出ていけないのだ。

彼女は後方を見ながら片手でハンドルを回している。慣れた手つきだった。

つづいて、芽衣はギアを《D》に入れた。今度は車が前方へ進んでゆく。

そのまま住宅街を抜け、やがて狭い農道に入った。

芽衣は泰然としていた。とくに慌てる様子もなく、ふつうにハンドルを操っていた。それが礼央は恐ろしかった。

「すげえじゃん芽衣」と重毅が目を輝かせ、「なんだよ。運転出来るなら早く言えよ」と亜綺人も白い歯を見せた。

だが、聖也は何を思ったのか、「近くのコンビニに寄ってくれ。そこでおれと運転代わろうぜ」と言い出した。

「やめろよ。危ないだろう」礼央が言った。

「大丈夫だって。ちょっと乗ったら慣れるって」

そうしてほどなくしてコンビニに寄り、そこで再び聖也が運転席に座った。

聖也は前のめりの姿勢でハンドルをきつく握りしめ、恐るおそる車を発進させた。コンビニの敷地を出て、公道に入る。

当然だが、聖也の運転は危なっかしかった。スピードは出さないものの、カーブでハンドルを切りすぎたり、急ブレーキを踏んだりするのだ。

そのたびに重毅や亜綺人に「芽衣と代われよ」とからかわれ、聖也は「うるせえ。黙って乗ってろ」と声を荒らげた。

聖也が運転手を担って、十五分ほど経った。このころになると、聖也もだいぶ余裕が出てきたのか、「慣れちまえば楽勝だな」などと嘯いて、片手でハンドルを操り始めた。

幾度となくワイパーとまちがえていたウインカーもきちんと出せるようになり、追い越し車線に入ったりもした。

「なあ、この車って煙草吸ってもいいのか」亞綺人が訊いた。

「ああ、いいよ。桐谷の野郎は匂いがつくからって禁煙にしてたみたいだけど、もうおれらの車だから関係ねえだろ」

そうして礼央以外に四人が一斉に煙草に火を点けた。灰皿がないので、それぞれに窓を開けて、そこから灰を落としている。

ほどなくしてルームライトが灯《とも》り、後部座席のルーフが開かれた。頭上を見上げると雲のない美しい夜空が一望出来た。

その後、ＢＧＭが掛かった。ズンズンといった重低音が胸を叩くように響いてくる。

「やべえ。なんかテンションが上がってきた」

聖也がスピードを上げ、前方の車を縫うようにしてすり抜けていく。重毅や亞綺人がそのたびに「ひゅー」と声を上げる。

こいつらはみな狂っていると思った。振り返ればすぐそこに死体があるというのに、どうして浮かれていられるのか。

いや、死体があるからこそなのかもしれない。みな、目の前の現実から目を背けているのだ。

調子づいた聖也はぐんぐんとスピードを上げていった。

礼央は注意しなかった。速度違反で捕まってくれるならその方が好都合だからだ。

とはいえ万が一事故が起きたときのことを想定して、そっとシートベルトを装着した。後部座席の真ん中でシートベルトをはめるのは初めての経験だった。

時刻が深夜一時に差し掛かると、周りを走る車の数もだいぶ減ってきた。

そうして前橋ＩＣの看板が先に見えてきた。

今し方、高速道路を使うと聖也が発言したとき、気はたしかかと思った。どうして初めての運転で、しかも免許すらないくせにそんなことを思えるのか。無謀にも程がある。

「なあ。本当に高速に乗るつもりなのか」

礼央が叫ぶようにして訊いた。そうでもしないと音楽がうるさくて声が届かないのだ。

「だからそうだって。何度訊くんだよ」聖也がバックミラーを見て叫び返す。

「やめた方がいいって」

「しつけえな。下道なんて使ってたら夜が明けちまうじゃねえか」

この車は青木ヶ原の樹海――別名、富士《ふじ》の樹海を目指していた。重毅が「死体を隠すならそこだろ。絶対に見つからないらしいぜ」と根拠のないことを言ったからだ。おそらく、自殺の名所だからとかそんな理由なのだろう。

短絡的に過ぎるし、それに逆だと思った。死体が多くあるなら発見されやすいに決まっている。

「とりあえずスマホを返してくれよ。親に朝帰りするって送らなきゃいけないから」

助手席の芽衣に向かって言った。だが、彼女はその声が聞こえなかったように無視をした。

ダメか。礼央は信用されていないのだ。

もちろんスマホが使えたなら、すぐに一一〇番するつもりなのだが。

まあいい。今でなくとも、のちに必ず警察に通報してやる。

たとえ死体遺棄を手伝ったとしても自分が罪に問われることはないだろう。これまでの状況を丁寧に説明し、自分は協力せざるをえなかったと訴えれば警察もわかってくれるはずだ。聖也たちがどう主張しようが、警察は必ず礼央の方を信じてくれる。そうに決まっている。

車は螺旋《らせん》の道路を斜めに駆け上がっていき、ＥＴＣのゲートへ導かれてゆく。エンジンをかけたとき、ＥＴＣカードが挿入されていると音声案内があったのだ。もちろん桐谷のカードで、これを使用すれば確実に履歴が残る。

だが、聖也はまったく気にしていなかった。彼はチンピラが一人消えたところで、誰も探さないと考えているのだ。捜索依頼が出されなければ警察も探す理由がない。

ＥＴＣゲートを無事に通過出来たことで安堵したのか、聖也がふーっと息を吐いた。

そして、「このまま旅にでも出てぇな」と言った。

赤い車は死体を乗せて、深夜の高速道路を東京方面へ突き進んでゆく。

21　２０２０年10月2日　戸村茂一

自らの呼吸音すら聞こえるほどの静寂の中、茂一は万年毛筆をそっと置き、壁掛けの時計を見た。時刻は零時を過ぎていた。

視線を手元に戻し、今したためたばかりの手紙を読み返す。

子どものころ、習字教室に通っていてよかった。当時は嫌で嫌で仕方なかったが、社会に出てみると人から達筆だと褒められることが少なからずあり、そんなときは親に深く感謝したものだ。

手紙にはそんな親への感謝の言葉も綴《つづ》った。妻にも、三人の息子たちにもだ。

あなたたちがいてくれたから、自分はここまで生きてこられたのだと。

そして、勝手な死を選ぶ自分を許してほしい、と。

これが最低な責任の取り方であることはわかっていた。家族への当てつけのように思われたら、それこそ最悪だ。

もちろん当てつけなんて思いは露ほどもない。

ただただ、自分自身が死にたい。この胸にあるのは純粋なその思いだけだ。

この先、生きていく自信も、その活力もない。

現実から目を背けたい。逃げたい。

茂一は思う。自分という人間は最後まで卑怯で、弱い男だった、と。

きっとあの世で父に叱り飛ばされることだろう。もしかしたら殴られるかもしれない。父は滅多に怒る人ではなかったので、そのぶんキレたときはおっかなかった。

そんな父よりも現実が、未来が怖い。明日が来てほしくない。

茂一が死を決断したのは、ほんのつい先ほどだった。日が暮れたあと、縁側に腰掛け、夜空に浮かぶ満月をぼうっと見上げていたら、そんな思いがぽんと頭をもたげたのである。

衝動的といえばそうなのだろうが、否定したい気持ちもある。熟考の結果、死を選んだのだと思いたい。

今、茂一の心は穏やかだった。死への恐怖もなかった。

臆病者のくせに死を恐れずにいられるのが不思議だった。いや、臆病者だからこそ死を選んだのか。そんな禅問答が胸に去来する。

茂一は遺書に封をしたあと、モモのもとへ足を向けた。彼女は鳥籠から出してもらえると思ったのか、出入り口の門の前でぴょんぴょんと跳ねて待ち構えている。

茂一はそんなモモの赤い瞳を見つめ、「ごめんよ」とささやいた。

「おまえの世話はたけやんに頼んでおいたから。許しておくれ」

籠の中のモモは首を斜めに傾げて、不可思議そうにご主人様を見つめていた。

黒のホンダ・ヴェゼルは夜の闇に溶け込み、国道一三九号を直走《ひたはし》った。

茂一は風のない湖面のような心持ちでハンドルを握っていた。スマホも、財布ももっていないのに不安がまるでない。

この胸には怒りも、憎しみも、悲しみも、なんの感情もなかった。

茂一は今、無の境地にあった。

行く先は富士山の麓《ふもと》。この地に生まれ育ったのだから最期はそこしかないと思った。それに、自殺にこれほどおあつらえ向きな場所もないだろう。

気がついたら周囲には一台も車が走っていなかった。時間帯を考えればそれもそうかと思った。見渡す限り完全な無人だ。

だからか、茂一は黄泉《よみ》の国へ導かれているような気分になった。

22　2020年10月2日　今井美世子

ふいに横から掛かった重力に引っ張られ、美世子は寝返りを打つようにごろんと転がった。トラックが大きく旋回しているのだ。高速道路を降りたのだとわかった。

いったいどこのインターだろうか。窓がないため、いっさいおもての情報が入ってこない。もっとも、それを知ったところで無意味だろうが。手足は不自由で、助けを呼ぶ手段もない。どの道、自分の死は確定しているのだ。

いいや、あきらめたらダメだ。美世子は自らを奮い立たせるように言い聞かせた。

最後の最後まで抵抗しよう。悪足掻きでもいい。一パーセントでも助かる可能性を手繰《たぐ》り寄せるのだ。

「ここはどこなの」

久しぶりに美世子が口を開いたからだろう、蘭麗がスマホに落としていた顔を上げ、上目遣いで視線を注いできた。男二人もこちらに横目を向けている。

「場所くらい教えなさいよ」

だが、彼らは答えない。

「じゃあこちらからいいことを教えてあげる。わたしの父親、日本の偉い政治家なの。もしもわたしを殺したら大変な国際問題になるから。日本も中国もあんたらを許さないよ。あんたら、絶対に死刑だよ」

そんなデタラメが口をついて出た。

蘭麗が男たちに向けて合図を送る。男が例のごとく中国語で翻訳した。

それを聞いた蘭麗は小馬鹿にしたように鼻を鳴らし、「你父亲是柠檬衣」と言った。

「オマエノチチオヤハレモンノウカダ」と男が翻訳する。

なぜそれを——ああ、そうか。この女は貴福を通して、美世子のバックグラウンドを詳しく知っているのか。

だが、美世子はなおもつづけた。

「あんたらは必ず地獄に落ちるから。神様はちゃんと見てるんだよ。罪のない人を殺してバチが当たらないはずがないもの。あんたらはきっと生まれ変わったら虫ケラだ。そのときは笑って踏み潰してやるから」

こんな子どもじみた罵倒を翻訳する必要はないと判断したのか、男は肩をすくめ、そして足元にあった布袋を手に取って立ち上がった。

「またそれを被せる気？　ああ、そう。好きにすれば」

美世子は強がってみせた。これ以上、この連中に泣き落としをしたり、すがったりしないと決めたのだ。

たとえ殺されるのだとしても、最後の最後までこいつらを睨みつけて死んでやる。

男が布袋を広げ、美世子の頭頂部から被せてきた。

直後、男の叫喚が荷室に響き渡った。

美世子が反射的に男の指に噛みついたからだ。まるでワニのような早技だった。

男の空いている方の手で頭を殴られた。それでも美世子はあごの力を緩めなかった。このまま指を噛み千切《ちぎ》ってやる。

片割れの男と蘭麗が慌てて立ち上がる。

誰かから腹を殴られた。そこで美世子の口は開いてしまった。

男は顔に苦悶《くもん》を浮かべながら指を押さえている。

美世子は呼吸困難に陥りながら頭上を見上げた。

男二人と蘭麗が美世子を見下ろしながら中国語で何か言い合っている。

この女はうるさいからここで殺してしまおう。そんなことを言っているような気がした。

わたしはこんなトラックの中で死ぬのか――。

でも後悔はなかった。出来るだけの抵抗をしたのだ。かすり傷だとしても、こいつらに怪我を負わせたのだ。

戦った自分を褒めてやりたかった。

ここで前触れもなく、バンッという落雷のような轟音が荷室に鳴り響いた。

同時にとてつもない衝撃がトラックを襲った。

23　２０２０年10月２日　二宮礼央

ふいに左車線を走っている車が止まっているかのような錯覚を抱いた。右車線を走るこちらが速すぎるからだ。

今何キロ出ているのだろうと、礼央は首を伸ばして運転席を覗き込んだ。するとメーターは百四十キロを超えていた。いくら高速道路とはいえ、飛ばしすぎだ。

重毅も亜綺人も芽衣もなぜ平然としていられるのかわからない。ハンドルを握っている奴はこれが初めての運転だというのに。

礼央は進行方向を直視していられず、ルーフの開いた頭上に目をやった。こっちの気も知らず、卵の黄身のような月が夜空にぽっかりと浮かんでいる。

このまま、あの月まで飛んでいってしまいたい。ふとそんなことを思う。そこでこいつらを降ろし、自分だけが地球に帰ってくるのだ。

礼央がそんな現実逃避に浸っていると、「なあ、おい」と運転席にいる聖也がやや後方を見て叫んだ。相変わらずＢＧＭと風切り音がやかましく、大声を発さないと聞こえないのだ。

「富士の樹海ってところだけどよォ、熊、出ねえよな」

「出ても死んだフリすりゃいいだろ」と亜綺人が叫び返す。

「フリじゃなくて、こっちには本物の死体だってあるぜ」

重毅が笑えないことを言い、だが笑い声が上がった。

「おれは熊よりも霊が怖えよ。いっぱい死体が転がってんだとしたら、オバケだってウヨウヨいるだろ。祟られるのだけはマジで勘弁だ」

「それより道に迷うって話だぜ。帰ってこれなくなったらヤバいな」

「ああ、たしかにそうだ。ちゃんと目印をつけておこうぜ」

そんなくだらない会話が飛び交い、やがて河口湖ＩＣが近づいてきた。ここで高速道路を降りるのだ。

時刻はすでに午前二時を過ぎている。ここまでノンストップでやってきた。人生で最悪なドライブだった。

聖也が左にウインカーを出し、車は本線から出口へと外れてゆく。

「おい。あれ、富士山じゃねえか」亜綺人が左手を指さして叫んだ。

「本当だ。すげえ」

たしかに闇の中に威風堂々とした大山があった。その圧倒的な威容は少年たちに畏怖と嘆息をもたらした。

あの黒い大山の麓に樹海が広がっているのか。そして我々は今からその中に迷い込もうとしている。

死体を引き連れて——。

「なあ。今度みんなでさ、この車で富士急《ふじきゅう》に遊びに来ようぜ」聖也が言った。

「いいな、それ」

「でも、この車捨てるんじゃなかったのか」

桐谷の死体を遺棄したあと、群馬に戻り、重毅の知人が勤めているというスクラップ工場に車をもち込み、そこで廃車にしてもらうという算段だったのだ。

「やっぱりやめる。この車、手放したくねえもん」

一般道路に入った。ナビを頼りに車は目的地へ向かっていく。

周囲には黒々とした不気味な森が広がっていた。ここも樹海の一部だろうか。いったいどこからどこまでが樹海なのか、礼央たちにはわからない。

それにしてもひどく視界の悪い道だった。辺りには車が走っていないので、頼りになる灯りは自らが放つヘッドライトだけだ。

さすがに聖也もここではスピードを抑えて走った——と思っていたのだが、礼央はメーターを見て驚いた。八十キロも出ていたのだ。

長らく高速道路の上にいたからか、礼央もまたスピードの感覚が狂っているのだ。

なんにせよ、とうとうここまで来てしまった。礼央は暗澹《あんたん》たる気分になり、スッと目を閉じた。

おれは関係ない。おれは関係ない。おれは関係ない。

頭の中でお経のように念じる。

それからほどなくして、車が突如減速した。礼央はやや前のめりの姿勢となり、目を開けた。

「うぜえな」聖也が舌打ち混じりに言った。「どけよ」

いつのまにか、前方、フロントガラスの先に一台の黒い車があった。たしかに亀のような速度で走っているように感じられた。

聖也はその車を煽るように、車間距離をぎりぎりまで詰めた。

「邪魔くせえから追い抜いちまえよ」と重毅。

すると聖也は反対車線に飛び出し、スピードをぐんと上げ、黒い車を一気に追い抜いた。

そしてそのまま速度を落とすことなく、高速さながら夜道を突っ走っていく。

さすがに身の危険を感じ、礼央は聖也に注意しようとした。

だが、礼央は言葉を発する前に後方を振り返った。突然、背後から強い光を浴びたのだ。

あまりの眩《まぶ》しさに目を細めた。真後ろに車があったのだ。

今さっき追い抜いた黒い車だった。

「なんだよ。なんなんだよこいつ」聖也が泡を食って言う。重毅も亞綺人も、「うわわわ」と言葉にならない声を上げた。

「ぶつかる。ぶつかる」と亞綺人。「引き離せ」重毅が叫んだ。

聖也がさらにスピードを上げた。だが、後ろの車も同じだけ速度を上げ、追従してきた。まるで連結器で繋がれているように、二台の車は縦に並んで猛スピードで夜道を突き進んでいく。

「頭おかしいんじゃねえか。こいつ」

聖也が後方を振り返って言った。

そのときだった。

「聖也、前を見ろっ。赤だっ」

礼央が進行方向を指さして叫んだ。前方、十字道路交差点の信号機の色は赤だった。

ダメだ。止まれない。

そう思った直後、礼央は横目で左を見た。

十字道路交差点に進入したところで、今度は横からの光線に晒されたのだ。それはわずか数メートルの距離から放たれていた。

トラックのヘッドライトだった。

24

２０２０年10月2日　戸村茂一

無心でハンドルを握っていた茂一の心境に変化が訪れたのは、沼津の自宅を出発してからおよそ一時間後、目的のエリアに入ったときだった。

人生の最期を遂げるにふさわしい最適な場所を探し求め、車を走らせていると、いつのまにか県を跨ぎ、山梨に入っていた。

一瞬、失態を犯したと思ったが、住所など大きな問題ではないと判断した。大切なのは富士山の麓であるということだ。

そうして最良な場所に車を停めるべく、深い森に覆われた道をゆったりとしたペースで進んでいると、後方からとある車が猛スピードで迫ってきた。

赤のメルセデスベンツだった。その車からは大音量の音楽が漏れ聞こえていた。窓を閉めて走行しているのに聞こえるほど、近い距離にいるのだ。

つまり、茂一は煽られているのである。いつかのように。

いったい、どんな奴が運転しているのかと思ったら、バックミラーに映し出されていたのは二十歳にも満たなそうな青年だった。助手席には十代半ばと思しき少女が煙草を吹かして乗っている。後部座席にも運転手と同世代の青年たちが同乗していた。

そこまで視認出来るのは、あちらのルームライトが点いているからだ。

おそらく免許を取り立てで、親の車を借りて、友人たちと肝試しにでもやってきたのにちがいない。

茂一はハザードを焚き、先に行かせようと思った——が、やめた。

こちらは制限速度を守っている。あちらは大幅に超過している。なぜルールを守っている自分が、破っている者に道を譲らねばならないのかと考え直したのだ。

すると、赤いベンツは障害物を避けるように反対車線に飛び出し、茂一の車を一気に追い抜いていった。闇に吸い込まれるように、あっという間に見えなくなる。

ここで茂一の心に異変が起きた。

これまでずっと穏やかだった湖面に風が吹き、さざ波が立った。それは瞬く間に大波へと変貌し、茂一の心を一気に飲み込んだ。

直後、火山が噴火したような、かつてないほどの激情に駆られた。自分でも制御しえない憤怒《ふんぬ》に支配された。

気がついたらアクセルをベタ踏みしていた。車がウオンと吠え、鞭打《むちう》たれたように急加速する。

茂一は前のめりでハンドルを握りしめ、赤いベンツを猛追した。途中、ハイビームに切り替えた。

――いた。

先の闇の中から車が放つ光が見えたのだ。

そのままぐんぐんと距離を縮め、ピタッと真後ろに付けた。

「どうだ怖いだろう。ムカつくだろう」茂一は目を剝いて叫んだ。「てめえらがしたのと同じことをしてやるぞ」

車内の動揺が見て取れた。後部座席にいる青年たちが後方を振り返っているのだ。その表情は一様に泡を食っている。

「正直もダメ。ズルもダメ。じゃあどうやって生きたらいい。どうやって家族を守ったらいい」

茂一の心の叫びは言の葉となって吐き出されてゆく。

「国にとっちゃおれなんて取るに足らない人間なんだろう。生きようが死のうが知ったこっちゃねえんだろう。何がアベノミクスだ。何が三本の矢だ。クソ喰《く》らえだこの野郎」

赤い車が突き放すようにスピードを上げた。

逃してたまるか。茂一は再びアクセルを踏み込み、あとを追った。

そのまま二台の車は連なるようにして夜道を突っ走る。

あっ——気がついたときには手遅れだった。

先の信号機の色は赤だった。あまりに前の車が至近距離にあるため、前方が見えなかったのだ。

茂一は咄嗟にブレーキを踏んだ。キーッと甲高《かんだか》いタイヤのスリップ音が鳴り響く。

ここから茂一の視界がスローモーションになった。

少しずつ赤いベンツと距離が離れてゆく。

やがてベンツは信号機の下、十字道路交差点に進入した。

ここで茂一は目をカッと見開き、口を大きく開いた。

ベンツの横から、中型の白いトラックが突如として出現したのだ。

ぶつかる——。

トラックのフロントバンパーがベンツのリアバンパーを掠めた。

その衝撃でトラックは大きく道路を逸れていった。一方、ベンツはカーリングのストーンのようにスピンしながら道路を滑ってゆく。

25　今井美世子

いったい、何が起きたのか。自分は死んだのだろうか。ここはあの世だろうか。

真剣にそう思うほど、美世子は混乱の渦中《かちゅう》にいた。

だが、この全身の痛みが自分がまだ生きていることを教えてくれていた。

美世子は頭を左右に振り、周囲の状況を確認した。

すぐそこで人が複数人、自分と同様に倒れ込んでいる。男が三人、そして女が一人。貴福と蘭麗と、残りの中国人だ。

まちがいない。先ほどの衝撃、あれは事故によるものだ。このトラックは事故を起こしたのだ。

だが、エンジンはまだ掛かったままだった。おもてがどういう状況かわからないが、再び動き出されたらたまったもんじゃない。

エンジン音がうっすらと響く中、耳を澄ますと、誰のものなのか、微かな呻き声が発せられているのを鼓膜が捉えた。

彼らはみな、美世子よりも重傷を負っているように見えた。きっと事故の瞬間、彼らは立ち上がっていたからだ。

衝撃で身体が吹き飛び、そのまま荷室の硬い内壁に叩きつけられたのだろう。一方、美世子は横たわっていたぶん、身体が床を滑り、衝撃を緩和することが出来たのだ。

何はともあれ、これは神が授けてくれた千載一遇のチャンスだ。

美世子はまだ痛みの治まらない身体に鞭を打ち、芋虫のように身体をくねらせて移動を始めた。荷室の後方、開閉部に向かうのだ。

あの重い扉も今なら開くのではないか。衝撃でロックが壊れてくれているかもしれない。根拠はないが試してみる価値はあった。それ以外にここから脱出する方法はないのだから。

だが、ダメだった。扉に向かって両足でぐっと圧力を掛けてもびくともしなかったのだ。

そこからは蹴った。ガン、ガン、ガン、ガン。何度も何度も扉を蹴った。

「助けてーっ」叫び声も上げた。

ガン、ガン、ガン。

「助けてーっ」

ガン、ガン、ガン。

「助けてーっ」

ガン、ガン、ガン。

お願い、誰か気づいて――。

わたしをここから出して――。

26　二宮礼央

遊園地のコーヒーカップのようにくるくると高速回転した車はアスファルトの道路を外れ、その脇に鬱蒼《うっそう》と生い茂る草むらに突っ込み、いくつかの木にぶつかって止まった。

そこでエンジンは切れ、ＢＧＭがやみ、ルームライトの灯りも消えた。

それを礼央は朦朧とした意識の中で感じ取った。ぐわんぐわんと視界が激しく揺れていて、焦点が一向に定まらない。

ガチャという音が微かに聞こえた。誰かがどこかのドアを開けたのだろうか。

それから一分ほどの時間を経て、礼央は少しずつ回復していった。

ゆっくり首を捻り、右どなりを見る。重毅は窓に頭を預けて目を閉じていた。頭をぶつけたのだろうか、窓が派手にヒビ割れていた。

逆側、左どなりを見る。亜綺人は口を半開きにした状態で天井を仰いでいた。彼の目もまた閉じられている。

運転席の聖也も同様だった。聖也は両腕をだらんと垂らし、ハンドルに突っ伏すように身体を預けていた。

そして芽衣——が、いない。助手席に彼女の姿がない。

助手席のドアは開かれている。先ほどのドアが開けられる音。芽衣はおもてに出たのだろうか。

わからないが、まずはこの三人の容態を調べるのが先決だ。

「おい、みんな」

叫んだつもりだったのに、礼央の口から発せられたのは掠れ声だった。

「おい、みんな」今度はしっかりと叫んだ。

だが、三人とも反応しなかった。

それから礼央はシートベルトを外し、一人ずつ身体を揺すった。やはり三人とも反応はなかった。が、それぞれ脈はあった。三人とも生きているのだ。

ひとまずホッとし、それから礼央は亜綺人の身体を乗り越え、ドアを開けておもてへと出た。

枝葉の間から光が見えた。おそらくは車のヘッドライトで、きっと自分たちの後ろに付けていた黒い車から発せられているものだろう。

その光源を目指して、礼央は歩を進めた。歩き始めてから左膝を痛めていることに気がついた。

皮肉を感じた。一ヵ月前、痛くもないのに左膝を痛めたフリをしていたからだ。

やはり光を発していたのはあの黒い車だった。運転席のドアが開かれている。

そんな車のやや前方の路上に、両手で頭を抱えて、立ち尽くしている中年男の姿があった。

きっとあいつが運転手で、この大事故を引き起こした奴だ。

「あのう」

礼央は数メートル離れたところから声を掛けた。

中年男は微動だにしなかった。聞こえなかったのかと思い、もう一度声を掛ける。

だが、やはり中年男は反応を示さない。

礼央は左足を引き摺らせて、中年男の前に姿を見せ、「あのう」と至近距離から言った。

すると、中年男は礼央の後方に向けた目を細め、「……殺しちまった」と唇を震わせた。

礼央は振り返り、中年男の視線の先を見た。

そこで目を見張った。

十数メートル先の路上、車が放つヘッドライトの光の中に、倒れ込んでいる人間がいたのだ。

それは芽衣ではなかった。桐谷だった。

27　戸村茂一

茂一は目の前の光景に絶望していた。

自分はなんてことをしてしまったのか。

車を煽り、事故を起こさせ、人を死なせてしまった。

トラックと衝突した赤いベンツは物凄《ものすご》い勢いでスピンした。そのとき、車のラゲッジルームからとある物体が宙に放り出され、激しく路上に叩きつけられた。

最初はなんらかの荷物だと思った。車を停めたあと、それが布団であることがわかった。そして車を降りてから、その傍《かたわ》らに人間が倒れていることに気がついた。

「あのう」と声がした。

視界の端に誰かが映り込んでいる。だが、その人間と目を合わせることなく、茂一は車のヘッドライトが照らす前方の路上を見ていた。

「……殺しちまった」と唇だけでつぶやいた。

光の中、路上に大の字になって倒れている人間。絶命しているのは確実だった。目を見開き、口を大きく開け、その血だらけの身体はぴくりとも動かない。

性別は男性で、全裸だった。

全裸——？

茂一はここでようやく疑問を抱いた。なぜあの男は服を着ていないのか。意味がわからない。よく見たら、身体中に刺青《いれずみ》が彫ってあることにも気がついた。それは洒落たタトゥーというよりも、ヤクザが入れるような和彫だった。

「救急車を呼んでください」

肩に手を置かれて言われ、茂一はハッとして声の主を見た。

目の前にいたのはあどけない顔をした青年だった。輝樹よりは年下で、泰斗や奏真よりは若干年上だろうか。

茂一は倒れている男と青年を交互に見た。ヤクザとこの真面目そうな青年が同じ車に乗っていたということか。どうでもいい疑問が脳裏を掠める。

「なあ、きみ、なんであの人は裸なんだ」茂一は訊いた。

「ええと、それは……」青年が口ごもる。「そんなことより、早く救急車を」

「あ、ああ。そうか。そうだな。まずは救急車だな」

そこで茂一は額に手を当てて天を仰いだ。スマートフォンは家に置いてきているのだ。

「すまない。わたしはケータイをもってないんだ。きみが電話をしてくれ」

「……すみません。ぼくももってないんです」

こんな若い子が携帯電話をもっていない？　だが、あちらもあちらでなぜこのおっさんは携帯電話をもっていないのかと顔に疑問を張りつかせている。

「ところで、ほかの人は無事なのか」

「え」

「きみたちの車には大勢乗っていただろう」

「ああ、はい。みんななんとか――いや、一人、女の子が行方不明なんです」

「行方不明って、どういうこと」

そういえば煽られているとき、助手席で煙草を吹かしている少女がバックミラーに映っていた。きっとあの子だろう。

そのとき、遠くの方でガン、ガン、ガンという音が上がった。

青年と同時に音のした方角を向く。

今立っている道路と交差する道路、そこから少し逸れた先の木々の中に、トラックの尻の部分が見えていた。この場からは五十メートルほど離れたところだ。

そうだった。事故が起きた車は一台じゃないのだ。

ガン、ガン、ガン。音は鳴りつづけている。

きっと車内に閉じ込められている人が救出を求めているのだろう。

「すまない。わたしは一旦この場を離れる」

茂一はそう告げてトラックに向かって駆け出した。

28　今井美世子

ガン、ガン、ガン。

「助けてーっ」

ガン、ガン、ガン。

「助けてーっ」

美世子は荷室の扉を蹴り、叫びつづけていた。

そのとき、ドンドンドン。荷室の扉が外から叩かれた。「大丈夫ですか」声も聞こえた。大人の男性の声だ。

その瞬間、美世子の全身が脱力した。そして泣いた。もうとっくに枯れ果てたと思っていたのに、人の声を聞いたら、ダムが決壊したように涙が溢れ出てきた。

助かったのだ。わたしは助かったのだ。

だが、

「あれ、開かない」男性が扉の向こうで言った。「鍵が掛かっているみたいだ——ちょっと待っててください」

駆け出す足音が聞こえ、その十数秒後、「困りました」と男性が力なく言う。

「今運転席に回ったんですけど、ドアの鍵が閉まってるんです」

「運転手は？」と美世子。

だが、男性は答えない。

「聞こえてますか？　運転手は？」

「……おそらく、死んでます」

男性はそう言い、突然泣き出した。扉の向こうで嗚咽を漏らし、「おれは二人も殺しちまった」と嘆いている。

何はともあれ、運転手が死んでいるのは幸か、不幸か。誰か知らないが運転手だって連中の仲間なのだ。

この男性が事故を起こしたのか。それにしても二人とはどういうことなのか。

「じゃあ警察、今すぐに警察に連絡してください」美世子は切迫して言った。

「……すみません。ケータイをもってないんです」

携帯電話をもっていない？　いったいどういう人物なのか。

「逆にあなたはもってないんですか」

「もってないわよっ。だってわたし、監禁されてるんだもの」

つい叫んでしまった。

「……カンキン？」

「悪い奴らに捕まってるの。今すぐにここから出して」

「ええと、それはどういう……」

「説明はあとで。近くに石か何か落ちてない？　運転席の窓ガラスをぶち割れるような」

「あ、ああ、なるほど」と男性。「ところであなたは怪我は？」

「いいから早くここを開けてっ」美世子は再び叫んだ。

ほどなくして男性は都合のいい道具を見つけられたのだろう、トラックの前方から窓ガラスを叩くような音が立った。

その間も美世子は気が気じゃなかった。なぜなら数メートル先の薄闇の中、蘭麗が蠢いているのが見えたからだ。意識を取り戻してしまったのだ。

「ねえっ、まだっ」美世子は叫んだ。

未だ作業の音はつづいている。

「────」

蘭麗が何か言葉を発した。そして彼女は床を這うようにして美世子のもとへにじり寄ってきた。

「お願い。早くしてっ」

互いの距離が狭まってわかった。蘭麗の顔面は血だらけだった。もう手の届くところまで彼女は迫っている。

だが、ここで突然、蘭麗の身体に黒い影が覆い被さった。

貴福だった。彼は蘭麗の頭の上から自身の腕の輪を通した。彼の手首もまた美世子同様、拘束されているのだ。

貴福は歯を食いしばっていた。力の限り、蘭麗の首を絞めているのだ。

やがて、蘭麗がぐったりと力尽きたのがわかった。同時に貴福も床にへばった。

目が合う。薄闇の中、彼は物悲しそうな瞳で美世子を見つめていた。

「ありました。鍵を手に入れました」と男性の声。

それからほどなくして鍵が差し込まれる音がして、つづいてガチャとハンドルキャッチが外れる音が聞こえた。

そして、観音開きの扉の片側が開いた。

おもては夜、だが美世子には眩しいくらいに映った。地獄から生還したのだ。

「ありがとう。ありがとう」美世子は男性に涙声で言った。

男性は美世子の姿に、そして荷室の中の状況に目を丸くしている。

「お願い。わたしを抱きかかえて、遠くに避難――」

言葉が途切れた。

男性の後方、数十メートル先に若い男の姿があるのに気づいたからだ。

青年は片足を引き摺りながら、必死の形相でこちらに向かってきている。

29　二宮礼央

中年男が駆け出し、礼央は「あっ、ちょっと」と手を伸ばした。だが彼はそのままトラックに向かっていってしまった。

宙に投げ出した手が行き場を失っている。

礼央はその状態のまま、今自分が取るべき行動を冷静に考えた。

まずは芽衣を探し出す。それから彼女に奪われているスマホを返してもらい、この場に救急車を呼ぶ。それがなにより先決だ。

そこまで考えて、礼央は自分たちが乗ってきた車に一旦戻ることにした。考えてみれば自分のスマホを使わなくても、車の中には三台のスマホがあるのだ。聖也と重毅と亞綺人のものだ。暗証番号はわからずとも緊急電話は可能なはずだ。

左足を引き摺り、再び草むらに分け入った。

運転席側に回り、ドアを開けた。聖也は変わらぬ体勢で目を閉じていた。後ろの二人も同様だ。

「聖也、重毅、亞綺人、聞こえるか。聞こえるなら返事をしてくれ」

やはり三人とも反応はない。

礼央はスマホを探すべく、聖也のズボンのポケットを弄《いじ》った。

そのとき、ふいに「礼央」と背後から声が上がった。

振り返って驚いた。

芽衣が立っていたのだ。

「め、芽衣、どこ行ってたんだよ」

見たところ彼女は無傷そうだった。

「みんな死んじゃったと思ったから、あっちの方で隠れてた」芽衣が後方を指さす。「そうしたら礼央が車から出てきたのが見えて、生きてたんだって思って。でも知らないおっさんと話してたから声を掛けられなかった」

どういうことだ。意味がわからない。

何にしても彼女は事故後、礼央が意識を失っているときに、一人車外に出たということだろう。

「芽衣、おれのスマホを返してくれ」

礼央は手を差し出して言った。

だが、芽衣はこの期に及んでこれを拒否した。

そして、

「礼央。うちと一緒に逃げようよ」

と言った。

礼央は眉をひそめた。一瞬、何を言われているのか理解出来なかった。

「このままどっかに隠れて、朝になったらヒッチハイクしようよ。そうすれば遠くまでいけるし」

「……何、言ってんだよ」

「誰も知らないとこで、うちら二人だけで暮らそう」

「だから何言ってんだよっ」礼央は叫んだ。「おまえバカじゃねえのか。どうしておれがおまえと逃げなきゃいけねえんだよ。っていうか、この状況を考えてみろよ」

「……うち、礼央が好きだもん」

礼央は頭を掻きむしった。「ふざけんなって。いいから早くスマホ返せよ」

だが、それでも芽衣はかぶりを振った。

礼央は「ああっ」と嘆いて、再び聖也のズボンのポケットを弄った。そしてそれは彼の尻ポケットに収まっていた。

抜き取り、液晶を光らせた。緊急連絡をすべく、必要なボタンを長押しする。

そこで礼央はある物が視界に入り、身動きを止めた。

鋭利な刃物の切っ先が自分に向いていたのだ。それは包丁で、芽衣の手の中にあった。

「……なんのつもりだよ」声が震えた。

この包丁は桐谷の胸に刺さっていたものだ。死体と共に廃棄するため、車内にもち込んでいたのだ。

「だって、うちのこと、見捨てるんでしょ」

芽衣は無表情で言った。だがその目には涙が溜まっていた。

「見捨てるとか、そういうことじゃないだろ」礼央は一歩後ずさって言った。

「うちのこと、裏切るんでしょ」芽衣が距離を保つように一歩前へ踏み出した。

「だからそういうことじゃないって」再び、後ずさる。

「礼央はうちのこと、嫌いなの」芽衣もまた、距離を縮める。

「嫌いじゃないって」

「じゃあ、好き?」

一瞬、言葉に詰まった。

「……好きだよ。だからおれ、芽衣のことを救いに行ったじゃないか」

そう告げると、芽衣がはにかんで頷いた。

「だからうちも礼央が好きなの。礼央だけだもん。うちのこと大切にしてくれるの。聖也はうちのことを売ったから嫌い。重毅も亜綺人もそれを知ってて知らんぷりするから嫌い」

礼央は小刻みに相槌を打った。

「けど芽衣、よく考えてみろよ。この状況で逃げ切れるはずがないだろ。もう無理なんだよ」

だが芽衣はゆっくり首を左右に振り、「礼央はうちと一緒に、遠くに逃げるの」と言って、さらに一歩前に出た。

月明かりを受け、一瞬刃が鈍く光った。刃には桐谷の血が赤黒くこびりついている。

礼央は心から恐怖を覚え、「うわあ」と叫び、咄嗟に手にしていたスマホを芽衣に投げつけた。スマホは芽衣の顔面を捉え、彼女はうずくまった。

礼央は脱兎《だっと》の如く駆け出した。膝の痛みを堪え、足を引き摺り、無我夢中で走った。

向かう先はあの中年男だ。あのおっさんに助けを求めるしかない。

道路に出た。彼の黒い車が見えた。だが、そこに人はいなかった。

礼央は車を通り過ぎて、トラックに向かった。中年男はあそこで人の救出作業を行っているのだ。

一瞬、後方を振り返った。芽衣は走って追ってきていた。

彼女は声を上げて泣いていた。その姿はまるで、離れゆく親を必死で追う幼児のようだった。決定的にちがうのは彼女の手に凶器があるということだ。

やがてトラックが見えた。中年男の姿もそこにあり、彼は荷室の観音開きの扉に手を掛けていた。

30　戸村茂一

茂一は野球ボールほどの大きさの石を拾い上げ、それを握りしめて、まだエンジンが掛かっているトラックの運転席に回った。

黒いキャップを目深に被り、マスクをしている男のドライバーは、仮眠でも取っているかのようにヘッドレストに頭をもたれさせている。

が、おそらくは息絶えているのだろう。まったく動かないのだ。

「すまない」と一言詫びてから、サイドウインドウに石を叩きつけた。力を抜きすぎたのか、ヒビすら入らなかった。

なぜこんなことになってしまったのか。自分が死ぬつもりが、他人を死なせてしまうとは。それも二人もだ。

おれは殺人鬼という、正真正銘の犯罪者になってしまった。

「ねえっ。まだっ」女性のくぐもった声が上がった。

どういうわけか荷室の中の女性は切迫していた。彼女は先ほど、自分は悪い奴らに監禁されていると話していた。おそらく事故のショックで脳が混乱をきたしているのだろう。そんなバカな話、あるわけがない。

だが、そもそもトラックの荷室に乗っているというのはどういうことなのか。

「お願い。早くしてっ」再び女性の声。

茂一は最大限の力を込めて石を叩きつけた。するとサイドウインドウが粉々に割れた。

手を突っ込み、ロックを解除し、ドアを開けた。つづいてエンジンキーに向かって腕を伸ばす。

だが、抜けなかった。どうして——？

一瞬パニックになったが、すぐに原因がわかった。ギアがパーキングに入っていないからだ。

茂一は改めて運転手を見た。

合掌し、改めて「すまない」と詫びてから、シートベルトを外し、男の脇の下に腕を差し込んだ。まずは彼を運転席から下ろすのだ。

男を抱きかかえ、車外に出した。すると、男が何か言葉を発した。

驚いた。生きている。生きていたのだ。

茂一は「聞こえますかっ。大丈夫ですかっ」と腕の中の男に問いかけた。

「……这是哪里？」

日本語じゃない？　この男、外国人なのか。とりあえず男を草の生い茂った地面に寝かせた。

「すみません。ちょっと待っててください」

それから茂一は素早く運転席に乗り込み、サイドブレーキを引き、ギアをパーキングに入れてからエンジンを切り、キーを抜き取った。輪っかのキーホルダーにはほかにもいくつかの鍵が収まっている。きっとこの中に荷室の鍵もあるはずだ。

車を降り、「ありました。鍵を手に入れました」と叫ぶ。

そのままトラックの後方、荷室へ向かった。鍵を差し込み、ハンドルキャッチをもち上げた。

そして観音開きの扉の片側を開けた。

そこで茂一は面食らった。

三十代半ばくらいだろうか、泣きじゃくった女性が目の前に現れたのだが、彼女の手首と足首が本当に拘束されていたのだ。

女性の後方を見る。薄暗い闇の中に、何人かの男女が倒れているのがわかった。

これはいったい——。

「ありがとう。ありがとう」と女性。

茂一は反応出来なかった。目の前の光景を脳が処理出来ない。思考がまるでめぐらない。一つ確実なのは自分が礼を告げられる立場にないということだけだ。

茂一が両手で頭を抱えたときだった。後方から人の足音が迫ってきた。

振り返ると先ほどの青年だった。どういうわけか物凄い形相でこちらに向かって駆けている。

「助けてくださいっ」

彼は勢いそのまま、茂一に飛び込んできた。

「な、何よ。次はなんなんだよ」茂一は狼狽した。

「芽衣が、芽衣が――」青年は後ろを振り返る。「――あれ？」

「どうしたのよ」

青年の視線の先には何者もいない。

「いや、今、刃物をもった芽衣に追われてて……」

「刃物ォ？」茂一は声を裏返して言ったあと、青年と女性を交互に見た。「ちょっとおたくら二人とも何者なんだよ。おれにはまったくわけがわかんねえよ」

「とにかく、わたしをここから連れ出して」女性が言った。

「あんた、どうしてそんな状態なんだ」

「ぼ、ぼくのことも助けてください」

「だからきみもわけわかんねえこと言うなって。そもそもこの事故を起こしたのはおれなんだぞ。きみらは被害者で、おれは加害者なんだよ」

「いいえ、あなたはわたしの命の恩人」

「恩人？　おれが？」

「あとでしっかり説明するから、まずは一刻も早くこの場を離れましょ」

「いや、でも運転手はまだ生きてるんだ。放っておくわけには――」

「いいの。そいつだって悪者なんだから」

「悪者って」

「いいから早くしてっ」

茂一は「ああもう」と嘆き、女性を抱きかかえ、荷室から下ろした。

そのまま青年と共に自分の車へと向かう。

「ねえ、あなたはスマホもってるわよね?」女性がハッとして青年に訊ねた。

「いえ」と青年がかぶりを振る。

「なんなのよ、あなたたち」

それはこっちの台詞だ。

もう何がなんだかさっぱりだ。

31　今井美世子

中年男性の車は道路の中央線を跨ぐような形で、道のど真ん中に停まっていた。運転席のドアは開いており、ヘッドライトが点いている。

美世子は助手席に座らされ、その後、車内にあった五徳ナイフで、手首と足首を拘束していた結束バンドを解いてもらった。肉に食い込んでいたようで、手首にも足首にも痛々しい傷ができていたが、どうでもよかった。

美世子は両手で顔を覆って泣いた。苦しいほどに咽び泣いた。

九死に一生を得たなんてもんじゃない。奇跡が起きたのだ。

「なあ、どういうことか説明してくれよ」運転席に座る中年男性が改めて言った。

さえないおじさんだが、このおじさんこそ奇跡の人で、わたしのヒーローだ。この人がいなければわたしは今頃、土の中にいたかもしれない。

「なあ頼むよ。何がどうなってるのかちゃんと教えてくれよ」

説明したい気持ちは山々なのだが、美世子はしばらくしゃべれそうになかった。涙が溢れ出てきて止まらないのだ。いったい、今日だけで何リットルの涙を流しているのだろう。

「じゃあきみから教えてくれ」

男性が後部座席に座る青年に水を向けた。

はたしてこの青年はいったい何者なのか。こればかりは美世子にもまったくわからない。

「ぼくは、その……」

そう言ったきり、青年は黙り込んだ。やがて洟をすすり出した。それから彼もしくしく泣き始めた。

やがて張り詰めていた糸が切れたように、青年は美世子同様に嗚咽を漏らすほどに号泣した。

「なんできみたちが泣くんだよ。泣きたいのはおれの方……じゃねえかもしんないけど、おれにだって泣かせてくれよ」

そう嘆いたときにはすでに男性は泣いていた。大の大人がまるで子どものように大声を上げて泣きじゃくっている。

瞬く間に車内は三人の慟哭《どうこく》で埋め尽くされた。それは涙の狂想曲だった。

誰一人として泣き止む気配はない。むしろ互いの泣き声に感化され、より一層感情が昂ってくる。

それからどれだけの時間を経ただろうか、最初に泣き止んだのは美世子だった。ふと顔を上げたとき、視界の中に異物が映り込んだことで涙がピタッと止まったのだ。

フロントガラスの先、ヘッドライトが作り出す光の中に人間がいる。その者は十数メートル先の道路に倒れ込んでいて、そして全裸だった。

「なんなの、あれ」

美世子は運転席を見て訊いた。

すると中年男性はしゃくりあげながら、「おれにもわからない。後ろの子に訊いてくれ」と言った。

美世子は運転席と助手席の間に顔を出し、後部座席にいる青年を見た。

「ねえ、あなた、あそこで倒れている人はいったい――」

美世子は言葉を飲み込んだ。

青年の後方、リアウインドウを介した遠くの闇の中に、トラックの車体を認めたからだ。

ヘッドライトは点いていない。

だが、一直線にこっちに向かってきていた。

32　二宮礼央

女性の悲鳴が車内にこだました。

それによって礼央と中年男性は泣き止んだ。

「トラック。トラック」

と、女性は物凄い形相で叫び、礼央の後方を指さした。

礼央は振り返り、目を丸くさせた。濡れた視界の中、たしかにトラックが見えた。自分たちとぶつかった、あのトラックだ。

ぐんぐんとこちらに迫ってきている。

「逃げてっ。逃げてっ」

女性が運転席の中年男性の肩を揺する。

「え、え、え」と中年男性は狼狽している。

トラックのフロントバンパーはベッコリ凹《へこ》んでいた。無灯火なのにそれがわかるほど、近くに迫っていた。

この車に突っ込む気なのだ。

やばい。死ぬ——礼央は咄嗟に足元に身を沈めた。

「早く車を出してっ」

「わ、わかったよ」

車がロケットスタートを切った。だがそれは、突っ込んできたトラックによって前方に弾き飛ばされたからだった。

とてつもない衝撃と轟音に襲われた。足元に身を沈めていなければ、礼央の身体はフロントガラスを突き破っていたかもしれない。

「なんなんだ。なんなんだ」男性が泡を食って叫ぶ。「踏んじまったよ。踏んじまったよ」

桐谷の死体のことだろう。

礼央は身体を起こして、後ろを見た。トラックはまだそこに、それも手を伸ばせばフロントバンパーに触れられるほどの距離にあった。この車のリアバンパーがぺちゃんこに潰れていたからだ。ラゲッジルームは圧縮され、きれいさっぱりなくなっている。

礼央は恐怖を覚え、運転席と助手席の間に身を乗り出した。トラックと少しでも距離をとりたいのだ。

「うおおわあああ」

男性は雄叫びを上げて、ハンドルを握りしめている。

その雄叫びに女性の甲高い悲鳴が重なる。

車は一直線に走らなかった。蛇行ではないが、左右に揺れながら直進しているのだ。さらには凸凹道を走っているような上下の振動もある。

「真《ま》っ直《す》ぐ走ってよ」女性が怒鳴った。

「走らねえんだよ。きっとさっきの衝撃で車軸が歪んじまったんだ」

「じゃあどうにかして撒い——きゃあっ」

再び追突された。それによって身を乗り出していた礼央はバックミラーに頭から突っ込んだ。

痛みはなかった。興奮状態で麻痺しているのだ。ただし、バックミラーが折れてしまった。

「つかまってろ」

男性が叫び、左に急カーブした。

女性が礼央に、礼央が中年男性にもたれかかる。

「つかまってろって」

「つかまるところなんてないですよっ」礼央は言い返し、後方を見た。

トラックもその車体を斜めに傾けさせ、あとを追ってきている。だが、さすがに小回りが利かないのか、若干の間隔が開いた。

「どうして荷室に鍵を挿したままにしたのよ」女性が咎めるように言った。

「そんなこと言われたって……」

「だいたいなんで誰もスマホをもってないの」

「だから今そんなことを言ったって仕方ねえだろうっ」中年男性が苛立って叫んだ。「それにあんただってもってねえじゃねえか」

「わたしは捕らわれてたんだから仕方ないでしょう」

「だからなんで捕らわれてんだよっ。あいつらの標的はあんただろっ」

「わたしは関係ないっ」

「じゃあ何者なんだよあいつらっ」

「マフィア！」

「マフィア？　なんじゃそりゃ」男性が嘆く。

「やばいですっ」礼央が口を挟んだ。「トラックがすぐそこまで来てます。もっとスピードを上げて」

「これ以上上がんねえんだって」中年男性が叫び、あごをしゃくった。「そこのグローブボックスに懐中電灯が入ってる。そいつをドライバーの顔面に当てろ」

光で目を眩《くら》ませ、走行を鈍らせるためだろう。

礼央は素早くグローブボックスから懐中電灯を取り出した。そして後方を振り返り、トラックの運転席を目掛けて光を発した。

直後、礼央は目を疑った。

光線の先に浮かび上がったのは芽衣だったのだ。

33　戸村茂一

暴れ馬に乗っているようなものだった。

茂一は全神経を集中して車を操縦していた。少しでも気を緩めると、ハンドルをもっていかれてしまう。おそらくラテラルロッドやトーションビームがイカれてしまっているのだろう、まともに走行が出来ない。

「きみ、トラックとは今どれくらいの距離があるっ」

前を見たまま、青年に叫んで訊ねた。

この青年が先ほどバックミラーを壊してしまったため、後方が確認出来ないのだ。

だが、青年はなぜか返事をしなかった。チラッと横目を向けると、今し方指示をした懐中電灯の光を当てることもせず、ただ車の揺れに身をまかせながら後ろを眺めていた。

「おいっ」茂一は怒鳴った。「ちゃんとしてくれよ」

「どうしてだよ芽衣……何やってんだよ」

ぶつぶつと何かを言っている。この青年はダメだ。心がどこかに行ってしまっている。

「あんた、この辺りの地理に詳しくないのか」

女性に訊いた。トラックを撒くためだ。乗用車しか通れない狭い道があったらそこへ向かいたい。

だが女性は、「詳しいわけないでしょう。わたし、東京の人間なんだから」とキレ気味で返答してきた。

どいつもこいつも――。

この二人は本当に何者なのか。

おれがこいつらを巻き込んだのか、それともこいつらがおれを巻き込んだのか。今となってはよくわからない。

ただ現状、とにかく逃走するほかない。

それからトラックを引き連れて夜道を突っ走り、いくつかのカーブを曲がった。すると、はからずも山道に入った。チャンスだと思った。

この勾配のついた峠道ならトラックもスピードを出せないだろう。

だがしかし、それ以上にこちらにパワーがなかった。アクセルをベタ踏みしてもノイズが激しくなるばかりで、まるでスピードが上がらないのだ。

「きゃあっ」

また激しい衝撃があった。これで三度目の追突、あのトラックは本気で自分たちを轢《ひ》き殺《ころ》すつもりなのだろう。後先など考えていないのだ。

辺りには一台として車が走っていなかった。当然だった。真夜中の峠道なんて命知らずな走り屋くらいしかいない。

そんな死のロードを突き進み、車は徐々に標高を上げていく。

額から垂れた汗が目に入った。茂一はすでに全身が汗だくだった。

長い勾配を登り切った。すると今度は緩やかな下り坂となった。

ここで異変が起きた。より一層ノッキングが激しくなったのだ。まるでロデオだった。

「な、な、何よこれ」女性が声を震わせながら叫ぶ。

「車が限界にきてるんだ」

「ちょっとやめてよ。どうにかしてよ」

「こっちの台詞だっ」

茂一はハンドルを力一杯握りしめることで縦揺れに抗《あらが》いながら、前方を睨んだ。暗くてはっきり見えないが先に急カーブがありそうなのだ。

やっぱりだった。ガードレールの上に急カーブを知らせる黄色い標識がある。

このスピードだと曲がりきれない。崖にダイブしてしまう。茂一はブレーキペダルを踏んだ。

だが減速したのも束《つか》の間《ま》、すぐに急加速した。四度目の追突をされたのだ。

「うわあっ」

衝撃でフロントガラスに頭ごと突っ込んだ。

慌てて体勢を整え、顔を上げる。息を呑んだ。目の前、真正面にガードレールが迫っていたのだ。

全員の悲鳴が上がった。

バンッ――。

一瞬、フロントガラスいっぱいに夜空が映った。車がガードレールを乗り越え、斜め前方に浮き上がったのだ。

その後はジェットコースターのように、鼻先から急降下した。

その先は真っ暗で何も見えなかった。

車は四方八方から衝撃を受けながら、奈落の底へ転がり落ちてゆく。

34　今井美世子

恐るおそる目を開けた美世子は「ひっ」と、喉の奥で悲鳴を上げた。

フロントガラスが取り外されたようになくなっており、そこから木の枝葉が車内に入り込んできていた。

だがどうやら、一命は取り留めたようだ。

美世子はシートベルトを外し、ドアノブに手を掛けた。

すると、「開けるなっ」と運転席から怒鳴られた。

中年男性と目を合わせる。彼の顔は傷だらけだった。そしてその顔面を震わせ、一言「落ちる」と言った。

美世子は意味がわからず、小首を傾げた。

だが、割れた車窓から首を出し、下を覗いてみて理解した。地面が十メートルほど下に見えたのだ。

戦慄した。

自分たちの車は密林の木々の上の方に位置していた。木々から伸びた枝葉によって、車体が支えられているのだ。

美世子は頭を抱え、シートに背中を預けた。すると、車体が揺れた。この車は絶妙なバランスを保って、ぎりぎり引っかかっているのだとわかった。

後部座席を見た。青年は怪我をしたのか、肋骨《ろっこつ》の辺りを手で押さえて、シートに横になっていた。とろんとした瞳を天井に向けている。

「大丈夫？」と訊ねると、青年は「はい」と蚊の鳴くような声で答えた。

つづいて美世子は「ねえ、大丈夫よね」と中年男性に訊ねた。

が、彼は答えなかった。

「誰か、助けに来てくれるわよね」

再度訊ねると、中年男性は「知らん」と投げやりに言った。そして、「別におれはこのまま死んだって構わない」と捨て鉢なことも言った。

「やめてよ。わたしはこんなところで死にたくない」

「ああ。だから動くな。きみたちまで死なすわけにはいかん」

美世子は眉をひそめた。

「おれは元々――いや、おれの話はいい。きみたちのことを教えてくれよ。なんであの場所にいたのか、なんでこういうことになったのか。それくらいは知っておきたい」

ここから奇妙な告白大会が始まった。

35　二宮礼央

真夜中、空でも地でもない辺鄙《へんぴ》なロケーションで開かれた告白大会は、このエキセントリックな状況よりもさらにエキセントリックだった。

想像の斜め上とかそういうレベルではない。それぞれがぶっ飛びすぎたエピソードを引っ提げていた。互いに「話を盛ってないよね」と確認し合ったほどだ。

「きっとその子、生まれて初めて人の優しさに触れたんだと思う。初めて人を好きになったんだと思う」

今井美世子と名乗った女性が静かに言った。

芽衣のことだ。彼女は今、何を思っているのだろう。

「けど、芽衣には彼氏がいたし、ほかにもたくさん男がいたし」

礼央はシートに横たわったまましゃべった。肋骨が折れているのか、声を出すたびにズキズキとした痛みが走る。

「でも心の中には二宮くんしかいなかったのよ。だから二宮くんに捨てられることはすべてを失うことと同じなの。わたし、その子の気持ちがわかるような気がするもの」

「ってことは、今井さんもトラックでおれらを轢き殺そうとするってわけか」

戸村茂一というおっさんが鼻を鳴らして茶々を入れた。

「それはまたあれだけども。けど、女は信用してた男に裏切られたとわかったとき、針が逆に振れちゃうの。今まで深く愛していたぶんだけ、憎しみに変わっちゃうみたいな」

「ふうん。そんなもんかね」茂一が吐息を漏らす。「なんにせよ、おれは『激突！』って映画を思い出したね。二人とも知ってるかい」

礼央も美世子も知らなかった。

「ま、きみらは若いもんな」

同じにしないでほしいと思った。こっちは美世子の半分も生きていないのだ。

「まだまだ人生があるもんな」

茂一がそんなことを言い、気まずい空気が流れた。

この人は自殺するつもりだったのだという。そして今も、その気持ちに変わりはないのだという。

ここからはみんな口が重たくなった。車内からは互いの息遣いの音しか聞こえてこない。割れた窓から外を見る。真っ暗だった。唯一の頼りである月明かりは木々の枝葉によってほとんど遮られている。

小一時間前、このまま月まで飛んでいってしまいたいなどと願ったからこうなったのだろうか。

まさか我が人生で空飛ぶ車を体験することになるなんて思わなかった。夢は夢のままがいい。飛んだら落ちるのだ。

はたして誰か助けに来てくれるだろうか。たとえ発見されたとしても、この絶望的な状況で救出は可能なのだろうか。

長い沈黙を破ったのは美世子だった。

「わたしたち、どうしてこうなっちゃったのかしら」

そんなことをぽつりと言う。

「今までふつうに暮らしてたのに、こんなことになるだなんて」

答えようがないので礼央は黙っていた。

だが、茂一は「コロナさ」と、低い声で応えた。

「今井さんが出会い系アプリなんかを始めたのも、コロナで人付き合いがなくなったことが原因だし、二宮くんが地元の不良たちとつるむようになったのも、コロナで高校に行けなくなったからだろう。おれが道を踏み外したのだって、もとを辿《たど》ればコロナのせいさ。すべてはコロナがいけねえんだよ」

「出会い系アプリじゃなくてマッチングアプリです」

「同じようなもんだろ」

「全然ちがいます」と美世子がムキになって言う。「ただ、コロナのせいっていうのは、たしかにそうなのかも。わたしたちきっと、心のコロナに感染しちゃってたのね」

「心のコロナ？」礼央と茂一の声が重なった。

「そう。身体的にじゃなくて、精神的にコロナにやられちゃったの」

「はあ」

「コロナ禍になって以来、世の中全体が鬱々してるじゃない。人としゃべるな、おもてに出るなって、やっぱり無理が生じるんだと思う。わたしたちって結局、一人じゃ生きていけない生き物じゃない。それでもみんな我慢、我慢、我慢でがんばってきたけど、一向に出口が見えないから限界に達しちゃったのよ。そうなると、どこかに必ずしわ寄せが出るの。煮えたぎった鍋から灰汁《あく》が出るみたいなね」

「ってことは、ぼくらはその灰汁ってわけですか」礼央が訊いた。

「まあ、そういうこと」

「イヤだなあ、それ」と茂一。

「わたしだってイヤよ。でも、そういうことなんだと思う」

「じゃあ、そんなぼくらはなんの巡り合わせで出会ったんでしょうね」

「これは……そうね、なんだろう。神様の配剤なのかしら」

「配剤じゃなくて悪戯ですよ」

「悪戯でもないさ。こんなの悪ふざけだろう」

思わず笑ってしまい、「痛っ」と礼央は呻いた。やっぱり骨が折れているようだ。

「ま、今井さんの言う通りかもな」

茂一がため息混じりに言う。

「なんかもうさ、世の中、めちゃくちゃだよな」

36　戸村茂一

誰も救助にやってくる気配はなかった。もっとも、夜が明ければ峠道にも車が通り、ガードレールの破損から、我々が落下したことに気づく者が現れるだろう。

この状況からどのように救出してもらえるのかわからないが、きっとその道のプロがなんとかしてくれるはずだ。そうすればこの二人はまた人生を始められる。

夜が徐々に白み始めたころ、「自殺するの、やめませんか」と礼央が唐突に言った。

茂一は首を捻り、後部座席を見た。

「戸村さん、ぼくの父と同い年くらいなんです」礼央は天井を薄目で見つめながら唇を動かしている。「ぼくの父も会社で悪いことしてたみたいで、クビ同然の扱いを受けるみたいなんです。でも、ぼくは父を嫌いにはなれません。もし、父が死んだら悲しいです。戸村さんの三人の息子さんたちも、きっと同じだと思います」

意外だった。この青年がこんな台詞を口にするとは。もっとも、まだ出会って数時間の関係なのだが。

つづいて、「そうですよ。二宮くんの言う通りですよ」と助手席の美世子も身体をこちらに開いて言った。「きっと時間が解決してくれるはずですから」

「ありがとう」茂一は二人に薄く笑んだ。「でも、これ以上、生きていたくないんだよ」

「そんなこと言わないで」

茂一はゆっくりとかぶりを振った。

「ニュースじゃほとんど扱われないけど、日本の自殺者で一番多いのは中年の男なんだってさ。昔はどうしてかなって不思議に思ってたけど、自分がおっさんになってみてわかったよ。中途半端に残された人生だからこそつらいのさ」

「明日が来れば変わりますって」と美世子。

「ううん。変わらない。我々の自殺は若い人のように衝動的なものじゃないんだもの」

「絶対に変わりませんか」

「うん。変わらない」

「絶対に、絶対に？」

「だから絶対に」

「絶対に、絶対に、絶対に？」

「しつこいな」

「じゃあ鍋しましょう」

「はい？」声が裏返る。「鍋？」

「はい。鍋です。わたしたち三人で、鍋を囲んで、みんなでつつくんです。美味しいお酒も飲んで、いっぱい語り合って、そうやって超三密で過ごしたあと、それでも気持ちが変わらなければ死んでも結構です。そのときはどうぞどうぞ、こちらも止めません」

「あのう、ぼくはまだお酒は……」

「じゃあ二宮くんが二十歳になったら。だから少なくともそこまでは戸村さんは生きないとダメ。異論はいっさい認めませんから」

茂一はつい吹き出してしまった。失礼だが、この女性が結婚出来ていない理由がわかった気がする。ものすごく自分勝手な人なのだ。ただ、彼女のこういう性格を魅力的に思う男性がいつかきっと現れるだろう。

「ほら、戸村さん。約束ですからね」

美世子が小指を立てて、差し出してくる。

「いやあ、そんな勝手な約束は――」

強引に手を取られ、小指を絡ませられる。

「さあ、二宮くんも」

礼央が顔に苦悶を浮かべながら起き上がった。そして腕を伸ばし、彼も小指を絡ませてきた。茂一の小指を逃さないように上から力強く巻きつけてくる。

「あ、見てください」

ふいに礼央が空いている方の手でおもてを指さした。

枝葉の間から一筋の光が見えた。

朝日だった。目を凝らすと、富士山の背後から太陽が今にもその姿を現さんとしていた。

「きれい」

と美世子が涙声で言った。

「ほんと、きれいです」

礼央も目を潤ませていた。

茂一も目頭が熱くなった。不思議だった。なぜ涙が込み上げてくるのかわからない。子どものころから見慣れているのに。

「さあお二人、準備はいいですか。せーの」

美世子の掛け声で、彼女と礼央は歌い出した。

「指切りげんまん嘘ついたら――」

そのときだった。

前触れもなく車がガタンと傾いた。「きゃあっ」と美世子の悲鳴。

そこからは車は枝にぶつかりながら一気に落下していった。「きゃーっ」「わあああ」「うおおお」全員の悲鳴が重なる。

ダンッ。めんこのように地面に叩きつけられた。

しばらくみんな、しゃべらなかった。みんな肩で息をしていた。

やがて、

「戸村さん。嘘ついたら針千本、焼酎のソーダ割りで飲ませますからね」

ぐったりとした美世子がめちゃくちゃなことを言った。

エピローグ

ピロロロンと洗濯機が鳴った。洗い終えましたよーの報《しら》せだ。

美世子は手にしていた掃除機を壁に立てかけ、浴室に向かった。

パンパンと濡れた衣服を手で叩いてから、ハンガーを通していく。最近、早希に勧められて柔軟剤を変えてみたのだが、これが大正解だった。乾いたときにものすごく良い香りがするのだ。

ハンガーを通した服を両腕に抱えてベランダに出る。頭上からは春の暖かい日差しが降り注いでいた。これなら買い物から帰ってきたころには乾いていそうだ。

欄干に両腕をつき、しばし日向《ひなた》ぼっこをする。遠くに見える東京タワーも日の恵みを浴びて、気持ちよさそうに空に伸びていた。

おっと、こうしちゃいられない。

美世子は身支度を済ませ、スニーカーに足を入れた。

外廊下を渡り、エレベーターに乗り込んだ。途中、顔見知りの老婦人が乗り込んできた。

「あら、今井さん。こんにちは」

親しげに挨拶をされた。

何年か前、美世子がマスクを着用していなかったことをこの老婦人に指摘され、それ以来、顔を合わせるたびに話し掛けられるようになった。

　もっとも話してみれば気さくな人で、時折、頂き物のお裾分けなんかもし合う間柄になった。こういうことを嫌がる都会人も多いが、田舎育ちの美世子にとっては気にならなかった。コミュニティの中にいるというのは人間の暮らしの中でもっとも大切なことだ。

「今日は平日なのに、お仕事はお休みなの」

「そうなんです。今日は有給をいただいて」

「あら、そう。何か特別な日なのね」

「まあ、はい」

「もしかして、彼氏さんでもできたのかしら」

　こういうところはちょっとうっとうしい。

　エントランスを出て、駅前の大型スーパーに徒歩で向かった。

　天気がよかったので、遠回りでも緑のある並木道を使うことにした。

　これが正解だった。木漏れ日がアスファルトに光の斑模様を作っていて、それがとてもいい感じだったのだ。

　さてさて、何をどれくらい買えばいいのだろう。頭の中で考えながら足を繰り出してゆく。

　当然お肉はたくさん必要だろう。なにせ食べ盛りの男の子がいるのだ。でも案外彼は少食な気もする。どちらかというとあのおじさんの方がよく食べそうだ。

　野菜だって買わないとならないし、もちろんお酒だって用意しなきゃならない。

　これは帰りはタクシーだな。

そんなことを考えていた美世子の足元にサッカーボールが転がってくる。

「すみませーん」

と、脇にある公園から日焼けした子どもたちが叫んでくる。

えい、と蹴り返したら、明後日の方向に転がってしまった。「あははは」と遠慮なく笑われた。

子どもたちはみな、マスクをしていなかった。だから笑ったときにああして白い歯がこぼれるのだ。

今、日本以外でマスクをしている国はないと聞く。日本だけが取り残されているという人もいるが、はたしてどうなのだろう。マスクによるメリットがあるのは事実なのだ。したい人はすればいいし、したくない人はしなければいい。それでいいんじゃないかなと美世子は思う。

わたしも店に入ってからすればいいか——マスクを外してポーチの中にしまった。

うん。やっぱり、マスクがないと気分がいい。

美世子はおもての空気を胸いっぱいに吸い込んだ。

本書は書き下ろしです。

染井為人（そめい・ためひと）

一九八三年千葉県生まれ。芸能プロダクションにて、マネージャーや舞台などのプロデューサーを務める。二〇一七年『悪い夏』で第三七回横溝正史ミステリ大賞優秀賞を受賞しデビュー。『正体』は単行本刊行時に読書メーター注目本ランキング一位を獲得し、ＷＯＷＯＷでドラマ化。他の著書に『正義の申し子』『震える天秤』『海神《わだつみ》』『鎮魂』などがある。

滅《め》茶《ちゃ》苦《く》茶《ちゃ》

二〇二三年五月　八　日　第一刷発行
二〇二三年五月二十六日　第二刷発行

著　者　染《そめ》井《い》為《ため》人《ひと》
発行者　鈴木章一
装丁・カバーイラスト　城井文平
発行所　株式会社　講談社
〒一一二‐八〇〇一
東京都文京区音羽二丁目一二‐二一
☎ 出版　〇三‐五三九五‐三五〇五
販売　〇三‐五三九五‐五八一七
業務　〇三‐五三九五‐三六一五
本文データ制作　講談社デジタル製作
印刷所　株式会社ＫＰＳプロダクツ
製本所　株式会社国宝社

KODANSHA

Printed in Japan　ISBN978-4-06-531457-9